KB036199

【데이트 어 플레이백 case-1 만남】

어느 날, 토카는 쿠루미의 다과회에 초대받았다.

"쿠루미, 오늘은 왜 나만 부른 것이냐?"

"토카 양과 저, 이렇게 둘만 나오는 일러스트가 많아서랍니다."

"일러스트……?"

"말실수를 했군요. 때로는 이렇게 맛있는 차라도 즐기며, 추억을 이야기하는 것도 좋지 않을까 했답니다."

"으음……."

쿠루미의 말은 이해가 안 됐지만, 때로는 이런 자리를 가지는 것도 나쁘지 않으리라. 토카는 홍차를 한 모금 마신 후에 고개를 끄덕였다.

"그건 그렇고, 추억인가…… 쿠루미와 처음 만난 지도 벌써 2년이나 됐구나."

"네, 네. 세월 참 빠르군요. 한 10년은 지난 듯한 느낌이 들어요."

쿠루미가 또 영문 모를 소리를 했지만, 왠지 토카도 그런 느낌이 들었다.

"그립군요. 당시의 저희는 적대관계였죠."

"음…… 그랬지. 똑똑히 기억하고 있다. 쿠루미가 갑자기 전학을 와서, 『저는 정령이에요』하고 말하며 의기양양하게 인사를 하지 않았느냐."

"……그, 그랬던가요."

토카가 감회에 젖으며 그렇게 말하자, 어찌된 건지 쿠루미는 볼을 희미하게 붉히며 고개를 돌렸다.

"음, 한동안 반에서 화제가 됐지. 『중2병』

「4차원녀」「맛이 갔네……」하고 다들 말하던데…… 의미는 모르겠지만 말이다.」

"큭……."

토카가 그렇게 말하자, 쿠루미는 부끄러운 듯이 신음을 흘렸다.

하지만 마음을 진정시키려는 듯이 홍차를 한 모금 마신 후, 차분한 어조로 말을 이었다.

"뭐, 뭐어. 그건 괜히 있어 보이려고 한 게 아니라 시도 씨에게 제 존재를 어필하기 위한 수단이었답니다. 그리고 무엇보다, 그건 제가 한 말이 아니라, 젊은 분신이 한 말이죠……."

"그래. 진짜 쿠루미는 옥상에서 싸울 때, 처음으로 모습을 드러냈었지."

"네, 그렇답니다."

"그 후에 등장한 코토리에게 바살이 나고 도망쳤지 않느냐."

"으윽……."

"그러고 보니 그때 썼던, 자기 의지로 공간 전을 일으키는 기술을 그 후로는 쓰지 않은 것 같은데— 어째서지?"

"…………."

쿠루미는 이마에 땀방울이 맺힌 채 자리에서 일어났다.

"……토카 양, 차와 함께 과자도 드시지 않겠어요?"

"오오……! 그거 좋지!"

토카는 방금 품었던 의문을 까맣게 잊으며, 환한 표정을 지었다.

【데이트 어 플레이백 case-2 데이트】

"……토카 양, 어떤가요?"

"음! 맛있다!"

토카는 환한 미소를 지으며 그렇게 말한 후, 고개를 갸웃거렸다.

"그런데, 어째서 우리는 옷을 갈아입은 것이냐?"

"그런 건 신경 쓰면 안 된답니다."

그렇게 말한 쿠루미는 화제를 돌리려는 듯이 헛기침을 했다.

"그리고 보니 첫 만남 말고도 추억이 잔뜩 있군요. ─예를 들자면, 시도 씨와의 데이트라던가요."

"오오, 그렇지. ─나중에 들었는데 시도는 나와 쿠루미, 그리고 오리가미와도 한꺼번에 데이트하게 되어서 정말 힘들었다더구나!"

"후후, 그랬나요. 그래서 화장실에 가는 일이 잦았던 거군요."

쿠루미는 웃음을 흘리며 말을 이었다.

"그런데 토카 양은 그때 어디를 갔나요?"

"나는 수족관에 갔었다. 예쁜 물고기를 잔뜩 봤지!"

"어머나, 참 즐거웠겠군요."

"음! 쿠루미는 어디에 갔느냐?"

토카가 묻자, 쿠루미는 입술을 일그러뜨리며 미소를 머금었다.

"저는 느닷없이 란제리 샵에 끌려갔답니다."

"란제……?"

"……아, 속옷을 파는 가게랍니다."

토카가 낯선 단어를 듣고 고개를 갸웃거리자, 쿠루미는 진땀을 흘리며 설명해줬다.

그 말을 들은 순간, 토카는 무심코 숨을 삼켰다.

"뭐…… 속옷? 쿠루미, 설마……."

토카가 미간을 모으며 그렇게 말하자, 쿠루미는 그 반응을 기다렸다는 듯이 어깨를 으쓱했다.

"우후후. 시도 씨도 참 곤란한 분이에요. 첫 데이트를 하는 상대를, 느닷없이 그런 가게로 데려가다니……."

"으음……. 그랬구나. 너무 개의치 마라, 쿠루미. 누구나 한 번쯤은 그런 실수를 하는 법이니, 부끄러워할 필요 없다."

"……어, 무슨 이야기를 하시는 거죠?!"

토카가 낮은 목소리로 그렇게 말하자, 쿠루미는 참다못한 어조로 그렇게 외쳤다.

바로 그때, 현관 쪽에서 소리가 들리더니 무쿠로와 니아가 안으로 들어왔다.

"흠. 두 사람 다 이런 곳에 있었던 게냐."

"정말~ 쿠루밍. 다과회를 열거면 우리도 불러야 할 거 아냐~. 둘이서 무슨 이야기를 나눈 거야~?"

니아가 허물없는 어조로 그렇게 묻자, 토카는 얼버무리듯 대답했다.

"아니…… 별 이야기 아니다. 결코, 쿠루미가 속옷에 실례했다는 이야기 같은 걸 나누지는……."

"토카 양?!"

"뭐?! 그 이야기, 자세히 좀 해봐!"

"하아, 정말…… 조용히 좀 해주세요!"

쿠루미는 볼을 붉히며 언성을 높였다.

[데이트 어 플레이백 case-3 첫인상]

"기왕 이렇게 됐으니 우리도 첫 만남 때의 추억이랄까. 서로의 첫인상에 관해 이야기해보자~."

"뭐가 '기왕 이렇게 됐으니'인 거죠?"

"그것보다. 왜 수영복 차림인 거냐."

"……………."

니아의 말에 쿠루미, 무쿠로, 텐카는 어처구니없다는 반응을 보였다.

"에이, 속살과 함께 속내를 털어놓자는 거야~."

"어이없군. 너희끼리 해라."

토카의 반신체인 텐카가 내뱉듯이 그렇게 말했다. ―아까 실수로 크레페를 바닥에 떨어뜨린 충격으로 반신하고 만 것이다. 시간의 흐름 같은 것은 신경 쓰지 말아줬으면 한다.

"우앙~. 텐카 언니가 괴롭혔다고 토가한테

일러바지~."

"……칫."

니아의 말을 들은 텐카가 지긋지긋하다는 듯이 혀를 찼다.

그것을 승낙으로 받아들인 니아가 말을 이었다.

"그럼 쿠무밍의 첫인상부터 이야기해보자."

"음…… 나라를 노리는 수상한 여자……였느니라."

"무력하고 악해빠진 정령."

무쿠로와 텐카가 서슴없이 그렇게 말했다. 그러자 쿠루미는 「어머어머」 하고 웃음을 흘렸다.

"아하하, 인정사정없네. 나는 도움을 받은 적이 있어서 그런지, 정체불명의 히어로라는 느낌이었어. ―그럼, 무쿠쨩의 첫인상은 어때?"

"우후후훗, 귀여운 여자애란 인상이었답니다."

"어린아이. 하지만 진지."

"그랬구나. 참고로 나는 『콤지막해······』였어."

"······음? 그게 무슨 소리지?"

무쿠로는 영문을 모르겠다는 듯이 고개를 갸웃거렸다. 하지만 니아는 의문에 답해주지 않으며 말을 이어갔다.

"그럼 텐카 언니의 인상은 어땠어?"

"음······ 나리에게 몹쓸 짓을 하는 나쁜 여자였느니라."

"흥미로운 반전체······였답니다."

"나는 2P 컬러······ 저건 깃드 있구나~, 였어."

"네 녀석은 아까부터 대체 무슨 소리를 하는 것이냐."

니아의 말을 들은 텐가가 미간을 찌푸렸다. 하지만 니아는 개의치 않으며 말을 이었다.

"그럼 메인 어메트리 내 첫인상은 어땠어?"

"──못난 여름."""

세 사람은, 이구동성으로 대답했다.

Graduation TOHKA, Triad YAMAI, Partner ITSUKA, Election NATSUMI,
Stranger SPIRIT, Origin MIO

CONTENTS

DATE
데이트
A
어
LIVE
라이브
앙코르 ENCORE 11

글 : **타치바나 코우시**
그림 : **츠나코**
옮긴이 : **이승원**

THE SPIRIT

정령(精靈)

인계(隣界)에 존재하는 특수 재해 지정 생명체. 발생 요인, 존재 이유 둘 다 불명.
이쪽 세계에 모습을 드러낼 때, 공간진(空間震)을 발생시켜 주위에 심각한 피해를 끼친다.
또한, 엄청난 전투 능력을 보유하고 있음.

WAYS OF COPING1

대처법1

무력을 통한 섬멸.
단, 위에서 말했듯 매우 강대한 전투 능력을 보유하고 있기 때문에 달성 가능성이 극도로 낮음.

WAYS OF COPING2

대처법2

──데이트를 해서, 반하게 만든다.

데이트 어 라이브
앙코르 11

DATE A LIVE ENCORE 11

SpiritNo.0
Height 160 Three size B89/W60/H87

토카 그래듀에이션

Graduation TOHKA

DATE A LIVE ENCORE 11

"―졸업식?"

어느 날의 저녁 식사 시간. 눈을 동그랗게 뜬 야토가미 토카가 시도의 말에 그렇게 되물었다.

칠흑빛 머리카락과 수정 같은 두 눈이 인상적인 소녀는 아름다운 얼굴을 의아함으로 물들이고 있었으며, 볼에는 밥풀이 붙어 있었다.

하지만 그럴 만 했다. 오늘 반찬은 돼지고기 생강구이다. 시도가 비장의 소스로 향긋하게 구운 돼지 등심은 밥이 끝없이 들어갈 정도로 맛있었다. 토카는 밥을 이미 세 번이나 리필했다. 밥풀이 볼에 붙을 만했다.

"그래."

토카의 맞은편에 앉아있던 시도는 그런 그녀의 모습을 보고 작게 웃으며 고개를 끄덕이더니, 그대로 말을 이었다.

"학교생활을 끝마치면서 치르는 의식…… 간단히 말해 파티 같은 거야. 우리는 지난달에 마쳤지만, 토카는 참가 못 했잖아? 그러니 너를 위해 졸업식을 열어주고 싶어. 뭐, 진짜 졸업식처럼 대규모는 아니고, 아는 사람만 모여서 여는 미니 졸업식 같은 느낌이지만 말이야."

시도는 손짓을 섞으며 간단하게 설명했다.

그렇다. 지금 시도의 눈앞에 앉아있는 소녀— 토카는 한때 이 세상에서 모습을 감췄다.

그리고 기적이 기적을 부른 끝에, 다시 시도 일행의 곁으로 돌아왔지만…… 그때는 동급생이었던 시도와 친구들이 졸업한 후였다.

토카 또한 〈라타토스크〉의 힘으로 고등학교를 졸업한 것으로 처리됐지만, 졸업식은 어찌할 수가 없었다. 그래서 시도는 여동생인 코토리와 상의해서 미니 졸업식을 하기로 한 것이다.

"오오……!"

토카는 시도의 설명을 듣고 눈을 반짝이더니, 의자에서 벌떡 일어나며 몸을 쑥 내밀었다.

"그게, 그러니까— 대단하구나! 정말 좋은 생각이다!"

흥분한 어조로 그렇게 말한 토카는 손을 마구 흔들어댔다.

하지만 잠시 후, 그녀는 표정을 굳히며 낮은 신음을 흘렸다.

"하지만…… 괜찮은 것이냐? 나 하나 때문에 다른 이들을 번거롭게 하는 건—."

"아, 착각하지 마. 어디까지나 우리가 하고 싶어서 하려는 거야. 다들, 토카를 축하해주고 싶어 해."

시도는 토카의 말을 끊듯이 그렇게 말하더니, 자신의 집 부엌과 거실에 있는 한때 정령이었던 소녀들을 가리키듯 손을 펼쳤다.

그러자 그 손짓에 맞춘 것처럼 소녀들은 미소를 머금으며 고개를 끄덕였다.

"크큭. 뭐, 그렇게 된 것이다. 얌전히 축복을 받거라."

"모처럼의 기회니까 하자. 평생의 추억이 될 거야!"

"부디, 축하하게 해주세요. 토카 양."

"다들……."

토카는 눈을 약간 내리깔더니, 고개를 끄덕인 후에 얼굴을 들었다.

"미안하다. 괜한 소리를 했구나. 다들 고맙다. 아무쪼록 참가해다오!"

토카가 그렇게 말하자, 다들 만족한 듯이 웃으면서 손뼉을 쳤다.

시도는 그 모습을 보며 따스한 표정을 짓다가, 곧 다른 이들을 돌아보며 말을 이었다.

"좋아. 결정됐으니까 내일부터 바로 준비를 시작하자. 행사장은 〈라타토스크〉가 확보해준다고 했지만, 장식 준비와

지인에게 연락하는 건 우리가 해야 하거든."

"""오~!"""

시도가 그렇게 말하자, 소녀들은 일제히 주먹을 치켜들었다. 당사자인 토카 또한 힘차게 양손을 치켜들었다.

"—잠깐만. 토카는 참가하면 안 돼."

바로 그때, 식탁에 앉아있던 한 소녀가 딱 잘라서 그렇게 말했다.

리본으로 머리카락을 양쪽으로 나눠 묶고, 눈동자가 커다란 그 소녀는 시도의 여동생이자 〈라타토스크〉의 사령관인 이츠카 코토리다.

그 반응을 본 시도는 볼을 긁적이며 쓴웃음을 머금었다. 확실히 토카는 축하를 받는 사람이니, 그런 사람이 준비에 참여하는 것이 이상하기는 했다. 하지만 미니 졸업식을 연다는 것을 미리 밝혔으니, 딱히 깜짝 이벤트도 아니다.

"그냥 같이 준비해도 되지 않아? 본인도 하고 싶어 하잖아."

"아, 그런 게 아냐. 토카는 따로 해야 할 일이 있거든."

"따로 해야 할 일……?"

시도가 의아하다는 듯이 고개를 갸웃거리며 묻자, 코토리는 눈을 가늘게 뜨면서 토카를 손가락으로 가리켰다.

"응. —대학 입시 준비야."

"……어?"

"음……?"

코토리가 그렇게 말하자…….

시도와 토카는 동시에 눈을 동그랗게 떴다.

"그게 무슨 소리야? 토카가 갈 대학은…… 나와 오리가미가 다니는 곳이지? 고등학교 때처럼, 〈라타토스크〉에서 손을 써주는 거 아니었어……?"

시도는 의아하다는 듯이 미간을 살짝 찌푸리면서 코토리를 쳐다봤다.

그렇다. 〈라타토스크〉는 공간진을 평화적으로 해결하고, 정령이 행복한 생활을 할 수 있도록 돕는 것을 목적으로 하는 비밀 조직이다. 그리고 그 이념은 시원(始原)의 정령이 사라진 지금도 변함이 없다.

봉인에 성공한 모든 정령에게는 〈라타토스크〉에서 호적을 준비해줬으며, 필요하다면 고등학교 혹은 중학교의 편입 수속도 대신해줬다. 그러니 이번에도 이미 손을 다 써뒀을 거라고 생각했다.

시도의 표정을 보고 어떤 생각을 하는 건지 눈치챈 듯한 코토리는 표정을 굳히며 어깨를 으쓱했다.

"물론 그럴 생각이었고, 실제로 이사장과도 이야기가 됐지만…… 그 학교의 학장이 알아주는 고집불통 같거든. 아무리 피치 못할 사정이 있더라도, 시험도 없이 입학을 허락하는 건 나쁜 선례로 남는다고 주장하나 봐. 교섭에 이용할 약점이 없나 싶어서 신변 조사도 해봤는데, 딱히 없지 뭐야.

요즘은 보기 힘든, 고결하고 어엿한 교육자님이신 거지. 존경받아 마땅한 인물이지만, 우리 입장에서는 가장 어울리기 힘든 타입이야."

"아, 아하…… 맞는 말이네."

시도는 그렇게 말하면서 입학식 때 본 학장의 모습을 떠올렸다. 등이 꼿꼿하고 위엄 있는 인상의 남성이었다. 그 얼굴과 자세에서 범상치 않은 준엄함이 묻어나는 듯한 느낌이 들었다.

"그렇게 됐으니까, 미안하지만 토카는 특별 시험을 쳐야 할 것 같아. 내용은 세 교과목의 필기시험과 면접이야. ─열심히 준비해줄 거지?"

"음, 알았다!"

토카는 코토리의 말을 듣고 힘차게 고개를 끄덕였다. 그 구김 없는 표정을 본 시도는 무심코 진땀을 흘렸다.

"……정말 괜찮은 거야?"

시도가 진학한 사이토 대학은 최정상급은 아니지만, 벼락치기 공부로 들어갈 수 있는 수준의 학교는 아니다. 적어도 시도는 그 학교에 들어가기 위해, 같은 학교 최고 수재인 토비이치 오리가미에게 철저하게 공부를 배워야 했다(사실 시도는 원래 학원을 다닐 생각이었지만, 그녀가 같이 공부하자면서 쳐들어왔다).

토카는 결코 머리가 나쁜 편은 아니다. 아니, 학습 능력과 흡수력은 매우 뛰어난 편에 속한다.

하지만 슬프게도, 다른 이들과는 출발선이 너무 달랐다. 지금부터 수험공부를 시작하더라도, 합격 라인에 도달하는 데 얼마나 긴 시간이 걸릴까.

시도가 그런 생각을 하고 있을 때, 코토리가 그 정도는 알고 있다는 듯이 고개를 끄덕였다.

"우선 토카의 현재 실력부터 확인해보자. ─토카, 모의시험을 준비해뒀으니까 밥 다 먹고 나서 풀어봐."

"음!"

시도가 걱정에 사로잡힌 가운데, 토카는 또 힘차게 고개를 끄덕였다.

그로부터 약 네 시간 후, 정령 맨션 1층에 있는 다목적 공간에서······.

"으, 으음······ 이래선······."

"······뭐, 예상대로네. 이럴 줄 알았어."

시도와 코토리는 테이블 위에 놓인 답안을 쳐다보면서 표정을 굳혔다.

이유는 단순했다. 토카가 치른 모의시험의 점수 탓이었다.

국어······31점/100점.

외국어······35점/100점.

지리·역사(선택과목)……25점/100점.

점수를 두 배로 늘려도 합격 라인을 통과하지 못한다. 필기 외에도 면접이 있다고는 해도, 필기 점수가 이래서야 합격은 절망적이다.

"으음…… 이 문제의 답은 이쪽이었나. 꽤 어렵구나."

토카가 진지한 표정으로 답안을 확인하더니, 틀린 문제를 공책에 옮겨적었다. 점수를 떠나, 그 자세는 긍정적이고 진지했다. 점수는 떠나서 말이다.

"코토리……."

시도는 호소하는 듯한 눈길로 코토리를 쳐다봤다. 본인 앞이라 구체적으로 말하기는 어렵지만, 이래서는 힘들다. 토카의 학력이 합격 수준에 도달할 즈음에는 시도와 오리가미가 상급생이 될 것이다.

코토리는 더는 말하지 않아도 된다는 것처럼 고개를 저었다.

"물론 나도 토카가 합격하지 않으면 곤란하니까, 다 생각해둔 게 있어. ―이걸 쓰자."

그렇게 말한 코토리는 호주머니에서 조그마한 기계 몇 개를 꺼내서 테이블 위에 뒀다. 시도와 토카는 동시에 그것을 쳐다봤다.

"흠…… 코토리, 이건 무엇이냐?"

토카가 영문을 모르겠다는 표정을 지으면서, 조그마한 스티커 같은 것을 손가락으로 가리켰다. 그러자 코토리는 팔짱을 끼며 답했다.

"골전도 인터컴이야. 귀 뒤편에 붙이면, 시험관에게 들키지 않고 외부와 통신할 수 있어."

"그럼, 이건 무엇이지?"

이어서 토카가 콘택트렌즈 용기 같은 것을 가리키자, 코토리가 이어서 답했다.

"투영 타입 디스플레이야. 눈에 장착하면 망막에 영상이나 화면을 비춰줄 수 있어."

"이건……."

"너희도 익숙한 자율 카메라야. 우리가 답을 가르쳐주려고 해도, 우선 문제를 알아야 하잖아? 날벌레 정도 크기니까 들킬 일은 없어."

"……잠깐만, 전부 커닝 장비 아냐?!"

시도가 비명에 가까운 목소리로 그렇게 외치자, 코토리는 도끼눈을 뜨며 어깨를 으쓱했다.

"에이~. 전부 『현대』 기술로는 실현 불가능한 레벨이야. 만에 하나 들키더라도, 아마 부정행위를 입증하는 건 무리일걸?"

"그런 문제가 아니거든?!"

시도와 코토리가 그런 이야기를 나누고 있을 때, 그 장비들을 꼼꼼히 쳐다보고 있던 토카가 고개를 들었다.

"—고맙다, 코토리. 하지만, 이것들을 쓸 수는 없다. 다른 이들은 노력해서 대학에 합격하지 않았느냐. 그렇다면 나도 자기 힘으로 시험을 통과해야 도리에 맞는다고 생각한다."

토카가 결의에 찬 표정으로 그렇게 말하자, 시도와 코토리는 서로를 쳐다보았다.

"토카—."

한순간, 무슨 말을 해줄지 망설였다. 들키지 않더라도 부정행위는 부정행위이며, 그 점을 지적하려 한 이는 바로 시도 본인이다. 하지만 이 장비를 이용하지 않으면 토카가 특별 입시에 합격할 가능성이 매우 낮다는 것 또한 엄연한 현실이다. 게다가 고등학교 편입은 〈라타토스크〉에서 손을 써준 덕분에 가능했다. 그러니 이제 와서—.

"……아냐."

시도는 조용히 고개를 저었다.

토카의 올곧은 시선이 자신을 향하자, 그 말을 할 수가 없었다.

아무것도 모르는 사이에 고등학교 편입이 결정됐던 그때와는 상황이 다르다. 토카는 성장하면서 사회 상식을 익혔다. 그리고 눈앞에 놓인 선택지 중에서, 답을 고른 것이다. 그렇다면 시도가 그녀의 뜻을 부정할 수 있을 리가 없다.

"응, 그래. 토카의 말이 맞아. 자기 힘만으로 노력해서 통과하는 게 옳아. —만약 원하는 결과로 이어지지 않더라도, 그것만이 토카가 자기 자신에게 떳떳할 수 있는 유일한 방식일 거야."

시도는 그렇게 말한 후, 작게 한숨을 내쉬었다.

"뭐, 결과가 어떻게 되더라도 저녁은 함께 먹을 거잖아. 이제까지와 달라지는 건 없어. 꾸준히 학력을 쌓아서, 언젠가 합격하면 돼."

"무슨 잠꼬대 같은 소리를 하는 거야."

코토리가 도끼눈을 뜨더니, 시도의 이마를 찰싹 소리 나게 손바닥으로 때렸다.

"아얏! 뭐 하는 거야, 코토리. 토카가 싫다니까, 커닝을 시킬 수는 없다고."

"……그 점에 관해서는 이의 없어. 확실한 수단으로 준비하기는 했지만, 토카의 뜻에 어긋나는 짓을 시키고 싶진 않거든. ㅡ하지만, 시도가 한 말 중에서 뒷부분은 간과할 수 없어."

"뒷부분……."

시도가 미간을 살짝 모으자, 코토리는 손을 펼치며 말을 이었다.

"결과가 어떻게 되더라도? 언젠가 합격하면 돼? 농담하지 마. 〈라타토스크〉의 이름을 걸고, 토카를 특별 입시에 반드시 합격시킬 거야."

"음?"

토카는 그 말을 듣고 눈을 동그랗게 떴다. 코토리는 약간 과장된 몸짓으로 토카를 손가락으로 가리키더니, 말을 이었다.

"토카, 네 생각은 잘 알겠어. 하지만 이 방법을 쓰지 않겠다면, 남은 수단은 하나뿐이야. 시험 때까지 죽기 살기로 공부하자. 분명 이제까지 해왔던 것과는 비교도 안 될 만큼 가혹한 수업을 들어야 할 거야. ─각오는 됐어?"

주먹을 꼭 말아쥔 토카는 한 치의 망설임도 보이지 않으며 고개를 끄덕였다.

"─음. 시도와 함께 학교에 다니기 위해서라면, 그 어떤 시련이라도 극복해주겠다!"

그 말을 들은 코토리가 씨익 웃었다.

"그 열의는 합격이야. 그렇다면 우리도 최선을 다하겠어. ─다들, 잘 부탁해!"

그리고 이어서 힘찬 목소리로 그렇게 외친 코토리는 신호를 보내듯 힘차게 손뼉을 쳤다.

다음 순간, 다목적 공간의 문이 쿠구구구궁…… 하면서 열리더니, 두 사람이 안으로 들어왔다.

"오리가미─ 그리고 마리아!"

두 사람의 모습을 본 시도가 무심코 그렇게 외쳤다.

그렇다. 방에 들어온 이는 시도의 동급생인 토비이치 오리가미와, 공중함 〈프락시너스〉의 AI인 마리아였다. 두 사람 다 테가 가는 안경을 썼으며, 정장을 깔끔하게 차려입었다. 오리가미는 손에 문제집과 교편을, 마리아는 저주파 치료기 같은 수상한 기계를 들고 있었다.

"오, 오오……?"

범상치 않은 분위기가 감도는 두 사람을 본 토카는 압도
당한 것처럼 한 걸음 물러났다. 하지만 두 사람은 개의치 않
으며 토카를 향해 성큼성큼 걸어가더니, 그녀의 두 손을 꼭
움켜잡았다.

"이야기는 들었어. 뒷일은 우리에게 맡겨. 너를 꼭 합격시
켜줄게."

"네. 저희라면 일주일 안에 토카를 뛰어넘은 슈퍼 토카로
만들 수 있을 거예요. 안심하세요. 후유증은 아직 확인되지
않았어요."

"아니, 대체 무슨 짓을 하려는 거야?! 그리고 오리가미는
그렇다 치고, 마리아가 들고 있는 그건 대체 뭔데?!"

시도는 무심코 고함을 질렀다. 하지만 오리가미와 마리아
는 개의치 않으며 토카를 질질 끌고 갔다.

"괜찮아. 전혀 무서워할 필요 없어."

"그래요. 저희에게 몸을 맡기세요."

"오오오오오오오오오?! 대, 대체 어디로 끌고 가려는 것이
냐……?!"

"토, 토카아아아앗?!"

시도의 목소리가 허무하게 울려 퍼지는 가운데, 다목적
공간의 문이 쿠웅~ 하는 소리를 내며 닫혔다.

◇

　토카가 오리가미와 마리아에게 끌려가고 일주일 후…….

　시도는 예전에 정령이었던 소녀들과 함께, 사이토 대학 정문 앞에 서 있었다.

　다른 이들의 표정에서는 희미한 긴장감이 흐르고 있었다. 하지만 이상한 일이 아니었다. —오늘은 바로, 토카가 특별 입시를 치르는 운명의 날인 것이다.

　시도도 자신이 다른 이들과 같은 표정을 짓고 있을 거라는 느낌을 받고 있었다. 일주일 전에 끌려갔던 토카와 그 후로 한 번도 만나지 못했다.

　일단 하루 세 끼 식사와 간식을 만들어주기는 했지만, 공부에 방해가 된다는 이유로 면회가 허용되지 않았기에 요리만 건네주게 됐다. 그래서 토카가 현재 어떤 상황인지, 시도도 예상조차 되지 않았다.

　"토카 씨는 괜찮을까요…….”

　요시노가 걱정스러운 표정을 지으며 그렇게 말하더니, 기도하듯 두 손을 모아쥐었다. 그 말에 답하듯, 옆에 있던 나츠미가 볼을 긁적였다.

　"……글쎄. 재수가 확정된 상태에서 졸업식을 하게 되면 순수하게 축하해주기 어려울 것 같으니까, 만약 힘들겠다 싶으면 합격 여부가 확정되기 전에 졸업식을 했으면 좋겠는데 말이야……."

"하하……."

나츠미가 그렇게 말하자, 시도는 땀을 삐질삐질 흘리며 쓴 웃음을 흘렸다.

확실히 나츠미가 그런 걱정을 하는 것도 무리는 아니었다. 그녀들은 이 일주일 동안 토카의 미니 졸업식을 위해, 행사 장을 꾸밀 꽃장식과 패널을 만드느라 고생했다. 기왕이면 토카가 환한 마음으로 졸업식에 참석해서, 진심으로 기뻐해 줬으면 하는 것이리라.

이 모든 것은 시험 결과에 달려 있다. 오리가미와 마리아 에게 과외를 받은 만큼, 승산이 있을 거라 믿고 싶지만—.

"—음, 왔구나."

무쿠로가 그렇게 말한 순간, 시도는 튕기듯 고개를 치켜 들었다.

길 건너편에서, 검은색 차 한 대가 천천히 다가오고 있었 다. —틀림없다. 시도 일행도 몇 번 타본 적이 있는, 〈라타 토스크〉가 소유한 차량이다.

이윽고 그 차량은 시도 일행 앞에서 정차하더니, 서서히 문이 열렸다. 뒷좌석에서 오리가미와 마리아가, 조수석에서 코토리가 내렸다.

"다들, 기다리게 해서 미안해."

"아니— 그것보다, 토카는 어디 있어?"

시도가 긴장한 표정으로 묻자, 코토리는 아무 말 없이 뒷좌석을 턱짓으로 가리켰다.

그 동작에 맞춰, 시도 일행의 시선이 그쪽을 향했다.

바로 그때, 차의 뒷좌석에서 한 소녀가 내렸다.

"……어?"

그 소녀를 본 시도는 얼이 나간 듯한 목소리를 냈다.

그러는 게 당연했다. 뒷좌석에서 내린 이는 야토가미 토카 본인이지만— 어찌 된 건지 머리카락을 모아 올렸고, 하이힐을 신었으며, 은테 안경까지 쓰고 있었다. 등 또한 꼿꼿이 펴고 있었다. 그녀의 표정에서는 여유가, 눈동자에서는 지성이 감돌고 있었다.

그렇다. 간단히 말해— 평소의 토카보다, 머리가 좋아 보이는 인상이었다.

"토, 토카…… 맞지?"

"네. 오래간만이에요, 이츠카 씨."

"………………어?"

토카가 상쾌한 미소를 지으며 그렇게 말하자, 시도는 고개를 갸웃거렸다.

딱히 이상한 말을 들은 건 아니지만, 왠지 엄청난 위화감을 느끼고 말았다.

"시, 시험 준비는…… 어떻게 됐어?"

"Leave it to me. Nothing I can't handle—."

"……뭐?"

"아, 실례했어요. 무심코 영어로 말했군요. ─맡겨만 주세요. 지금의 저라면 그 어떤 문제도 풀 수 있을 거랍니다."

"그, 그렇구나……."

자기 자신을 진정시키려는 듯이 심호흡을 한 시도는 오리가미와 마리아, 그리고 코토리를 향해 손짓했다.

그리고 세 사람이 다가오자, 숨을 한껏 들이마신 후에 이렇게 외쳤다.

"─완전 딴사람이 됐잖아! 뭘 어쨌기에 저렇게 된 거야?!"

시도가 고함을 지르자, 오리가미와 마리아는 슬며시 시선을 돌렸다.

"그저 열심히 공부를 가르쳐줬을 뿐이야. 토카의 흡수력에 놀랐어."

"오리가미의 말이 맞아요. 특별한 점을 꼽으라면, 현현장치와 휴면 포드를 병용해 공부 시간을 극한까지 압축해서 하루 300시간 공부라는 모순을 성립시킨 것뿐이죠."

"틀림없이 그게 원인이거든?!"

시도가 비명에 가까운 목소리로 그렇게 외치자, 코토리는 그를 달래려는 듯이 손바닥을 펼쳐 보였다.

"뭐, 뭐어…… 나도 이 정도로 효과가 있을 줄은 몰랐지만, 어디까지나 일시적인 거니까 괜찮을 거야. 단시간에 지식을 너무 집어넣은 바람에, 정신적으로 기분이 약간 고양

됐을 뿐이라고 생각해."

"그, 그런 거야……?"

시도가 미심쩍은 표정을 지으며 토카를 힐끔 쳐다봤다. 모델 같은 걸음걸이로 한 걸음씩 걸을 때마다, 안경을 고쳐 쓰고 있었다. ……왠지 괜찮은 것 같은 느낌이 들기 시작했다.

"……뭐, 그럼 괜찮지만…… 이렇게 확 달라진 걸 보면 시험 걱정은 안 해도 되는 거지?"

시도가 그렇게 묻자, 코토리가 아니라 토카가 직접 대답했다.

"네. 필기시험은 물론이고, 면접 대책에도 만전을 기했어요. 그 어떤 질문에도 대응할 수 있도록 주요 세계정세부터 학부의 전문 지식 및 교수 취향의 조크와 유머까지, 온갖 화제를 다 준비했죠. 불안한 점을 꼽자면 면접관이 제 뛰어난 지식에 받아들일 수 있는 수준인가, 겠군요."

토카는 미국식 코미디의 한 장면처럼 과장되게 어깨를 으쓱했다. 그 아니꼬운 언동을 본 시도는 미간을 찌푸리며 마리아를 쳐다봤다.

"……왠지 마리아 주니어 같은 소리를 하고 있는데……."

"아니, 저와 시도 사이에서 태어난 아이 같다니……."

마리아가 볼을 살짝 붉히자, 시도는 식은땀을 흘리며 도끼눈을 떴다.

"이 상황에서 또 한 명의 부모는 내가 아니라 오리가미라고 봐야 할 것 같은데 말이야……."

뭐, 저렇게까지 말하는 것을 보면 결과를 기대해도 괜찮을 것 같다. 시도는 심경이 복잡했지만, 일단 안도하기로 했다.

"자, 시간이 다 됐군요. 그럼 이만 가보겠어요. 여러분은 집에서 좋은 소식을 기다려주세요."

그렇게 말한 토카는 안경을 고쳐 쓰면서 홋 하고 웃더니, 당당히 대학의 정문 안으로 들어갔다.

하지만, 바로 그때……

"―꺄앗?!"

익숙하지 않은 하이힐과 모델 워킹 탓에, 정문의 레일에 발이 걸린 토카는 그대로 고꾸라지고 말았다.

"토, 토카?!"

"괜찮으세요……?!"

"우와, 제대로 안면 박치기를 했네. 아프겠다……."

시도와 다른 소녀들은 지면에 쓰러진 토카의 곁으로 뛰어갔다. 그러자 토카는 괜찮다는 듯이 손을 흔들어 보이며 몸을 일으켰다.

얼굴과 옷이 더러워지기는 했지만, 다치지는 않은 것 같았다. 그 모습을 본 시도는 안도의 한숨을 내쉬었다.

"저기, 괜찮아? 자아, 이 손수건으로 얼굴 닦아."

"……으음. 미안하구나, 예요, 시도 씨. 다행히 다친 데는 없구나, 예요. ―그럼 다녀오마, 예요!"

"그래, 힘내!"

"음!"

토카는 힘차게 손을 흔들면서, 대학 건물을 향해 걸어갔다. 시도는 크게 손을 흔들면서, 그런 그녀를 배웅했다.

하지만 토카의 뒷모습이 시야에서 사라졌을 즈음…….

"………………어라?"

뭔가 이상한 일이 일어난 듯한 느낌이 든 시도는 고개를 갸웃거렸다.

"…………."

사이토 대학 상근 강사이자 특별 입시 시험관인 나가스미 시즈카는 눈앞에서 펼쳐진 묘한 광경에서 시선을 떼지 못했다.

아니, 애초에 오늘 이날 자체가 기묘하기는 했다. 갑자기 실시하게 된 『특별 입시』. 적어도 시즈카가 이 대학에서 일하기 시작한 후로 처음 있는 일이었다.

게다가 그 특별 입시의 수험생은 참 불가사의한 소녀였다.

이름은 야토가미 토카. 비현실적인 아름다움과 넘쳐흐르는 자신감으로 가득 찬 소녀였다. 솔직히 말해 교실에 들어와서 그녀를 본 순간, 그녀에게 눈길을 빼앗기며 얼이 나갔을 정도다.

오랫동안 강사를 해오면서 뛰어난 학생과 그렇지 못한 학생을 구분할 수 있게 됐다. 분위기로 볼 때, 그녀는 전자였다. 꼿꼿한 등. 지적인 빛을 가득 머금고 있는 눈동자. 입학식 직후에 특별 입시가 열린다고 하는 비정상적인 일정 또한, 어찌할 수 없는 사정이 있어서 그렇다는 생각이 들게 할 정도의 압도적인 존재감이 그녀에게 감돌고 있었다.

하지만······.

"···········."

시즈카는 눈을 비볐다.

시험이 시작되고 얼마 지나지 않아, 왠지 토카의 인상이 아까와 달라지는 듯한 느낌이 들었다.

처음에는······.

(훗. 그 어떤 문제도 제 상대는 되지 못하죠.)

······같은 분위기였지만, 문제를 풀면 풀수록······.

(······음? 이 문제는······ 푼 적이······ 있는 것······도, 같은데······?)

······이 되더니······.

(···········으, 으음······.)

······같은 지경에 이르렀다.

예를 들자면, 금이 간 그릇이다. 그릇을 가득 채우고 있던 지식이라는 물이, 시간이 흐르면서 조금씩 조금씩 흘러나오는 듯한 느낌이다.

물론 시험 도중에는 입을 열면 안 되는 만큼, 이 모든 것은 시즈카의 상상에 지나지 않는다.

시험 중반에는 머리끝까지 열이 치민 건지, 올려 묶어뒀던 머리카락을 풀고 안경 또한 벗었다. 아무래도 도수 없는 안경이었던 것 같았다.

그리고 시즈카가 시험 종료 5분 전을 알리자 초조함에 사로잡히며 시선이 흔들리기 시작했고, 연필 측면에 기호를 새긴 후에 굴리는 지경에 이르렀다. ……중학교나 고등학교 정기 시험이라면 몰라도, 대학 입시장에서는 거의 볼 수 없는 광경이었다.

"으, 으음…… 시험 종료입니다. 필기도구를 내려놓으세요."

"휴우————."

시즈카가 그렇게 말한 순간, 토카는 크게 숨을 내쉬며 책상에 넙죽 엎드렸다.

그 모습에서는 시험을 시작할 즈음의 당당한 아우라가 눈곱만큼도 느껴지지 않았다. 시즈카는 오늘 본 광경을 불가사의하게 느끼면서, 답안지를 회수했다.

같은 날. 사이토 대학 A동. 특별 입시 면접을 위해 긴 책상과 의자가 배치된 교실.

이 자리에 모인 세 명의 면접관은 책상 위에 놓여 있는 해당 수험자의 입학 원서를 보면서, 미심쩍다는 듯이 대화를 나누고 있었다.

"……야토가미 토카, 18세. 도립 라이젠 고교 출신……. 흠. 왜 일반 입시에 지원하지 못한 거죠?"

"병 치료 때문이라고 적혀 있군요. 현재는 완치되어서 건강에 문제는 없지만, 하필이면 입학시험과 수술 시기가 겹쳤다고 합니다."

"그래요. 그거 안 됐군요. ……그건 그렇고, 특별 입시라니…… 대체 정체가 뭘까요?"

""""…………""""

면접관들은 입을 다물었다.

그들이 이런 반응을 보이는 것도 당연했다. 편입이라면 몰라도 『특별 입시』인 것이다. 야토가미 토카란 소녀는 그 정도로 중요 인물인 것일까.

유력 정치가 혹은 대기업 사장 자녀, 아니면 어느 나라의 왕족— 어느 쪽이든 간에 이사장이 일부러 편의를 봐줄 정도의 존재인 것은 틀림없다.

"……혹시 불합격 처리를 하면 큰일이 나는 걸까요?"

"에, 에이, 그럴 리 없어요."

"맞습니다. 게다가 합격 여부는 면접 결과만으로 결정되는 않으니까요. 저희는 평소처럼 할 일을 다 하면 됩니다."

그렇다. 입시에 있어서 큰 비율을 차지하는 것은 어디까지나 필기시험이다. 면접에서 인상이 좋았다고 해도, 필기 점수가 나쁘면 합격할 수 없다.

하지만 **만약 필기시험의 결과가 합격 라인에 겨우겨우 턱걸이를 한 수준이라면**…… 면접으로 합격 여부가 결정되는 일이 벌어질지도 모른다.

면접관들이 그런 이야기를 나누고 있을 때, 이 교실 입구에서 노크 소리가 들려왔다.

"……음? 아직 시간이 이른 것 같습니다만……."

"뭐, 뭐어, 좀 일찍 올 수도 있지 않겠습니까. ―들어 오세요."

면접관 중 한 명이 입실을 허락했다.

그러자 교실의 문이 천천히 열리더니― 뜻밖의 인물이 모습을 드러냈다.

예순 살 정도로 보이는, 근엄한 인상의 남성이었다. 날카로운 눈빛과 멋지게 기른 수염을 지녔고, 등에 철심을 박은 것처럼 당당한 그 모습은 교육자라기보다 퇴역 군인에 가까워 보였다.

"……윽?! 하, 학장님?!"

그 모습을 본 면접관 전원은 튕기듯 자리에서 벌떡 일어났다.

그렇다. 그가 바로 사이토 대학 학장인 다이도지 마사카게다.

"실례하지. ―느닷없이 이런 이야기를 해서 미안하네만,

나도 이 면접에 참여해도 되겠나?"

"네……?! 학장님께서 직접, 말입니까……?"

면접관은 진땀을 흘렸다. 그것도 그럴 것이 원래 시험 면접관은 학부 교수나 준교수가 주로 맡으며, 학장이 직접 참가하는 일은 흔치 않은 것이다.

역시 이 수험생은 엄청난 거물인 걸까. 무슨 일이 있어도 불합격을 시키면 안 될 정도로—

""""…………""""

아니다. 면접관들은 마음속으로 그 생각을 부정했다. 다이도지 마사카게는 교육의 화신 같은 인물이다. 그 어떤 권력에도 굴하지 않는다. 그가 현장에 나타났다는 건 오히려 정반대— 이 수험생이 상당한 문제아일 가능성을 가리키고 있다.

"그, 그러시죠. 자리를 준비하겠습니다!"

아무튼 안 된다는 선택지는 존재할 리가 없다. 면접관은 허둥지둥 의자를 가져왔다.

"음, 미안하네."

학장은 그렇게 말하며 자리에 앉았다. 자리에 앉은 자세 또한 전혀 흐트러짐이 없었다. 면접관들은 얼굴이 긴장감이 감도는 가운데, 등을 꼿꼿이 폈다. 마치 면접관들이 수험생이 된 듯한 분위기였다.

—잠시 후, 면접 시간이 됐다. 그에 맞춰 누군가가 교실 문

에 살며시 노크를 두 번 했다.

"드, 들어오시죠."

면접관이 그렇게 말하자, 천천히 문이 열리더니— 지칠 대로 지친 인상의 소녀가 교실 안으로 들어왔다.

"시, 실례…… 하겠다…… 합니다. 야토가미 토카라고 합니다…… 잘 부탁한다, 예요……."

그리고 기묘한 존댓말로 그렇게 말하더니, 무너지듯 의자에 털썩 주저앉았다. 그 모습을 본 면접관들은 미간을 살짝 찌푸렸다.

"……아직 앉으라고 말하지 않았습니다만……."

"음…… 그랬나. 그러고 보니 코토리한테서 그런 말을 들었던 것 같구나. 미안하다. 시험을 치느라 지친 바람에 깜빡했다, 예요."

토카가 그렇게 대답하자, 면접관들은 술렁거렸다.

"우선 이쪽의 지시에 따르는 게 기본 아닌가요?"

"그리고 노크를 할 때는 세 번 하는 게 매너일 텐데요?"

평범한 면접이었다면 면접관들도 이렇게까지 세세하게 따지지는 않았을 것이다. 나중에 감점했을지도 모르지만 본인 앞에서 그것을 지정하지는 않았으리라.

하지만 지금은 상황이 다르다. 면접관들은 학장 앞에서 실수를 범하는 것을 과도하게 두려워하고 있었다.

토카는 송구하다는 듯이 말을 이었다.

"실례했다, 예요. 으음, 하지만, 매너라는 것은 사람이 불쾌함을 느끼지 않도록 하기 위한 것인데…… 사람은 노크 횟수가 한 번 차이 난다는 이유로 기분이 나빠지는 건가. 참 어려운걸, 이에요."

"아니, 학생……."

면접관은 말을 이으려다 멈췄다.

이유는 단순했다. 그의 말을 막듯, 학장이 입을 열었기 때문이다.

"맞는 말이군. 본질을 망각하는 건 어리석은 일이지. 허나, 사회에서는 흔히 볼 수 있는 일이기도 하네. 처음에는 사람을 배려하기 위해 시작된 것이 유명무실해지면서, 그에 따르지 않는 것이 무례하게 여겨지고 있지. 때로는 예절이 먼저 만들어지고, 사람이 그에 따라야만 하는 사태까지 벌어지고 있다네. ─어째서라고 생각하나?"

학장은 날카로운 눈길로 토카를 쳐다봤다.

하지만 토카는 딱히 긴장하지 않으며, 생각에 잠긴 채 「으음……」 하고 낮은 신음을 흘렸다.

"……다들 올바르다고 말하면, 그것이 틀림없이 올바르단 생각에 빠지기 때문일까?"

"그렇네. ─스스로 생각하지 않아서지. 그게 왜 올바른 일인지 심사숙고하지 않고, 맹목적으로 따르기만 해서라네. 덧붙여 말하자면, 무례한 범한 자를 꾸짖는 것이 기분 좋기 때문이기도 하겠지. 우리 학교에는 그런 사람이 없기를 바라네만⋯⋯."

"""⋯⋯⋯."""

학장이 야유 섞인 발언을 입에 담자, 면접관들은 침묵에 빠졌다.

학장은 개의치 않으며 말을 이었다.

"언제부터인가 면접은 정해진 순서에 따라 추는 댄스가 됐다네. 그걸 알면서도 이 학교에서 면접을 폐지하지 않은 건, 이것이 입학 희망자와 직접 이야기를 나눌 수 있는 흔치 않은 기회이기 때문이지. ―질문을 몇 가지를 할까 하는데, 솔직하게 대답해주겠나?"

학장이 그렇게 말하자, 토카는 자세를 바르게 고쳤다. 그리고 숨을 크게 들이마신 후, 학장의 눈을 똑바로 응시했다.

"―음. 알았다. 질문에 진실하게 답할 것을 약속하지."

그리고 당당한 어조로 그렇게 말했다. ⋯⋯그 후, 문득 생각난 것처럼 「⋯⋯예요」 하고 덧붙였다.

"그럼 첫 번째 질문이네. 자네가 이 학교에 입학하려 하는 이유는 뭐지?"

"친구들이 다니고 있어서다. 정말 소중한 친구들이지. 그런 친구들과 함께 공부할 수 있다면 정말 좋겠다고 생각했다."

"흠, 친구인가. 확실히 그건 멋진 일이지. 그럼 이 대학 자체에는 별다른 애착이 없는 건가?"

"미안하지만 그렇다. 친구들이 다른 대학에 다닌다면, 아마 그 대학을 지망했을 거다."

토카가 전혀 미안해하지 않으며 고개를 끄덕이자, 면접관들은 얼이 나간 것처럼 눈을 동그랗게 떴다. 면접에서 대놓고 그런 발언을 하리라고는 생각도 못 한 것이다.

하지만 학장은 딱히 기분 나빠 하지 않으며 말을 이었다.

"그럼 왜 남들처럼 평범하게 수험에 참여하지 않은 건가? 일부러 이 시기에 시험을 치르려 한 이유를 말해주겠나?"

"그건—."

토카는 말을 이르려다, 고개를 살며시 저었다.

"미안하지만, 말할 수 없다."

"아, 알려줄 수 없다니……. 병 치료 때문 아닌가요?"

면접관 중 한 명이 원서를 가리키며 그렇게 말하자, 토카는 조용히 말을 이었다.

"진실하게 답하겠다고 약속했으니, 말할 수 없다."

"흠…… 그래."

학장은 이해했다는 듯이 고개를 끄덕였다.

"뭐, 좋네. 이유야 어찌 됐든 간에, 자네는 친구와 함께 대학 생활을 하기 위해 반드시 합격해야만 하는 거군."

"음. 그렇다."

"—그걸 위해서라면 부정행위를 해도 된다는 건가?"

학장은 눈을 가늘게 뜨더니, 섬뜩한 목소리로 그렇게 말했다. 그 말과 어조를 접한 면접관들은 무심코 숨을 삼켰다.

"""……윽."""

학장의 말은 농담을 하거나 은근슬쩍 떠보는 것처럼 들리지 않았다. 마치 부정행위의 증거를 이미 찾았거나— 대학 측과 물밑 교섭이 이뤄졌다는 듯한 말투였다.

하지만, 그는 확인하려는 것처럼 보이기도 했다.

—자신의 눈앞에 있는 소녀가, 이 학교에 다닐 자격이 있는 인물인지를 말이다.

토카는 눈을 돌리지 않으며 대답했다.

"코토리가 준비한 수단을 말하는 거라면, 거절했다. 다들 노력해서 이 학교에 들어갔는데 나만 노력을 하지 않는다면, 나중에 후회할 거란 생각이 들었거든. 하지만— 그래. 이 시험을 치르는 것 자체가 부정행위라고 비난하는 것이라면, 대꾸할 말이 없다. 정규 시험을 치르지 못할 이유가 있었다고는 해도, 편의를 받은 건 사실이니 말이지. 코토리에게는 미안하지만, 내년에 다시 시험을 치르도록 하겠다."

"…………."

학장은 상대방의 속내를 읽으려는 듯이 토카의 눈을 응시하더니—

곧 표정을 풀면서, 작게 한숨을 내쉬었다.

"그럼 마지막 질문을 하지. —자네는, 배우는 것이 즐겁나?"

"—물론이다!"

토카는 환한 미소를 머금으며, 힘차게 고개를 끄덕였다.

◇

운명의 특별 입시로부터 며칠 후.

시도는 토카, 코토리를 데리고 모교인 라이젠 고교를 찾았다.

"오오— 체육관! 반갑구나!"

토카는 온몸으로 기쁨을 표현하듯 양손을 크게 벌리며 환한 목소리로 그렇게 말했다.

그 모습은 시도가 아는 평소의 토카와 똑같았다. 시험 당일의 언동은 코토리가 말한 것처럼, 한꺼번에 대량의 지식을 집어넣은 탓에 과부하가 발생한 상태였던 것 같았다. 그후— 아니, 시험을 마치고 돌아왔을 때는 이미— 원래 토카로 돌아와 있었다.

지금 토카는 고등학생 시절의 친숙한 교복을 입고 있었다. 오늘 이 순간에는 저 교복이 가장 그녀에게 어울리는 것이다.

그렇다. 오늘은 기다리고 기다렸던 토카의 미니 졸업식이 열리는 날이며— 코토리가 졸업식장으로 준비한 곳은 바로 진짜 졸업식이 열렸던 라이젠 고교 체육관이다.

"그건 그렇고…… 이곳을 용케 확보했네."

시도가 감탄과 어처구니없음이 뒤섞인 한숨을 내쉬며 그렇게 말하자, 왼편에 있던 코토리가 입에 문 막대 사탕의 막대 부분을 까딱거리며 대답했다.

"뭐, 오늘은 휴일이잖아. 자초지종을 이야기해줬더니, 흔쾌히 승낙해주지 뭐야."

"아무리 휴일이라고 해도, 농구부나 배구부가 연습을 할 것 같은데……."

"아, 그건—."

코토리는 말을 끊더니, 의미심장하게 웃었다.

"뭐, 여러모로 손을 썼거든."

"아니, 그러니까 신경 쓰이잖아. 이상한 짓을 한 건 아니지?"

"안 했어. 나를 대체 뭐로 보는 거야?"

코토리는 볼을 살짝 부풀리더니, 토카를 쳐다봤다.

"그것보다, 슬슬 시간이 됐어. —자, 토카. 다들 안에서 기다리고 있거든? 빨리 주인공의 모습을 보여줘."

"음!"

토카는 힘차게 고개를 끄덕이더니, 체육관 입구를 향해 걸어갔다.

시도는 토카의 뒤를 따르면서, 옆에서 걷는 코토리에게 말을 건넸다.

"하지만, 장소가 너무 넓으면 오히려 허전하게 느껴지지 않을까? 나도 토노마치와 야마부키 같은 애들한테 말을 해두긴 했지만…… 전부 합쳐도 서른 명 정도밖에 안 될 거잖아? 너무 한산할 것 같은데…….”

“—그렇게 생각해?”

시도가 그렇게 말하자, 코토리는 씨익 웃었다.

그리고 거기에 맞춘 것처럼, 토카가 체육관의 문을 열었고—.

다음 순간, 땅이 뒤흔드는 듯한 우레 같은 박수와 크나큰 함성이 시도 일행에게 쏟아졌다.

“오오……!”

“우왓?!”

시도는 무심코 몸을 웅크렸다.

체육관 안은 셀 수도 없을 만큼 많은 사람으로 북적이고 있었다.

요시노와 오리가미를 비롯한 한때 정령이었던 소녀들과, 토노마치와 아이, 마이, 미이 같은 옛 클래스메이트, 타마 쌤 같은 교사진, 그리고 〈프락시너스〉 승무원들까지는 이해가 됐다. 하지만 그 외에도 반이나 학년이 다른 학생들과 다른 학교의 학생들, 그뿐만 아니라 토카가 자주 다니던 상점가 가게 주인들과 식당 주인 등, 남녀노소를 불문하고 수많은 이들이 환하게 웃으며 토카를 맞이해주고 있었다. 유심히 보니, 오늘 여기서 연습을 할 예정이었을 농구부와 배구부 부원들도 있었다.

“이, 이게 대체…….”

시도가 얼이 나가 있을 때, 코토리가 어깨를 으쓱하며 말했다.

"연락을 받은 사람이 다른 사람에게 연락하면서…… 이렇게 인원이 늘어버렸나 봐. ―딱히 얕잡아본 건 아니지만, 토카는 우리 생각보다 훨씬 사람들에게 사랑을 받은 것 같네."

코토리가 한 말 중 뒷부분은 잘 들리지 않았다.

그것도 그럴 것이, 토카가 손을 흔들면서 안으로 들어서자 환성이 한층 더 커진 것이다.

"우오오오! 토카 야아아아아앙!"

"건강을 되찾아서 다행이야아아아아앗!"

"사랑해애애애애애애애애애앳!"

아이돌의 라이브를 연상케 하는 크나큰 환성이 체육관 안을 가득 채웠다. 참고로 마지막 절규는 옛 클래스메이트인 토노마치 히로토가 외친 것이었다. 그리고 옆에 있던 후지바카마 미이에게 두들겨 맞고 있었다.

"다들, 고맙구나! 나도 만나고 싶었다!"

사람들의 환성에 온몸으로 답하듯 크게 손을 흔든 토카는 체육관 한가운데에 만들어진 길을 나아가더니, 준비된 자리에 앉았다.

"시도, 우리도 들어가자."

"아, 응."

시도와 코토리는 그 모습을 본 후, 오리가미를 비롯한 다른 이들이 앉아있는 곳으로 이동했다.

　체육관 안은 수제 조화와 종이 고리 장식 등으로 귀엽게 꾸며져 있다. 단상에는 『졸』, 『업』, 『축』, 『하』, 『해』라고 적힌 컬러풀한 문자 패널이 세워져 있었다. 요시노를 비롯한 장식 담당들이 준비한 것이리라.

　엄숙한 졸업식이라기보다는 직접 준비한 느낌이 물씬 나는 생일 파티 같지만— 이 자리에는 그편이 더 어울릴 것 같았다. 요시노와 시선이 마주친 시도가 엄지를 치켜들자, 그녀는 부끄러워하듯 볼을 붉히면서 엄지를 마주 치켜들었다.

　『—아~, 조용히 해주십시오. 여러분, 모여주셔서 감사합니다. 그럼 이제부터 야토가미 토카 양의 미리 졸업식을 시작하겠습니다.』

　스피커에서 그런 목소리가 흘러나왔다. 단상 옆을 보니, 마이크 앞에 〈라타토스크〉 부사령관인 칸나즈키 쿄헤이가 있었다. 물론 지금은 군복이 아니라 고급스러운 검은색 양복을 깔끔하게 차려입고 있었다.

　"—꺄아~! 콘콘 멋져~!"

　조용해진 체육관 안에 그런 목소리가 울려퍼졌다. —객석에 있던 오카미네, 아니, 칸나즈키 타마에 교사가 새된 환성을 지른 것이다. 아무래도 칸나즈키는 집에서 콘콘이라고 불리는 것 같았다.

　"아……."

그 목소리가 생각보다 널리 울려 퍼지자, 타마에는 볼을 붉혔다. 하지만 칸나즈키가 전혀 부끄러워하지 않으며 「고마워, 마이 허니」 하고 대답하자, 객석에서는 성원과 놀리는 목소리가 터져 나왔다.

『감사합니다. 그럼 내빈 대표의 축사가 있겠습니다—.』

그렇게, 토카의 졸업식이 시작됐다.

하지만 딱히 격식을 차린 행사는 아니었다. 내빈 대표의 축사라고 해도, 희망자가 차례차례 단상에 올라서 토카와의 추억을 이야기하거나 노래를 하거나 댄스를 선보일 뿐이었다. 축사라기보다 개인기 콘테스트라는 말이 적절할 것이다. 막바지에는 식당 주인이 가게 선전을 했다. 아무래도 다음 주부터 새로운 메뉴가 나오는 것 같았다. 토카는 그 말을 듣고 군침을 삼켰다.

그리고, 그렇게 열띤 분위기 속에서 시간은 흘렀고—.

『—그럼, 졸업 증서 수여가 있겠습니다. 마이 허니—가 아니라, 칸나즈키 타마에 선생님. 단상으로 올라와 주십시오.』

사회자인 칸나즈키가 등단을 요청하자, 타마에는 어깨를 부르르 떤 후에 로봇 같은 딱딱한 움직임으로 단상에 올라왔다. 아무래도 교장을 대신해 예전 담임인 타마에가 토카에게 졸업 증서를 건네주게 되어 있는 것 같았다. 적절한 인원 선정이었다.

『그럼 졸업생, 야토가미 토카 양.』

"음!"

토카는 힘차게 답하더니, 전혀 긴장하지 않으며 단상에 올라갔다.

그리고 단상에서 토카와 타마에는 마주섰다. 타마에는 연단에 놓인 졸업 증서를 손에 쥐더니, 마이크를 향해 말하기 시작했다.

『으음…… 조, 졸업 증서. 야토가미 토카 님. 당신이, 본교─.』

하지만 긴장한 목소리로 글자를 읽던 타마에의 목소리에, 훌쩍이는 목소리가 섞이기 시작했다.

『으……, 우엥…… 죄, 죄쏭애요……. 야, 야또까미 양이…… 쫄업한다고 쌩각하니…… 으, 으흑…….』

타마에는 표정을 일그러뜨리더니, 눈물을 줄줄 흘리기 시작했다. 졸업 증서를 눈물로 더럽히지 않으려는 건지, 한 걸음 뒤로 물러나서 눈가를 훔쳤다.

"타마 쌤……."

그 모습을 본 시도는 감정이 치밀어 올랐다. 약 1년 전, 이 세상에서 사라진 토카는 어쩔 수 없이 건강상의 이유로 휴학한 것으로 처리됐지만─ 자초지종을 모르는 타마에는 그녀를 매우 걱정했던 것 같았다.

"괜찮으냐, 타마 쌤. 눈물을 그쳐다오."

"미, 미안애요…… 이, 이래썬 무리 가타요……."

걱정스러운 표정으로 몸을 숙인 토카가 등을 쓰다듬어주

자, 타마에는 감정이 북받친 것처럼 엉엉 울기 시작했다.

하지만, 이대로는 식이 끝나지 않는다고 생각한 듯한 타마에는 손등으로 눈가를 훔치더니, 객석 쪽을 손가락으로 가리켰다.

"저, 쩌를 대씬애…… 야또까미 양에게 졸업 쯩써를…….
—이츠카 군이, 전달해 쭈세요……."

"…………네?!"

느닷없이 지명을 당한 시도는 무심코 그렇게 외쳤다.

"제, 제가요?! 아니, 왜…… 다른 선생님께 부탁하는 편이—."

시도가 당황하자, 갑자기 그의 등을 누군가가 때렸다. —바로 코토리였다.

"너무 빼지 말고 빨리 가봐, 오빠~."

그렇게 말한 코토리는 재미있다는 듯이 미소 지었다. 아니, 코토리만이 아니었다. 내빈석에 앉아있는 원래 정령이었던 소녀들은 올바른 판단이라는 듯이 고개를 끄덕이고 있었다.

"크큭, 타마 쌤도 뭘 좀 아는구나."

"수긍. 확실히 더할 나위 없이 적절한 인선이에요."

"음. 힘내거라, 나리."

"다들……."

시도는 그녀들을 차례차례 쳐다보더니, 마지막으로 단상에 있는 토카를 쳐다보았다.

"…………."

토카는 아무 말 없이, 힘차게 고개를 끄덕였다.

그 모습을 본 시도는 결심했다. 그는 크게 심호흡을 하더니, 발에 힘을 주며 천천히 의자에서 일어났다.

"—알겠어요. 삼가 받들겠습니다."

시도가 타마에의 말에 그렇게 답하자, 체육관 전체에서 환성이 터져 나왔다.

"오오오오오! 좋아~! 확 해버려~!"

"이츠카, 파이팅~!"

"젠자아아앙! 끝까지 멋진 역할을 다 채가는 거냐~!"

"이 약아빠진 자식아아아아아!"

"죽어버려어어어엇!"

"잠깐만. 마지막 말은 성원이 아니거든?!"

내빈석에서 들려온 목소리에 답한 시도는 칸나즈키에게 부축을 받으며 단상에서 내려온 타마에와 교대하듯, 단상에 올라섰다.

그리고, 연단을 사이에 두고 토카와 마주섰다.

"—후후, 왠지 불가사의한 느낌이구나."

"……응. 동감이야."

시도가 어깨를 으쓱하며 그렇게 말하자, 토카는 옅은 미소를 머금었다.

"하지만…… 왠지 마음 한편으로 이걸 바란 듯한 느낌이 든다. —시도, 부탁하마."

"토카—."

시도는 토카의 말에 「그래」 하고 힘차게 답하더니, 아까 전의 타마에처럼 졸업 증서를 손에 들면서 마이크로 입을 가져갔다.

그리고 크게 숨을 들이마신 후, 힘차게 말했다.

『—졸업 증서. 야토가미 토카 님. 당신이 본교 보통과 규정 과목을 이수하였음을 인정합니다!』

그러자 토카는 그 문장을 온몸으로 느끼듯 눈을 살짝 내리깔더니, 천천히 손을 내밀어서 시도로부터 졸업 증서를 넘겨받았다.

"축하해, 토카."

"음. 고맙다, 시도."

토카는 기쁜 듯이 미소 짓더니, 방금 시도에게 건네받은 졸업 증서를 다른 이들에게 보여주듯 힘차게 들어보았다.

"다들, 내가 해냈다! 졸업이다!"

"""—오오오오오오오오오오오오오오오오오오오오!!"""

크나큰 환성이 체육관을 감쌌다. 창문이 부르르 떨렸고, 천장 또한 희미하게 삐걱거렸다.

정말, 마지막까지 형식을 깨는 졸업식이었다. 시도는 무심코 환한 미소를 짓더니, 손뼉을 치면서 토카를 축복했다.

"……어?"

바로 그때, 시도의 눈썹이 흔들렸다. 어느새 단상 바로 아

래로 온 코토리가 그를 향해 손짓하고 있었다.

"코토리, 왜 그래?"

몸을 숙인 시도는 코토리를 향해 얼굴을 내밀며 물었다. 크나큰 환성 탓에, 이렇게 해야 목소리를 들을 수 있었다.

"—이거 봐. 기왕이면 이것도 읽어주는 게 어때?"

코토리는 약간 큰 목소리로 그렇게 말하더니, 호주머니에서 봉투 하나를 꺼내서 시도에게 건네줬다.

"이건……."

이미 뜯어진 봉투였다. 안에 들어 있던 종이를 꺼낸 시도가 그 내용을 읽어보더니—

"……코토리, 너란 애는 정말……."

훗 하고 웃으면서 코토리를 향해 장난스레 도끼눈을 떴다. 그러자 코토리는 「최고의 타이밍이지?」 하고 말하며 장난기 어린 미소를 머금었다.

시도는 그 종이를 손에 쥔 채 몸을 일으키더니, 여전히 흥분에 사로잡혀 있는 체육관을 향해 힘찬 목소리로 외쳤다.

『—야토가미 토카 님!』

"음?"

희미하게 하울링이 섞인 큰 목소리가 스피커에서 흘러나오자, 이 자리에 있는 모든 이들의 시선이 시도에게 집중됐다.

시도는 기분 좋은 긴장감과 고양감을 느끼면서, 손에 쥔 종이에 적힌 문장을 읽었다.

『—당신의 사이토 대학 사회학부 합격을 통지합니다! 사이토 대학 학장, 다이도지 마사카게!』

그리고 아까 토카가 했던 것처럼, 손에 쥔 종이— 사이토 대학의 합격 통지서를 힘차게 들어 보였다.

잠시 정적이 흐른 후—.

오늘 들어 가장 큰 환성이, 체육관을 뒤흔들었다.

◇

"—자~! 여러분, 좀 더 붙어 서세요! 가장자리에 있는 분은 사진에 안 들어갑니다! 앗! 뭐하는 겁니까, 미쿠 씨! 붙어서라고 했지만 만지는 건 금지입니다!"

그런 지시에 따라, 시도 일행은 찰싹 붙어섰다. 수백 명 규모로 단체 사진을 찍는 것이다. 마치 만원 전철에 탄 듯한 압력이 주위에서 느껴지자, 시도는 무심코 쓴웃음을 머금었다.

하지만 어쩔 수 없었다. 성황리에 졸업식을 마친 시도 일행은 토카와 함께 기념사진을 찍기로 했는데— 너무 인원이 많은 탓에, 일반적인 촬영 방법으로는 전원을 사진 한 장에다 담을 수가 없었다.

시도 일행은 현재, 체육관이 아니라 라이젠 고교의 교정에 모여 있었다.

그들이 시선을 보내는 곳은 건물 옥상이다. 그곳에서는 커다란 카메라를 든 칸나즈키가 손짓·발짓으로 사람들에게 지시를 내리고 있었다.

"아, 네! 딱 좋습니다, 여러분! 아, 한가운데의 꽉꽉 들어찬 느낌이 참 끝내주는군요! 저도 저 사이에 끼이고 싶습니다! 학생 시절에 만원 전철에 시달리고 싶어서 일부러 집에서 먼 학교에 다닌 사람이 바로 저, 칸나즈키 쿄헤이입니다!"

칸나즈키는 농담 투로 그렇게 말해서, 다른 이들의 웃음을 유도했다. 참가자 대다수는 농담으로 여긴 것 같지만, 〈라타토스크〉 관계자만은 「실화 같아」 하고 생각하며 메마른 웃음을 흘렸다.

"그럼 찍겠습니다! 아, 토카 양. 졸업 증서를 펼쳐 주세요!"

"음, 이렇게 말이냐?"

토카는 칸나즈키의 지시에 따라 졸업 증서를 들어 보였다. 하지만 공간에 여유가 없어서 제대로 펼칠 수 없는 것 같았다. 그러자 토카는 으음, 하고 낮은 신음을 흘렸다.

"시도, 미안하지만 좀 잡아주겠느냐?"

"그래, 알았어. ……잠깐만, 그러면 나도 같이 졸업한 것 같지 않아?"

"후후, 괜찮지 않느냐. 시도 덕분에 졸업한 것이나 다름없으니 말이다."

토카는 미소를 머금으며 그렇게 말했다. 시도는 그 말을 들고 쓴웃음을 머금더니, 졸업 증서의 오른쪽 끝을 잡고 카메라를 향해 펼쳐 보였다.

"아, 좋군요! 그럼 그대로—."

그리고, 칸나즈키가 셔터를 누르기 직전…….

"저기, 시도."

토카는, 옆에 있는 시도에게만 들릴 만큼 작은 목소리로, 속삭이듯 말했다.

"응? 왜 그래?"

"—사랑한다."

"뭐?"

그 순간, 셔터가 눌러지자—.

다들 환한 미소를 짓고 있는 가운데, 시도만이 얼이 나간 듯한 표정으로 기념사진에 실리고 말았다.

야마이 트라이어드

Triad YAMAI

DATE A LIVE ENCORE 11

"······················어?"

10초 넘게 뜸을 들인 끝에······.

이츠카 시도는, 얼이 나간 듯한 목소리를 냈다.

전혀 예상하지 못한 사태에 직면했을 때, 사람들은 한순간 아무런 반응도 보이지 못하게 된다.

왜 그런 일이 일어난 걸까. 애초에 그것은 무엇일까. 대체 어떻게 대처하면 될까— 이제까지의 기억과 체험에서 그것들의 답을 찾아내려 하면서, 뇌에 과부하가 걸리는 것이다.

시도 또한 예외가 아니었기에, 얼이 나간 것처럼 한동안 그 자리에 멍하니 서 있었다.

하지만 시도와 같은 상황에 부닥친다면, 누구나 비슷한 반응을 보일 게 틀림없다.

왜냐하면—.

"고소(苦笑). 흐음, 오래간만에 만난 사람한테 이런 인사는 좀 너무한 거 아냐? 오늘을 위해, 나름 꾸미고 온 건데 말이지. —홋. 아니, 어쩌면 다행이라며 기뻐해야 하려나? 적어도, 네가 그런 표정과 태도로 맞이할 상대는 이 세상에 나 뿐일 테니 말이지."

—절대 이 자리에 있을 수 없는 인물이, 눈앞에 서 있는 것이다.

그 인물은 시도보다 키가 큰 미녀였다. 가늘고 긴 손발과, 슈퍼 모델을 연상케 하는 끝내주는 몸매. 귀여움과 당당함이 동거하고 있는 그 단정한 얼굴에는 현재 장난기 섞인 미소가 어려 있었다.

틀림없다. 그렇다. 틀림없다.

시도는 그녀의 이름을 틀림없이 알고 있다.

"야…… 야마이……?"

시도가 믿기지 않는다는 투로 그 이름을 입에 담자…….

"대답. 응. 만나고 싶었어, 시도."

소녀— 카자마치 야마이는, 구김 없는 미소를 머금으며 그렇게 대답했다.

◇

"맹약의 순간이 찾아왔도다! 전뇌(電腦)의 천사가 파멸의

서곡을 연주하노라! 새로운 전장이 그대를 기다릴지니! 영광을 갈구한다면, 이 몸의 손을 잡도록!"

충격적인 재회로부터 하루 전. 사이토 대학의 캠퍼스.

시도가 스마트폰을 쳐다보며 과제를 확인하고 있을 때, 갑자기 앞쪽에서 그런 목소리가 들려왔다.

귀에 익은 목소리, 그리고 귀에 익은 말투였다. ―누구인지 확인할 필요도 없다. 시도는 천천히 고개를 들어서 상대방에게 대꾸했다.

"아하, 오락실에 새로운 게임이 들어왔구나? 좋아. 내일은 별다른 약속이 없으니까, 같이 가자."

"오오?!"

시도가 그렇게 말하자, 그 인물은 놀란 것처럼 눈을 동그랗게 뜨며 고함을 질렀다.

예쁘게 땋은 머리카락과 활발한 느낌의 얼굴을 지녔고, 검은색을 베이스로 한 옷과 은제 액세서리로 온몸을 꾸민 소녀였다.

야마이 카구야. 한때 시도와 힘을 합쳐 싸웠던 정령이었고, 지금은 인간이 되어 그와 함께 사이토 대학에 다니고 있는 대학 1학년이다.

"이, 이 몸의 진언을, 이렇게 손쉽게 해독할 줄이야……. 이 몸이 모르는 사이에 실력이 일취월장한 것 같구나, 시도."

"뭐, 너와 하루 이틀 알고 지낸 것도 아니니까 말이야.

……그리고 상대방이 못 알아들을 거라고 생각한다면, 그냥 평범하게 말하면 되지 않아?"

시도가 쓴웃음을 머금으며 그렇게 말하자, 카구야의 옆에 서있던 소녀가 감회에 젖으며 팔짱을 꼈다.

"칭찬. 방금은 카구야어 준1급 레벨의 문제예요. 시도가 이 정도로 카구야어에 정통하다니, 유즈루도 어깨가 으쓱……거리는 군요."

유즈루는 그렇게 말하며 고개를 끄덕였다.

그녀는 카구야의 쌍둥이 자매인 야마이 유즈루다. 카구야와 판박이처럼 얼굴이 똑같지만, 그녀와 대조적으로 옅은 파스텔 색조 블라우스와 롱스커트 차림이라서 고등학생 시절보다 구분하기 쉬웠다.

"복잡. 하지만 통역으로서의 일거리가 사라져서 일말의 쓸쓸함이 느껴지긴 해요. 이게 일자리를 빼앗긴 기분인 걸까요. 이렇게 되면 시도에게 영구 취직이라는 형태로 책임을 져달라고 할 수밖에 없겠어요."

"은근슬쩍 무슨 소리를 하는 거야?!"

유즈루의 말을 들은 카구야가 새된 목소리로 그렇게 외쳤다. 그러자 유즈루는 자신만만한 미소를 머금었다.

"시연. 마스터 오리가미에게 직접 전수 받은 기습적 스트로베리 워드예요. 가슴이 콩닥거릴 발언을 대화에 섞어서, 상대방이 자기를 의식하게 만드는 거죠. 또한 과했다간 니아처럼 무슨 말을 해도 농담처럼 여겨진다고 해요. 남용은 좋지 않죠."

"그, 그렇구나……."

카구야는 유즈루가 한 말을 스마트폰에 재빨리 메모했다. 그리고 퍼뜩 고개를 들더니, 멋들어진 포즈를 취했다.

"아, 아무튼! 맹약은 맺어졌도다! 태양이 정점에 도달했을 때, 철마가 모이는 요충지에서, 물의 신의 가호를 얻거라!"

"아, 12시에 역 분수대 앞에서 보자는 거구나. 알았어."

"지적. 방금은 준2급 문제 수준이군요. 지금의 시도에게는 너무 쉬운 문제 아닐까요?"

"시, 시끄럽거든?! 그리고 그 등급은 대체 뭐야?! 남의 말투에 멋대로 랭크를 매기지 말아줄래?!"

"……윽?! 당황. 방금 한 말은 어떤 의미일까요. 네이티브 스피커인 유즈루도 이해할 수 없다니……. 특수한 비속어일지도 모르겠군요. 공공장소에서 음란한 표현은 쓰지 말아 주세요."

"평범하게 말했을 뿐이거든?!"

카구야가 비명에 가까운 목소리를 내며 유즈루의 어깨를 흔들었다. 그러자 유즈루는 머리가 흔들리는 와중에도, 참을 수 없다는 듯이 의미심장한 웃음을 흘렸다.

"하하……."

대학생이 되어도, 이 두 사람은 여전했다. 시도는 기묘한 감회에 사로잡히며 부드러운 표정을 머금었다.

—분명 이 두 사람은 앞으로의 긴 인생에서 그 어떤 일이 벌어질지라도, 쭉 변함없을 거란 생각이 들었다.

그런 시도의 생각을 읽은 건 아니겠지만, 생각이 표정으로 드러났던 것 같았다. 카구야와 유즈루는 미심쩍은 표정을 지으면서 시도를 돌아보았다.

"……그 뜨뜻미지근한 눈길은 뭐야?"

"의아. 손자를 지켜보는 할아버지 같은 표정이에요."

"아, 별거 아냐. —그것보다, 내일 열두 시에 봐."

시도가 얼버무리듯 그렇게 말하자, 두 사람은 미심쩍은 표정을 지으면서 대답했다.

"음. 지각은 허락지 않겠노라."

"추기(追記). 1초 늦으면 유즈루들과 함께 하는 시간이 1초 줄어들고 말 테니까요."

"그건 그렇지만, 그래도 1초 단위로 그러는 건 너무 혹독한 것 같은데……."

시도는 쓴웃음을 머금으며 말했다.

그러자 두 사람은 질렸다는 듯이 어깨를 으쓱했다.

"크큭. 시간의 중요성을 이해하지 못하는 것 같구나. 야마이는 항상 진화하고 있느니라."

"동조. 여유 부리다간 유즈루들과의 귀중한 한순간을 놓치고 말 거예요. 내일의 새로운 유즈루들을 부디 기대해주세요."

카구야와 유즈루는 좌우대칭으로 멋진 포즈를 취하더니, 그대로 캠퍼스를 내달렸다.

"새로운 카구야와 유즈루……라."

좀 과장된 표현이기는 하지만, 그 말 자체는 이해가 됐다.

시도는 하루하루를 곱씹으며 살아가자고 마음 먹으면서― 일단 과제 확인 작업을 다시 시작했다.

◇

"―아니, 그래도 이건 너무 새로운 거 아냐?!"

다음날. 역 앞 광장의 분수대 앞.

퍼뜩 정신을 차린 시도는 눈앞에 나타난 소녀를 향해 절규에 가까운 목소리로 그렇게 외쳤다.

길을 가던 통행인이 무슨 일인가 싶어 쳐다봤지만, 시도는 현재 그런 것을 신경 쓸 여유조차 없었다.

그것도 그럴 것이, 눈 앞에― 이 세상에 존재할 리 없는 소녀가 서 있으니 말이다.

"미소. 기운이 넘친다는 건 좋은 일이야. 하지만 처음부터 그렇게 폭주하다간 체력이 못 버티지 않을까?"

그녀는 윙크하면서 그렇게 말했다. 약간 아니꼽게 느껴지는 동작이지만, 큰 키와 시원시원한 눈매 때문에 남자인 시도의 가슴이 무심코 콩닥거릴 만큼 멋져 보였다.

　야마이. 카자마치 야마이.

　시도는 예전에 딱 한 번, 『그녀』와 만난 적이 있다.

　올해 3월, 느닷없이 나타난 수수께끼의 정령 〈비스트〉. 그 정령과 싸우던 와중, 일시적으로 영결정(靈結晶)을 되찾았던 야마이 자매가 융합한 모습이다.

　하지만 〈비스트〉의 귀환과 함께, 세피라^{세피라}는 다시 사라졌다. 카구야와 유즈루는 다시 원래의 몸으로 되돌아갔고, 『카자마치 야마이』로 되돌아가는 일은 영원히 없을 거라고 여겼다.

　"사고(思考). 아, 그래."

　시도가 아연실색한 표정으로 야마이를 머리끝에서 발끝까지 훑어보자, 그녀는 뭔가를 눈치챈 것처럼 두 손을 펼쳤다.

　"망설일 필요 없어. 자, 이리 와."

　"어……?!"

　시도가 당황한 듯한 목소리를 내자, 야마이는 의아하다는 듯이 고개를 갸웃거렸다.

　"의문. 어라. 재회의 기쁨을 포옹으로 표현하고 싶은 건가 했는데, 아니었어?"

　"아니, 그 이전의 문제거든?! 왜 카자마치 야마이의 모습이 된 거야?!"

　"이해. 아, 그쪽이구나. ─하하, 잘은 모르겠지만, 아침에 일어나보니 이렇게 됐지 뭐야. 어제, 같이 자서 그럴까? 항상 다른 침대에서 자는데, 카구야가 밤에 본 공포 영화가 무서웠는지 잠을 못 자지 뭐야."

"몸이 대체 어떻게 되어 먹은 거야?!"

시도가 고함을 질렀지만, 야마이는 딱히 개의치 않았다. 아하하, 하고 가볍게 웃으며 말을 이었다.

"미소. 그런데, 정말 괜찮겠어?"

"뭐?"

"허그 말이야."

야마이는 과장되게 두 팔을 벌리며 또 시도를 유혹했다. 그러자 100센티미터는 넘을 듯한 풍만한 가슴이 출렁, 하고 다이내믹하게 흔들렸다.

"윽······?!"

그 달콤한 유혹에, 시도는 볼을 붉히며 신음을 흘렸다.

시도도 신체 건강한 남자 대학생이다. 솔직히 말해, 그 제안을 받아들이며 달려들고 싶은 마음이 없다면 거짓말일 것이다.

하지만 대낮에 길 한복판에서 그런 행동을 취할 수는 없었다. 게다가 야마이의 기억이 카구야와 유즈루에게 전해진다면, 원래대로 되돌아온 두 사람이 이 일을 가지고 놀려댈지도 모른다.

"······아, 아냐. ······사양할게."

시도가 강철 같은 의지로 고개를 젓자―.

"그래. 그럼 나만 포옹해야겠네."

"뭐?"

야마이가 손을 슬며시 뻗는가 싶더니, 다음 순간에는 시도의 얼굴이 그녀의 가슴에 파묻혀 있었다. 그리고 야마이는 정열적으로 시도를 꼭 끌어안았다.

"―으으으읍?!"

"염원. 응. 나도 만나고 싶었어, 시도. 아니, 카구야와 유즈루로서 매일같이 얼굴을 마주해왔지만 말이야."

수십 초 후.

시도는 그제야 해방됐다.

"아, 미안해. 너와 재회한 게 너무 기뻐서 말이지."

"……괘, 괜찮아……."

시도는 질식할 뻔한 탓인지, 부끄러운 건지, 아니면 양쪽 다인 건지, 새빨개진 볼을 손바닥으로 살짝 때리며 고개를 들었다.

그러자 야마이는 팔짱을 낀 채 천천히 고개를 끄덕였다.

"―자, 그럼 가자."

"가자고……? 어디를 말이야?"

"의아. 무슨 소리를 하는 거야. 오늘 우리가 여기서 만나기로 한 건, 오락실 데이트를 하기 위해서잖아?"

"데이트라니…… 뭐, 그럴지도 모르겠네."

시도는 볼을 긁적인 후, 마음을 다잡으려는 듯이 고개를 저었다.

"하, 하지만 〈라타토스크〉에 먼저 연락해야 해. 세피라도 없는데 두 사람이 카자마치 야마이로 되돌아가는 이상한 사태가 벌어졌잖아. 제대로 조사해봐야……."

"추측. 뭐, 그렇게 걱정 안 해도 될 거야. 아마 침대 두 개를 나란히 두고 그 가운데에서 자면, 내일 아침에는 두 명으로 나뉘어 있을걸?"

"뭐 그딴 불가사의 생물체가 다 있냐고! 슬라임도 아니고 말이야! 그리고 설령 네 말이 맞더라도, 제대로 검사해보지 않았다가 큰일이라도 나면 어쩔 건데?!"

"흠……."

시도가 고함을 지르듯 그렇게 외치자, 야마이는 쓸쓸한 듯한 표정을 지었다.

"유감. 시도는 나와 데이트를 하는 게 그렇게 싫어?"

"윽……. 그, 그런 말이 아니잖아."

"카구야와 유즈루, 두 사람인 편이 다양한 플레이를 즐길 수 있어서 이득이지. 우헤헷~ 같은 거구나."

"완전 쓰레기 같은 발상이네!"

야마이는 미소를 머금더니, 약간 그윽한 눈길을 머금었다.

"만감(萬感). 일전에는 제대로 인사도 못 한 채 헤어졌잖아. 너와 이렇게 이야기를 나누는 건, 내 소망이었어. ─이야, 기적인지 우연인지는 모르겠지만 이 세상은 뭘 좀 아는걸. 전장에서 마주칠 수밖에 없었던 우리에게, 이런 해후의 기회를 다 주다니 말이야."

"야마이……."

"약속할게. 이 데이트가 끝나면, 〈라타토스크〉에 꼭 사태를 보고하겠어. 그러니 지금은— 지금만은, 이 기적을 누려주면 안 될까?"

"…………."

시도는 한동안 침묵을 지킨 후, 이윽고 가늘게 숨을 내쉬었다.

그리고 그대로, 천천히 걸음을 내디뎠다.

"시도—."

"자, 새 게임이 나왔다며? 빨리 안가면 줄 서서 기다려야 할지도 몰라."

"……! 응!"

야마이는 기쁜지 밝은 목소리로 그렇게 말하더니, 시도와 팔짱을 끼며 몸을 맞댔다.

"어, 어이, 너무 들러붙지 마. 걷기 힘든 데다, 엄청 주목받고 있단 말이야……."

"과시. 얼마든지 보라지 뭐. 아니면 뭐야? 나는 네 옆에 설 수준이 못 된다는 거야?"

아까까지의 풀죽은 모습은 어디에 가버린 것일까. 그렇게 말한 야마이는 흐흥 하고 장난스러운 미소를 머금었다.

　시도는 「이런이런……」 하고 말하며 쓴웃음을 머금더니, 오락실을 향해 걸어갔다.

　"큭……, 우오오오오오! 격추해주마아아아앗!"

　원형 콕핏에 탄 시도는 조종간을 쥔 채 고함을 질렀다.

　대형 모니터에 표시된 커서를 향해, 기총의 탄환이 굉음과 진동을 자아내며 날아갔다.

　『향락. 꽤 하네. 하지만, 아직 멀었어!』

　하지만 모니터 중앙에 비친 오렌지색 기체는 믿기지 않는 속도로 선회하더니, 시도의 기체가 쏜 탄환을 전부 피했다.

　"아니?!"

　『종막. ―지옥에서 보자. 사랑하는 나의 숙적이여.』

　통신기를 통해 그런 목소리가 들려온 직후…….

　모니터가 찬란한 빛에 감싸이더니― 엄청난 폭음과 진동이, 시도가 탄 콕핏을 덮쳤다.

　"우, 우와아아아아아앗!"

　모니터가 폭염과 연기로 뒤덮이더니, 이윽고 전원이 꺼진 것처럼 내부가 어두워졌다.

　그 후, 『YOU LOSE』라는 글자가 모니터 중앙에 표시됐다.

　"……아～, 또 졌네."

시도는 조종간을 놓더니, 하아 하고 한숨을 내쉬었다.

그렇다. 역 근처에 있는 오락실에 온 시도는 야마이와 함께 신작 로봇 게임을 즐기고 있는데…… 아까부터 야마이의 압도적인 플레이 스킬에 당하고 있었다.

카구야와 유즈루도 게임을 잘하는 편이지만, 야마이의 실력은 차원이 달랐다. 마지막 일전에서는 시도의 공격은 야마이에게 단 한 번도 명중하지 않았다.

몸을 고정시키는 안전벨트를 푼 시도는 문을 열고 콕핏— 형태의 기기에서 내렸다.

그와 동시에, 시원시원한 미소를 머금은 야마이가 옆에 있는 기기에서 내렸다.

"완승. 후후, 시도도 소질이 없는 건 아냐. 경험을 쌓으면 좋은 파일럿이 될걸?"

"……칭찬 고마워. 뭐, 이미 세 번이나 전사했지만 말이야."

시도가 어깨를 으쓱하며 자조 섞인 목소리로 그렇게 말하자, 야마이는 쾌활하게 웃었다.

"하하, 그것도 그러네. —그럼, 시도에게 멋진 모습을 보여줄 기회를 주도록 할까."

"뭐?"

"하고 싶었던 게임은 즐겼지만, 좀 더 어울려줄 거지? 카구야와 유즈루일 때 몇 번이나 와본 장소지만, 나로서는 귀중한 체험이거든. 좀 더 다양한 게임을 즐겨보고 싶어."

"아하⋯⋯. 물론, 기쁜 마음으로 함께할게."

"응. 정말 고마워. 그럼⋯⋯."

야마이는 주위를 둘러보더니 관심이 가는 것을 발견했는지 서둘러 걸음을 옮겼다.

"발견. 실은 전부터 해보고 싶었어."

그리고, 화면과 원형 미트로 구성된 기계— 펀치머신 앞에서 걸음을 멈췄다.

"펀치머신⋯⋯ 그러고 보니 카구야도 이걸 좋아해."

"열락(悅樂). 하하, 역시 취향이 좀 겹치기는 하나 보네. —자, 그럼 나부터 해볼까."

야마이는 그렇게 말하면서 기계에 동전을 넣더니 비치되어 있던 글러브를 꼈다.

그리고, 몸을 낮추며 자세를 취했다.

무술가—라기보다 배틀 만화 주인공처럼 허세를 중시하는 포즈 같지만, 불가사의하게도 달인 같은 분위기가 감돌았다.

곧 화면에 『PUNCH!!』라는 문자가 표시됐다.

"휘유——."

야마이가 가늘게 숨을 내쉰 순간, 그녀의 주먹에 미트에 빨려들듯 작렬했다.

미트 한가운데를 꿰뚫는 듯한 날카로운 일격이었다. 야마이의 몸이 흐릿하게 보이더니, 다음 순간에는 파열음 같은 소리가 주위에 울려 퍼졌다.

"으윽……!"

시도는 무심코 귀를 감싸 쥐며 눈을 감았다. 그리고 몇 초 후, 머뭇머뭇 화면을 쳐다봤다.

화면에는 『999pt』라는 숫자가, 찬란히 빛나며 표시되어 있었다.

"확인. 흠, 나쁘지 않은 점수지?"

"하…… 하하. 역시 대단해……."

시도는 힘없이 메마른 웃음을 흘렸다.

예전에 영력 봉인 직후의 토카가 펀치 머신을 박살 낸 적이 있지만…… 야마이는 힘을 제어하면서 최고점을 딱 노린 듯한 인상이었다.

"자, 다음은 시도 차례야. 멋진 모습을 보여줄 거지?"

"으음…… 영 내키지 않네."

시도는 쓴웃음을 지으며 동전을 넣더니, 야마이가 건네준 글러브를 오른손에 끼고 자세를 취했다.

그리고, 화면의 신호에 맞춰 미트를 때렸다.

"이얍!"

픽! 하는 힘빠진 소리와 함께, 화면에 『32pt』라는 숫자가 표시됐다. 왠지 화면 안의 캐릭터가 안도한 것 같은 느낌이 들었다.

"애교. 흐음, 참 귀여운 기록이네."

"시, 시끄러워. 네가 너무 센 거야."

"하하, 삐치지 마. 일부러 져준 거지? 그런 너도 멋져."

"으으……."

딱히 그런 건 아니지만, 야마이가 왕자님 같은 어조로 그렇게 말하니 더 대꾸하는 건 좀 그렇다는 느낌이 들었다. 시도는 볼을 희미하게 붉히면서 글러브를 벗었다.

"질문. 그럼 다음에는 뭘 할까. —시도, 해보고 싶은 건 없어? 아까부터 내가 하고 싶은 게임만 한 것 같거든."

"어? 으음, 딱히 없는데……."

시도가 주위를 둘러보며 생각에 잠겨 있을 때, 야마이는 윙크를 하면서 검지를 세웠다.

"예를 들어— 그래. 끝내주는 미녀와 스티커 사진기로 사진을 찍고 싶다— 같은 소망은 없어?"

그렇게 말한 야마이는 오락실 안쪽에 있는 스티커 사진기가 모여 있는 공간을 가리켰다.

아무래도 스티커 사진을 찍고 싶은 것 같았다.

"…………."

스티커 사진을 찍는 것 자체는 괜찮지만, 상대방을 자기 뜻대로 유도하는 것에 야마이가 너무 능숙한 것 같았기에 괜히 반항하고 싶어졌다. 아까 로봇 게임으로 완전히 박살이 나면서 느꼈던 울분이 남아 있었기에, 시도는 노골적으로 시선을 돌리며 말했다.

"별로~. 딱히 그런 소망은 없거든?"

"원통. ……그, 그래……. 그럼…… 어쩔 수 없지……."

마치 풍선에서 바람이 빠지는 것처럼, 자신감이 넘치던 야마이가 풀이 죽었다.

장난을 좀 쳤을 뿐인데 야마이가 이렇게 풀이 죽자, 시도는 죄책감을 느꼈다. 결국 그는 쓴웃음을 머금으며 야마이에게 손을 내밀었다.

"하지만, 네 말을 들으니 흥미가 생기네. —괜찮다면 저와 함께 사진을 찍어주시지 않겠습니까, 아가씨?"

시도는 약간 연극 투라는 걸 자각하며 그렇게 말했다.

그러자 방금까지 고개를 푹 숙이고 있던 야마이가 미소를 머금었다.

"고민. 으음, 어떻게 할까? 아무래도 너는 꽤 나쁜 남자인 것 같거든."

"윽! 너, 너 정말……."

시도가 진땀을 흘리며 그렇게 말하자, 야마이는 못 참겠다는 듯이 웃음을 터뜨렸다.

"하하, 농담이야. —에스코트를 받는 것에는 익숙하지 않지만, 상대가 너라면 그러는 것도 괜찮겠네."

그렇게 말한 야마이는 시도의 손을 잡았다.

시도는 왠지 놀라난 것 같은 느낌을 받으면서도, 야마이의 손을 부드럽게 잡아끌며 오락실 안쪽으로 걸어갔다.

하지만, 바로 그때였다.

"ー아아아앗! 역시 여기 있었구나아아아앗!"

"발견. 아무리 기다려도 안 온다 했더니, 이런 곳에 있었군요."

시도와 야마이의 등 뒤에서, 그런 목소리가 들려왔다.

"……어?"

시도는 눈을 동그랗게 뜨면서 걸음을 멈추더니, 뒤를 돌아보았다.

귀에 익은 목소리였다. 하지만, 지금 이 세상에 존재할 리가 없는 목소리이기도 했다.

"만나서 같이 오기로 해놓고, 자기만 먼저 오는 건 너무한 거 아냐?! 이제까지 계속 기다렸단 말이야!"

"추측. 혹시 미리 연습해둘 속셈이었던 건가요?"

두 소녀가 발끈한 목소리로 그렇게 말하며 다가왔다. 한 사람은 단색 옷과 은제 액세서리를 걸친 소녀였고, 다른 사람은 옅은 색 원피스를 걸친 소녀였다. 두 사람 다 언뜻 봐서는 분간이 안 될 만큼 얼굴이 똑같았다.

그렇다. 그 두 사람은 바로……

야마이 카구야와, 야마이 유즈루였다.

"어……? 어……? 어……?"

시도는 당혹스러운 표정을 짓더니, 이쪽으로 걸어오는 두 사람을 번갈아 쳐다봤다.

두 사람 다 매일같이 얼굴을 마주하는 이웃사촌이자 동급생이다. 그런 그녀들을 못 알아볼 리가 없다.

그녀들이 방금 한 말로 볼 때, 약속 장소에 나타나지 않는 시도를 찾다가 여기까지 오게 된 것 같았다. 앞뒤가 맞는 말이었다. 전혀 이상한 구석이 없었다.

—지금, 시도와 손을 맞잡고 있는 소녀가 없다면, 말이다.

"……어? 그런데, 같이 있는 건 누구—."

"의아. 토카나 마스터 오리가미가 아닌 것 같은데—."

바로 그때, 카구야와 유즈루도 눈치챈 것 같았다.

시도와 같이 있는 소녀가, 누구인지를…….

"—탄식. 흐음, 생각보다 빨리 들키고 말았는걸."

야마이는 어깨를 살짝 으쓱하더니, 심술궂은 미소를 머금었다.

그러자—.

"어어어어어어어어어어엇?!"

"꺄아아아아아아아아아앗?!"

"전율. 이게 대체—."

야마이를 제외한 세 사람이, 동시에 절규를 토했다.

"자, 잠깐만 있어 봐! 대체 뭐가 어떻게 된 거야?! 카구야와 유즈루— 맞지?!"

"다, 당연하잖아! 딱 보면 알 수 있잖아?!"

"의문. 저 사람이야말로 대체 누구죠?!"

카구야와 유즈루가 그렇게 말하자, 야마이는 두 사람을 향해 돌아서면서 정중히 인사를 건넸다.

　"인사. 그래. 어찌 보면 처음으로 만나는 걸지도 모르겠네. 나는 카자마치 야마이. 야마이 카구야와 야마이 유즈루가 융합한 모습이야."

　"아, 아니! 그건 알지만! 우리가 이렇게 존재하잖아!"

　"동요. ……하지만, 가짜 같지는 않아요. 틀림없는 카자마치 야마이예요."

　"여, 영문을 모르겠네……. 대체 무슨 일이 일어난 거야? 헉, 설마 나츠미가 〈위조마녀〉로—."

　"부정. 진정하세요, 카구야. 나츠미의 세피라도 이제 없어요. 변신은 불가능해요."

　"그, 그래……. 하지만, 그럼 대체……."

　카구야와 유즈루가 당혹스러운 표정으로 그런 이야기를 나누고 있을 때, 야마이는 자신만만한 미소를 머금으며 시도의 어깨에 팔을 둘렀다.

　"우왓! 야, 야마이……?"

　"당당. 시끄럽게 떠들 거면 다른 데서 해주지 않겠어? 나는 지금 시도와 데이트 중이거든."

　그렇게 말한 야마이는 마치 카구야와 유즈루를 도발하듯, 시도의 볼을 손가락으로 쓰다듬었다. 시도는 간지러운 나머지 무심코 「아앙!」 하고 새된 신음을 흘렸다.

"아니……! 멋대로 굴지 마라! 그대 뜻대로 굴게 두지는 않겠느니라!"

"분연(奮然). 먼저 약속한 건 유즈루들이에요."

카구야와 유즈루는 날카로운 눈길로 야마이를 노려보면서 파이팅 포즈를 취했다.

그러자 야마이는 재미있다는 듯이 입가를 일그러뜨렸다.

"칭찬. 응. 역시 **우리**야. 말이 잘 통하네. ─그래. 나와 너희, 어느 쪽이 진짜인지는 이제 와서 아무래도 상관없어. 정령이니 어쩌니, 세피라가 어쩌니 같은 것도 사소한 일에 지나지 않지. 중요한 것은 오늘 시도와 데이트를 하는 건 나나 너희 중 한쪽만이라는 사실이야. 자, 데이트 약속을 했다고 주장하는 이들이 한자리에 모였어. 이제 어떻게 할래? 『야마이』라면, 어떻게 결판을 낼 거지?"

야마이가 그렇게 말하자, 카구야와 유즈루는 맞받아치듯 외쳤다.

"뻔하지 않느냐! 원하는 것이 있다면!"

"호응. 자기 손으로 거머쥐는 것이 야마이의 스타일이에요."

"개전(開戰). 그 열의는 높이 사겠어. 그럼 시작하자. 일어날 리 없었던, 야마이의 싸움을!"

─이리하여, 시도가 얼이 나가 있는 사이에, 야마이 VS 야마이의 싸움, 그 막이 올랐다.

◇

　—그리고 그 싸움은, 겨우 몇 분 만에 막을 내렸다.

　"우와아……."

　게임기 외부 모니터에 표시된 결과 화면을 본 시도는 인상을 찡그렸다.

　그렇다. 카구야와 유즈루가 승부 종목으로 고른 것은 바로 신작 대전형 로봇 액션 게임이었다. 아까 시도가 야마이에게 박살이 났던 바로 그 게임이다.

　결과는 예상대로, 야마이의 압승이었다.

　게다가 2대1로 싸웠으며, 카구야와 유즈루에게 연습 시간까지 주고 승부에 임했다. 트집을 잡을 여지가 없는 결과였다.

　"이, 이럴 수가……!!"

　"경악. 유즈루와 카구야의 콤비네이션이 통하지 않다니……."

　기계에서 나온 카구야와 유즈루는 무너지듯 그 자리에서 주저앉았다. 시도는 식은땀을 흘리며 한숨을 내쉬었다.

　"그러니까 이 게임으로는 승부하지 말라고 말린 건데……."

　"……그런 소리를 들은 승부로 이기면 더 끝내주잖아."

　"오판. 승리로 이어지는 복선이라고 생각했어요……."

　두 사람은 고개를 푹 숙였다. 바로 그때, 옆에 있는 기계에서 멋지게 나온 야마이는 머리카락을 쓸어올리면서 시원한 미소를 지었다.

"감탄. 역시 카구야와 유즈루네. 멋진 연계였어. 내가 네 발이나 맞을 줄은 몰랐다니깐."

"……그거, 칭찬이야?"

"불만. 왠지 빙빙 돌려서 바보 취급당하는 느낌이 들어요."

"솔직하게 칭찬하는 거야. 시도는 끝까지 나한테 한 발도 맞추지 못했는걸."

"어, 대결에 참여하지 않은 내가 가장 혈뜯기고 있는 거 아냐?"

시도가 도끼눈을 뜨며 그렇게 말하자, 야마이는 재미있다 는 듯이 웃으면서 카구야와 유즈루를 돌아보았다.

"완료. 자, 승패는 갈렸어. 불만은 없지?"

"큭…… 시, 시도……."

"원통. 죄송해요. 유즈루들이 못난 탓에……."

카구야와 유즈루는 분하다는 듯이 주먹을 말아쥐며 이를 악물었다.

그러자 야마이는 그 모습이 재미있다는 듯이 턱을 매만졌다.

"—하지만, 단 한 종목으로 결판을 내버리는 것도 『야마 이』답지는 않아. 나도, 충분히 놀지는 못했거든."

그리고, 「그러니까」 하고 말하며 두 사람을 향해 손을 내 밀었다.

"제안. 기왕이면 방금 대결도 포함해 5판 승부를 하는 건 어때? 물론 너희는 둘이서 함께 해도 상관없고, 승부 방법 또한 너희가 정해도 돼. —이 정도 핸디캡으로는 부족하려나?"

야마이는 여유만만한 어조로 말했다.

카구야와 유즈루는 날카로운 시선을 머금으면서, 몸을 벌떡 일으켰다.

"이익……! 가, 감히 이 몸을 얕보다니……!"

"응전. 바라는 바예요. 방금 대결로 승리를 확정 짓지 않은 것을 후회하게 해주겠어요."

그렇게 말한 두 사람은 결의를 다지며 야마이를 쳐다봤다.

이미 승패가 갈린 승부를 연장하는 것에 거부감을 느끼기는 하지만, 그보다 카자마치 야마이에게 지는 것을 참을 수 없는 것 같았다.

"속행. 훗. 그럼 정해주실까. 다음 승부 종목은 뭐지?"

야마이는 당당히 손을 펼치며 물었다.

카구야와 유즈루는 동시에 서로를 쳐다보더니, 소곤소곤 상담한 후에 각자의 손을 좌우로 펼쳤다.

"훗. 따끔한 맛을 보여주겠노라. 제2시합은—."

"결정. 저 에어리어에 있는 걸 이용한 승부예요."

야마이 5판 승부, 제2시합.
코스프레 대결.

"……코스프레?"

두 사람이 그런 제안을 하자, 시도는 황당하다는 표정으로 고개를 갸웃거렸다.

"크큭, 몰랐느냐? 이 유희장에는 스티커 사진용으로 다양한 의상이 준비되어 있느니라!"

"설명. 각자가 좋아하는 의상을 고른 후에 시도를 더 두근거리게 만든 사람이 승리라고 하는, 정령 사이에서 전해져 내려오는 전통적인 승부 방법이에요."

"그, 그런 전통이 있었어……?"

"그러하니라. 유사한 예까지 포함한다면, 정령들 대다수가 경험해봤지. 좀 과하다 싶을 정도이니라."

"탄식. 대체 얼마나 유흥에 빠져야 직성이 풀리는 건가요. 아니 땐 굴뚝에 연기 날 리 없죠. 시도의 그런 점이 문제인 거예요."

"한 번도 주최한 적이 없는데, 왜 내가 꾸중을 듣는 거야?! 그것보다 아까와 승부 방식이 너무 다른 거 아냐?!"

시도가 그렇게 말하자, 카구야는 자신만만한 미소를 머금었다.

"이미 유희는 심판의 순간을 맞이했느니라. 더는 사소한 일을 거론치 말거라. 한 영역에서 자웅을 결할 필요는 없지. 유구한 대해(大海)를 향해 나아가야만 하는 것이니라."

"아……. 뭐, 게임으로 대결해봤자 승산이 없긴 할 거야……."

"경탄. 직역만이 아니라 의역도 통달하셨군요. 더는 가르쳐 드릴 게 없어요."

"아니, 멋대로 납득하지 말아줄래?!"

카구야는 마음을 가다듬듯이 「아무튼!」 하고 말하더니, 야마이를 손가락으로 가리켰다.

"의상을 고른 후, 저 탈의실에 가서 갈아입거라! 뭐, 시도의 취향을 속속들이 파악한 우리에게 이길 수는 없겠지만 말이다!"

"흠— 괜찮네. 재미있겠어. 이런 승부도 좋아하거든."

하지만 야마이는 전혀 당황하지 않으며 즐거운 듯이 의상을 고르더니, 탈의실에 들어갔다. 카구야와 유즈루도 둘이서 의상을 고른 후, 커튼 너머로 사라졌다.

그리고, 시도가 딱히 할 일 없이 몇 분 동안 기다린 후……

"—크큭! 강림의 순간이 찾아왔도다!"

"출현. 새로운 유즈루&카구야의 탄생이에요."

힘찬 목소리로 그렇게 말한 카구야와 유즈루가 탈의실에서 나왔다.

"오, 오오……!"

그 모습을 본 시도는 무심코 눈을 동그랗게 떴다.

카구야는 박쥐 날개와 뿔이 인상적인 검은색 의상을 입었다.

유즈루가 입은 것은 백조 날개와 머리 위의 고리가 인상적인 하얀색 의상을 입었다.

그렇다. 카구야와 유즈루는 2인조라는 이점을 살려서, 천사와 악마 조합을 선보인 것이다.

귀여울 뿐만 아니라 등과 어깨가 대담하게 노출된, 그야말로 『뭘 좀 아는』 디자인이었다. 시도는 시선을 둘 곳이 없는지, 볼을 희미하게 붉히고 말았다.

"크큭. 반응이 꽤 괜찮은 것 같구나."

"당연. 매력 승부로 유즈루들이 질 리가—."

하지만, 자신만만하던 두 사람은 말을 더는 잇지 못했다.

이유는 단순했다. 옆에 있는 탈의실의 커튼이 걷히더니, 야마이가 모습을 드러낸 것이다.

"등장— 하고, 폼을 잡아보긴 했지만…… 흐음, 난처하게 됐네."

야마이는 그렇게 말하며 쓴웃음을 머금었다.

"아니—?!"

"낭패. 이건……?!"

그녀를 본 카구야와 유즈루의 표정에 전율이 흘렀다.

하지만 그것도 무리는 아니었다. 야마이가 입은 것은 평범하기 그지없는 라이젠 고교 교복(어째서 그런 게 오락실에 비치된 건지는 모르겠지만)이었지만—.

명백하게, 사이즈가 맞지 않았다.

블라우스의 가슴 쪽 단추를 채우지 못했고, 겨우 채운 위아래의 단추 또한 폭력적인 볼륨 탓에 금방이라도 터질 것

최신 기종

처럼 떨리고 있었다. 치마는 겨우겨우 입었지만, 끝자락이 너무 짧은 탓에 건강미 넘치는 허벅지가 대담하게 드러나 있었다. 조금이라도 움직였다간 속옷이 보일 것만 같았다.

발랄한 건강미와, 가슴을 떨리게 하는 퇴폐미. 상반되는 두 요소가 동거하고 있는, 충격 그 자체라 할 수 있는 모습이었다.

"이야, 최선을 다했지만 더는 무리인 것 같아. 어쩔 수 없지. 이대로 채점해줘."

""".........""

야마이가 그렇게 말하자, 카구야와 유즈루, 그리고 시도는 한동안 아무 말도 하지 못했다.

몇 초 후. 카구야는 시도가 평가를 내리기도 전에 「다, 다음으로 넘어가자~!」 하고 비명에 가까운 목소리로 외쳤다.

야마이 5판 승부, 제3시합.
리듬 게임.

카구야와 유즈루가 다음 종목으로 고른 것은 리듬 게임 기계였다.

화면에 상하좌우 화살표가 표시되어 있고, 그 화살표에 맞춰 발판의 버튼을 밟으면 되는 전형적인 기종이다.

참고로 세 사람은 원래 옷으로 갈아입었다. 카구야와 유즈루가 「더는 시도가 저 몬스터를 보게 할 수는 없다……!」라고 말하는 것처럼 야마이를 탈의실에 밀어 넣었던 것이다.

"리듬 게임…… 갑자기 왕도적인 종목으로 되돌아갔네."

"크, 큭…… 여흥은 끝났다는 것이니라."

"수정. 역시 자웅을 결하기 위해서는 명확한 기준이 필요해요."

그렇게 말한 카구야와 유즈루의 볼을 타고 땀방울이 줄줄 흘러내리고 있었지만, 시도는 배려심을 발휘해 그 점을 지적하지 않았다.

"뭐, 두 사람 다 이 게임을 잘하긴 하잖아."

"크큭, 그러하니라! 우리의 점수는 정령들 중에서 탑클래스!"

"자부. 유즈루들과 대등하게 싸울 수 있는 건 마스터 오리가미 뿐이에요."

시도의 말을 들은 카구야와 유즈루는 우쭐대듯 팔짱을 끼며 가슴을 쫙 폈다.

"어라? 하지만 이 게임으로 어떻게 2대1로 대결할 건데? 2인 대전이 가능하도록 기계가 두 대 나란히 설치되어 있기는 한데……."

시도는 고개를 약간 갸웃거렸다. 원래 이 게임은 1대 다수의 대결을 고려해 만들어지지 않았다. 그렇다고 둘이서 발판 하나를 누른다면 리듬을 놓칠 것이다.

하지만 카구야와 유즈루는 시도의 질문을 예상했다는 듯이 고개를 끄덕이며 말했다.

"물론, 대결은 1대1로 벌일 것이니라. 나와 야마이, 그리고 그 후에 유즈루와 야마이가 싸우는 것이지!"

"당당. 게임이라고는 해도, 고난이도에서의 운동량은 상상을 초월해요. 과연 한 곡을 끝까지 춤춘 후에, 유즈루보다 정확하게 스텝을 밟을 수 있을까요?"

그리고 그렇게 말하면서 『크크큭……』하고 웃음을 흘렸다. 그 모습에 방금 발언이 더해지니, 마치 악역 같았다.

"아……."

확실히 좀 약았다는 생각이 들지만, 그래도 이 룰을 제안한 사람은 야마이다. 그러니 이의를 제기하지는 않을 것이다—.

시도가 그런 생각을 하고 있을 때, 야마이가 아무렇지도 않게 한 걸음 앞으로 나섰다.

"부정. 아냐. 내가 말했잖아? 2대1이라도 상관없어."

"음……? 무슨 소리를 하는 것이냐."

"지적. 이 게임은 세 사람이 동시에 플레이할 수는—."

"그러니까 너희의 합계 점수와 내 점수를 비교하면 될 거 아냐."

""".………뭐?"""

시도 일행이 얼이 나간 표정으로 눈을 치켜뜨자, 야마이는 기계에 동전을 넣은 후에 게임을 시작시켰다.

—두 대를 동시에 말이다.

"어……?! 뭐, 뭐하는 거야?!"

"당황. 설마—."

카구야와 유즈루가 동요한 목소리로 그렇게 외치는 가운데, 게임이 시작됐다.

빠른 템포의 노래가 스피커에서 흘러나오는 것과 동시에, 엄청난 숫자의 화살표가 화면에 표시됐다.

"약동. 훗——."

야마이는 작게 미소 짓더니, 그 자리에서 껑충 뛰어오른 후—.

눈에 보이지 않는 발놀림으로 두 개의 발판을 동시에 밟기 시작했다.

"아니……?! 저저저, 저게 뭐야?! 발이 어떻게 되어 먹은 건데?!"

"경악. 기계 두 대에 동시에 정확히 입력하는 게 가능할 리가—."

유즈루의 말과 달리, 두 화면에는 『EXCELLENT!』라는 문자가 연이어 표시되고 있었다.

얼이 나간 두 사람이 그 광경을 멍하니 지켜보는 가운데, 이윽고 노래가 끝나더니—.

"완수. —피니시야."

야마이가 포즈를 취한 순간, 어느새 주위에 모여 있던 관객들에게서 성대한 환성이 터져 나왔다.

야마이 5판 승부, 제4시합.
볼링.

"다, 다음은 옆에 있는 어뮤즈먼트 에어리어로 이동해서 볼링 대결을 하도록 하지······! 이, 이번에야말로 이 몸의 진면목을 보여주겠노라! 눈떠라, 전설의 연옥수갑(煉獄手甲)^{페게포이어 건틀릿}······!"

그렇게 말한 카구야는 어느새 꺼내든 검은색 볼링용 프로텍터를 손에 장착했다. 저것은 예전에 시도와 볼링을 치러 갔을 때 구입한 것이다. 참고로 딱히 전설 같은 건 없다.

확실히 볼링도 카구야와 유즈루의 전문 분야이기는 하지만······ 두 사람의 표정에서는 여유를 전혀 찾아볼 수 없었다. 얼굴이 식은땀에 젖은 채, 방심이라고는 눈곱만큼도 섞이지 않은 눈길로 야마이를 주시하고 있었다.

그에 반해 야마이는 느긋하기 그지없었다. 즐거운 듯이 콧노래를 흥얼거리면서, 볼을 쳐다보고 있었다.

"······으음, 혹시나 해서 묻는 건데 말이야. 볼링으로 어떻게 2대1 승부를······."

시도가 볼을 긁적이며 묻자, 카구야와 유즈루는 더는 말하지 말라는 것처럼 그를 쳐다보았다.

"당연히, 합계 점수로 승부하는 것이니라……!"

"설명. 카자마치 야마이가 전부 스트라이크를 하더라도, 유즈루들이 합친 점수보다 더 많은 점수를 따는 건 불가능해요……!"

이제 체면이나 자존심을 챙길 때가 아니라는 듯이, 두 사람의 눈에 핏발이 섰다. 아까까지만 해도 저 두 사람에게서는 간부급 악역의 관록이 느껴졌지만, 지금은 조무래기 악당 같아 보였다.

"……으음."

시도는 표정을 굳히며 팔짱을 꼈다.

확실히 두 사람의 말이 맞기는 하지만, 왠지 야마이가 질 거란 느낌이 전혀 들지 않았다.

"—시동. 그럼 나부터 하면 되지?"

야마이는 가벼운 어조로 그렇게 말하더니, 볼링공을 손에 쥐며 볼링 레인으로 향했다. 참고로 그녀가 선택한 볼은 놓여 있던 것 중에서 가장 무거운 볼이었다.

"하앗—."

야마이는 짤막하게 숨을 토하면서 볼을 던졌다.

볼은 잠시 허공을 가른 후에 레인 한가운데에 떨어지더니, 그대로 나아가서 모든 핀을 쳐냈다. 완벽한 스트라이크였다.

하지만, 그것으로 끝이 아니었다. 볼에 튕겨난 핀 두 개가 좌우의 레인으로 날아가더니, 거기 있던 핀을 전부 쓰러뜨린 것이다.

"".............""

시도와 카구야, 유즈루는 망연자실한 눈길로 그 광경을 보면서 「스리 스트라이크라는 말, 야구 말고 다른 데서도 쓰이는구나……」 하고 생각하면서 불가사의한 감회에 사로잡혔다.

야마이 5판 승부, 제5시합.
에어하키.

"……마, 마지막 대결은……."

"……각오. 에어하키, 예요."

이미 초췌해진 카구야와 유즈루는 숨을 헐떡이며 그렇게 말했다.

하지만 이제까지의 승부를 전부 지켜본 시도는 저 두 사람의 심정을 이해할 수 있었다. 카구야와 유즈루도 게임에 자신이 있는 편이었지만…… 카자마치 야마이는 차원이 달랐다. 사는 세상 자체가 다르다고 해도 과언이 아니었다.

"하지만, 마지막 승부는 의외로 공평하네……."

시도는 낮은 으르렁거림 같은 소리를 내는 에어하키 게임기를 내려다보면서 말했다.

2대1이라는 핸디캡은 존재하지만, 볼링처럼 개인이 낼 수 있는 스코어에 상한선이 있지는 않다. 오히려 이제까지의 승부보다 힘든 대결이 될 것이다.

"아…… 응. 어차피 어떤 승부를 제안해봤자 비상식적인 방법으로 박살이 날 게 뻔하니까, 마지막만큼은 후회가 남지 않는 대결을 펼칠까 해서 말이야……."

"동의. 스피드와 콤비네이션. 그것이야말로 유즈루들의 진수예요. 바람의 야마이 자매로서, 이 승부로도 진다면 더는 변명의 여지가 없어요."

"그, 그렇구나……."

그건 카자마치 야마이도 마찬가지일 것 같은데……라고 시도는 생각했지만, 말을 끝까지 잇지는 않았다.

그러자 야마이는 맬릿 — 손에 쥐고 에어 하키 팩을 치는 도구 — 를 만지작거리면서 입술 가장자리를 치켜올렸다.

"환희. —훗, 기쁜걸. 전력을 다한 도전을 받다니, 가슴이 뛰어."

그리고 잠시 생각에 잠긴 후, 야마이는 시도를 쳐다보았다.

"제안. —시도. 너도 카구야와 유즈루의 진심을 받아보지 않겠어?"

"뭐?"

"다행히, 에어 하키는 복식 경기가 가능해. 한 번에 네 명까지 동시에 할 수 있지. 계속 구경만 하는 것도 지겹잖아?"

야마이가 그렇게 말하자, 시도는 눈을 동그랗게 떴다. 즉, 이 최종 시합에 야마이의 파트너로 참가하지 않겠느냐고 묻는 것이다.

"어, 어이어이…… 말도 안 되는 소리 하지 마. 내가 너희의 속도에 따라갈 수 있을 리가 없잖아? 오히려 짐만—"

거기까지 말한 시도는 야마이의 의도를 눈치채고 입을 다물었다.

확실히 시도는 짐이 될 게 뻔했다. 하지만, 그걸로 괜찮다. 오히려 그것이 야마이의 목적일 것이다.

생각해보면 처음부터, 야마이의 태도는 일관됐다. 카구야와 유즈루에게 승리하는 것이 목적이라면, 첫 게임에서 이긴 순간에 승부를 관뒀으면 됐을 것이다.

그렇다. 야마이는 쭉— 카구야, 유즈루와의 게임을 진심으로 즐기고 있었다.

이제 와서 시도에게 같이 게임을 하자는 제안을 한 것도, 카구야와 유즈루를 위한 핸디캡— 그리고 시도도 게임을 즐겨줬으면 한다는 이유일 것이다.

그렇다면, 거절할 이유는 없다. 시도는 미소를 머금으며, 에어하키 게임기 앞에 섰다.

"—일이 이렇게 됐네. 후후후, 미안하지만 이 마지막 승부에서는 나와 야마이가 힘을 합쳐서 너희를 박살내주겠어!"

"뭐……! 잠깐만, 느닷없이 뭐하는 거야?!"

"당황. 2대1로 싸우기로 했잖아요? 약속과 다르잖아요."

카구야와 유즈루는 뜻밖에도 격렬하게 항의했다. 야마이는 그런 두 사람을 달래듯 손을 펼쳤다.

"무례한 짓이라는 건 나도 알아. 그 대신은 아니지만, 이 마지막 시합에서 우리한테 이긴다면, 너희의 최종 승리인 걸로 해줄게."

"뭐……!"

"동요. 진심인가요……?!"

카구야와 유즈루는 경악을 금치 못하며 눈을 치켜떴다.

하지만, 그것도 무리는 아니었다. 이미 패배가 확정됐다고 여기고 있을 때, 갑자기 승리의 가능성이 생겨난 것이다. 어쩌면 이것 또한 야마이가 처음부터 노렸던 것일지도 모른다.

"하, 하지만 시도는……."

"당혹. 역시 그건—."

하지만 두 사람은 미간을 살짝 찌푸리며, 내키지 않는 듯한 기색을 드러냈다.

하지만 야마이는 말을 끝까지 듣지 않으며 코인을 게임기에 넣었다.

"—개전. 자, 게임 스타트야. 가자, 시도."

"그래. 언제든 오케이야."

야마이와 시도가 맬릿을 지며, 앞쪽으로 몸을 숙였다.

"큭……! 알아서 해!"

"번민(煩悶). 어쩔 수 없죠. 전력을 다하겠어요."

그러자 카구야와 유즈루도 각오를 다지며 같은 자세를 취했다.

"──."

야마이가 즐거운 듯이 웃더니, 팩을 향해 손에 쥔 맬릿을 미끄러뜨렸다.

그 순간─.

에어하키 게임기 위에서, 폭풍이 휘몰아쳤다.

"우왓……?!"

비유나 농담이 아니었다. 야마이가 팩을 친 순간, 카카카카카카카카카카카카카카카카카카카카카캉── 하는 소리가 연속으로 울려 퍼지면서, 주위에 엄청난 바람이 휘몰아친 것이다.

그 경쾌한 소리가 세 사람이 팩을 치는 소리라는 것을, 시도는 바로 눈치채지 못했다.

이유는 단순했다. 팩이 움직이는 속도가 너무 빨라서, 시도의 눈으로 좇을 수 없었다.

아니, 정확히는 야마이의 모습도 잘 보이지 않았다. 너무 빨라서 두 명으로 늘어난 것처럼 보일 지경이었다.

"우와아……."

시도가 아무것도 못하며 멍하니 서 있을 때, 카앙! 하는 큰 소리가 나면서 세 사람이 움직임을 멈췄다. 아무래도 팩이 카구야&유즈루 팀의 골에 들어간 것 같았다.

"아앗~!"

"방심. 큭…… 설마 페인트였다니……!"

그렇게 말한 카구야와 유즈루는 분하다는 듯이 표정을 일그러뜨렸다. 시도는 대체 어떤 페인트인지 감도 오지 않았다. 카구야와 유즈루는 이제 정령이 아니지만, 그래도 속도가 어마어마했다.

"고양(高揚). 훗, 꽤 하잖아. 그래야 바람의 야마이지! 자, 나에게 보여다오! 너희의 혼이 자아내는 약동을—!"

시도가 얼이 나간 채 멍하니 서 있는 사이, 야마이는 흥분한 어조로 그렇게 말하면서 맬릿으로 팩을 힘차게 쳤다.

—십여 분 후.

에어하키 대결은 결국, 카구야와 유즈루가 1점도 못 따면서 야마이의 완승으로 막을 내렸다.

"우갸아아아앗! 분해애앳! 그때 유즈루에게 패스만 했으며 어어언!"

"……한탄. 그때, 오른쪽으로 움직였다면……."

카구야와 유즈루가 양손을 부들부들 떨면서 신음하는 듯

한 어조로 그렇게 말했다. 왠지 다른 정령과의 대결에서 졌을 때보다 더 분통을 터뜨리는 듯한 느낌이 들었다. 역시 『자기 자신』에게 져서 더 아쉬운 것이리라.

한편, 승자인 야마이는 기분 좋은지 미소를 머금고 있었다. 희미하게 맺힌 땀을 닦으면서, 휴우 하고 숨을 내쉬었다.

"상쾌. 이야, 멋진 승부였어. 저 점수처럼 크게 차이가 난 것 아냐. 나도 가슴이 철렁한 적이 몇 번이나 있거든. 자화자찬일지도 모르지만, 대단한 콤비네이션이었어."

야마이가 그렇게 말하자, 카구야와 유즈루는 더욱 분하다는 듯이 볼을 부풀렸다. 그 모습을 본 야마이는 쾌활하게 웃었다.

하지만 바로 그때, 뭔가가 생각난 것처럼 야마이의 눈썹이 희미하게 떨렸다.

"의아. —하지만, 이해가 안 되는걸. 결국 너희는 단 한 번도 시도의 에어리어로 스매시를 날리지 않았잖아."

"어……? 그랬어?"

시도는 그 말을 듣고 눈을 동그랗게 떴다. 팩의 움직임이 너무 빨라서 시합이 어떻게 전개됐는지 알 수 없었던 것이다.

"긍정. 일부러 시도 쪽을 노렸다면, 이기지는 못하더라도 점수를 몇 점 딸 수 있었을 거야. 그런데 왜 안 했지? 역시, 핸디캡까지 받아놓고 그런 짓까지 하는 걸 자존심이 허락하지 않은 거야?"

"일부러 얼버무리고 있었는데, 대놓고 핸디캡이라고 말하는 거냐고……."

시도가 도끼눈을 뜨며 그렇게 말하자, 야마이는 「하하, 미안해」 하고 말하며 웃었다. 사과하는 방식 또한 시원시원하기 그지없었다.

"으음…… 아니, 뭐, 그것도 있긴 했지만……."

"번민. 뭐라고 할까요……."

카구야와 유즈루는 말끝을 흐리며 머리를 긁적였다.

바로 그때, 야마이는 뭔가를 눈치챈 것처럼 눈을 깜빡였다.

"이해. ―설마……."

그렇게 말한 야마이는 갑자기 시도의 오른 손목을 움켜잡았다.

"아얏……."

느닷없이 그런 일을 당한 시도는 눈썹을 살짝 찌푸렸다.

딱히 야마이가 손에 힘을 준 것은 아니다. 그저 약간― 손목이 아팠다.

"시도……. 너, 손목을……."

"아……. 맞아. 약속 장소로 향하는데, 앞에서 걷고 있던 할머니가 미끄러지지 뭐야. 쓰러지기 전에 부축하기는 했는데…… 그러다 손목을 살짝 삔 것 같아."

"……이해. 맞아. 그래서 펀치 머신 때―."

"하지만, 심하게 다친 건 아냐. 손에 힘을 주면 약간 욱신

거리는 정도거든……."

"…………."

야마이는 입을 다물더니, 카구야와 유즈루를 쳐다봤다.

"감탄. 너희는 눈치챘던 거지?"

"……아, 왠지 그런 느낌이 들었어."

"애매. 시도의 움직임에서 위화감이 약간 느껴졌을 뿐이에요."

카구야와 유즈루가 그렇게 대답하자……."

"……하하, 하―."

야마이는 작게 웃음을 흘렸다.

"야마이……?"

"―카구야, 유즈루. 나는 너희를 자랑스럽게 생각해. 너희야말로 시도의 옆에 있어야 해. ―부디 즐거운 데이트를 하길 빌게."

"어? 아니, 대결에서는 우리가 한 번도 못 이겼는데……."

"수긍. 그래요. 전혀 상대가 못 됐잖아요."

카구야와 유즈루가 그렇게 말했지만, 야마이는 부드러운 미소를 머금으며 시도를 돌아보았다.

"사죄. ……미안해, 시도. 쟤들과의 승부에 열을 올린 나머지, 너를 충분히 신경 쓰지 못 했어."

"어? 아니, 사과할 것까지는 없는데……."

시도가 당혹스러워하며 그렇게 말하자, 야마이는 공주님

을 모시는 기사처럼 시도 앞에서 한쪽 무릎을 꿇었다.

그리고 시도의 손을 상냥히 감싸 쥐더니, 손등에 입맞춤을 했다.

"아니⋯⋯?!"

그 뜻밖의 행동에, 시도는 얼굴을 새빨갛게 붉혔다. ⋯⋯몸은 남자지만, 마음은 공주님이 된 기분이었다. 솔직히 가슴이 너무 뛰었다.

"어, 앗, 뭐 하는 거야⋯⋯?!"

"충격. 한 수 배웠어요."

카구야와 유즈루 또한 볼을 붉히며 경악했다.

그러자 야마이는 여유로운 미소를 머금으며 몸을 일으켰다.

"감사. 오늘은 즐거웠어. 시도, 카구야와 유즈루를— **우리**를, 잘 부탁해."

그리고, 상냥한 어조로 그렇게 말하면서 세 사람 곁을 떠났다.

시도와 카구야와 유즈루는 얼이 나간 채, 그 뒷모습을 쳐다볼 수밖에 없었다.

하지만—.

"—야마이!"

한동안 얼어붙어 있던 시도는 멀어져 가는 야마이를 불러 세웠다.

스스로도 왜 그러는지 알 수 없었다. 하지만 이대로 야마이를 보내면 후회하게 될 듯한 느낌이 들었다.

"응답. ─시도, 왜 그래?"

야마이가 천천히 뒤돌아보았다.

시도는 카구야, 유즈루에게 눈짓을 보낸 후에 말을 이었다.

"─미안하지만, 아직 돌려보낼 수는 없어. 나와 카구야, 유즈루의 데이트 계획은 『야마이와 실컷 놀기』로 결정됐거든."

시도의 그 말을 들은 카구야와 유즈루는 한순간 놀란 듯한 표정을 지었지만, 곧 동의한다는 듯이 힘차게 고개를 끄덕였다.

그러자 야마이는 눈을 동그랗게 뜬 후, 미소를 머금었다.

"……호오? 대체 뭘 하려는 거지?"

야마이가 고개를 갸웃거리며 물었다.

하지만 그 질문의 답은 이미 정해져 있었다.

"뻔하잖아. ─우선, 다 같이 스티커 사진을 찍자."

시도가 그렇게 말하자…….

"─홋, 하하."

야마이는 더는 못 참겠다는 듯이 웃음을 터뜨렸다.

"체념. 하아, 너는 정말 나쁜 남자야. 모처럼 멋지게 사라지려고 했는데 말이지. ─그런 말을 들으면, 가버릴 수가 없잖아."

그렇게 말한 야마이는 약간 거북해하면서 돌아왔다.

"""…………!"""

시도와 카구야, 유즈루는 회심의 미소를 머금으며 그런 그녀를 맞이했다.

◇

—바로 그 순간, 눈을 떴다.

"……되게 평키한 꿈을 꿨네……."

시도는 침대 위에서 눈을 비비며 몸을 일으키더니, 스마트폰의 화면을 터치해서 날짜와 시간을 확인했다.

—틀림없다. 꿈에서 본 날과 같다. 즉 카구야, 유즈루와 오락실에 가기로 한 날인 것이다.

현재 시각은 오전 열 시다. 휴일이라고는 해도, 너무 늦잠을 잤다. ……뭐, 어쩔 수 없다. 오늘 꿈은 초대작이었으니 말이다.

"설마 카자마치 야마이가 나올 줄이야……."

게다가 카구야와 유즈루까지 공동 출연하는 초호화 출연진이었다. 상식적으로 생각하면 말도 안 되지만…… 뭐, 꿈에 불평불만을 늘어놔봤자 아무 소용 없다.

게다가 나쁜 꿈이었냐면— 결코 그렇지 않았다.

만약 카자마치 야마이가 현세에 나타난다면, 그리고 카구야, 유즈루와 만난다면— 분명 그런 일이 벌어질 게 틀림없다.

"아, 여유부릴 때가 아니네……."

약속 시간은 열두 시다. 몸치장과 식사 시간을 생각하면, 그다지 여유가 없다. 시도는 서둘러 침대에서 나오더니, 세수를 하기 위해 1층으로 내려갔다.

그리고, 열두 시.

"……헬로~."

"……인사. 안녕하세요."

약속 장소에 나타난 카구야와 유즈루를 본 시도는 무심코 쓴웃음을 머금었다.

그럴 만도 했다. 두 사람 다 졸린 듯이 눈을 비비고 있었으며, 머리카락 또한 좌우대칭을 이루듯이 헝클어져 있었다.

"두 사람 다 졸려 보이네."

"으음……. 좀 이상한 꿈을 꿨거든."

"우연. 유즈루도 그래요. 참 불가사의한 꿈이었어요."

"그랬구나……."

두 사람 다 이상한 꿈을 꾸다니, 신기한 일도 있다. 그렇게 생각한 시도는 볼을 붉적였다.

뭐, 어쨌든 시도의 꿈만큼 이상하지는 않을 것이다. 카자마치 야마이와 카구야, 유즈루까지 나오는 야마이 왕창 드림이었으니 말이다.

그 꿈의 내용을 이야기해주면 「뭐, 뭐 그딴 꿈이 다 있어. 무서워……」, 「음탕. 그건 성욕이 비유적으로 나타난 꿈이군요」하고 말할 것 같아서 입 다물기로 했다.

"뭐, 됐어. 아무튼 오락실에 가자. 신작 게임을 하려면 빨리 가서 줄을 서야 할지도 몰라."

"음…… 그러도록 하지. 전쟁에서 중요한 것은 속전속결이니 말이다."

"동의. 가죠. ─참. 그러고 보니 그 게임을 플레이한 후라도 괜찮으니까, 하고 싶은 게 있어요."

유즈루가 뭔가가 생각난 투로 그렇게 말했다.

그것도 참 신기한 일이었다. 실은 시도도 두 사람에게 부탁하려던 게 있었다.

"응, 좋아. 아, 겸사겸사 나도 하고 싶은 게 있는데─."

"호오? 그대들도 그런 것이냐. 이 몸도 마찬가지이니라. 실은─."

"의외. 그런가요? 유즈루는─."

""""─스티커 사진을 찍고 싶어.""""

세 사람의 목소리가, 하모니를 이뤘다.

이츠카 파트너

Partner ITSUKA

DATE A LIVE ENCORE 11

푸른 하늘에, 장엄한 종소리가 울려 퍼졌다.

마치 그 소리를 신호 삼은 것처럼, 주위에 있던 새하얀 비둘기들이 일제히 하늘로 날아올랐다.

그 뒤를 이어서 경쾌한 결혼행진곡이 연주되더니, 순백의 의상을 입은 한 쌍의 남녀가 예배당에서 나왔다.

신랑은 〈라타토스크〉 부사령관, 칸나즈키 쿄헤이.

신부는 라이젠 고교 교사, 오카미네 타마에(옛 성).

그렇다. 오늘은 얼마 전에 혼인신고를 한 저 두 사람의 결혼식 날이었다.

"축하해, 타마 쌤! 칸나즈키!"

"오카미네 선생님…… 아름다웠어요."

"음, 참으로 경사스러운 날이구나."

예배당 밖에서 신랑 신부를 기다리고 있던 한때 정령이었던 소녀들은, 아낌없는 박수를 보내며 두 사람을 맞이했다.

그렇다. 지금 이 자리는 신랑 신부의 가족과 친구 같은 하객으로 우글거리고 있었으며, 시도 일행 또한 타마 쌤에게 초대를 받아서 이 자리를 빛내주고 있었다.

예전에 라이젠 고교를 다녔던 시도와 토카, 오리가미, 카구야, 유즈루, 그리고 쿠루미.

그리고 현재 라이젠 고교에 다니고 있는 코토리, 요시노, 나츠미, 무쿠로, 마나.

전원이 정장이나 드레스 차림이며, 환한 얼굴로 두 사람에게 박수를 보내고 있었다.

참고로 니아와 미쿠는 라이젠 고교와 딱히 연관이 없기에, 〈라타토스크〉 멤버들과 함께 신랑의 하객으로 이 자리에 왔다.

"후후후~! 고마워요! 다들, 고마워요! 이 타마에, 행복해질게요!"

웨딩드레스에 뒤지지 않을 만큼 환한 미소를 머금은 타마에가 다른 이들을 향해 손을 흔들었다. 예전부터 그녀는 결혼을 열망해왔던 만큼, 기쁨 또한 더 클 것이다.

그런 타마 쌤에게 답하듯, 하객들은 한층 더 큰 박수를 보내고 있었다.

뭐, 일부는―.

"……선생님은 원래부터 덩치도 작고 동안이었지만, 안경을 벗으니 더 어려 보이네……."

"……응. 칸나즈키가 장신이라서 그런지, 나란히 서니 범죄 느낌이 물씬 나. ……괜찮을까? 경찰에 잡혀가는 거 아냐?"

"괜찮을 거야. 칸나즈키는 그런 일에 익숙하거든."

"아, 잡혀가긴 하는 거구나……."

코토리와 나츠미처럼, 식은땀을 삐질삐질 흘리며 그런 이야기를 나누는 이도 없지는 않았다.

"우후후—. 그건 그렇고, 오카미네 선생님과 칸나즈키 씨가 결혼할 줄은 생각도 못 했어요. 운명이란 건 참 기구한 것이군요."

"맞아요~. 그건 그렇고 웨딩드레스를 입은 오카미네 선생님은 참 멋지네요~. 아앙, 언젠가 저도 입어보고 싶어요."

쿠루미의 말에 답하듯 미쿠가 그렇게 말하자, 뒤편에서 「으흥흥~」 하는 의미심장한 웃음소리가 들려왔다.

"흐음, 세계적인 디바인 밋키~ 쯤 되는 사람이 그런 느긋한 소리를 늘어놔도 되는 거야~?"

세련된 나이트 드레스를 입은 니아가 그렇게 말하며 어깨를 으쓱했다. 그녀의 볼은 약간 발그레해졌으며, 발걸음도 불안정해 보였다.

"……니아, 설마 벌써 술 한잔한 거야? 피로연 때까지 기다리고 그렇게 말했는데……."

"에이~, 좋은 자리에서 그런 인색한 소리 마~ 여동생 양."

니아가 그렇게 말하며 쾌활하게 웃자, 코토리는 질렸다는 듯이 한숨을 내쉬었다.

"그것보다, 느긋한 소리라는 게 무슨 뜻인가요~?"

미쿠가 고개를 갸웃거리며 그렇게 묻자, 니아는 손을 내저으며 대답했다.

"응~? 말 그대로의 의미야. 밋키~는 이제 결혼할 수 있는 나이인걸. —아니, 이제 대학생인 토카 네는 물론이고, 고등학생인 애들도 금방 성인이 되거든? 결혼은 그렇게 먼 미래의 일이 아니지 않아~? 요즘은 결혼을 늦게 하는 추세라지만, 서두르지 않았다간 마음에 든 상대를 남한테 빼앗길지도 몰라~. 아, 물론 나도 그래! 육체 연령은 20대! 아이 엠 결혼적령기! 실제 연령? 뭘 모르는 애네요……."

니아는 그렇게 말하며 아하하~ 하고 웃었다. 아무래도 이미 술에 꽤 취한 것 같았다.

"""…………."""

하지만 한때 정령이었던 소녀들은 그 말을 듣더니, 일제히 생각에 잠긴 것처럼 입을 다물었다.

딱히 니아의 말을 진지하게 받아들인 것 아니다. 법적으로 가능하다고는 해도, 학생 결혼— 특히 고등학생의 결혼은 매우 드문 케이스다. 니아도 술기운과 분위기에 휩쓸려 가벼운 농담 삼아 그런 말을 했으리라.

하지만 니아의 그 말은 그녀들의 머릿속에 어떤 가능성을 싹틔우기에 충분했다.

"결혼, 인가……."

"나중 일이라고 생각했지만……."

"확실히 듣고 보니……."

"하려면 할 수 있긴 하군요……."

"……뭐, 아직 실감은 나지 않아."

"나는 언제든 준비됐어."

"찬사. 대단해요, 마스터 오리가미."

"하지만, 좀 느닷없는 이야기인데……."

"흐음……. 그래도, 만약 인연을 맺는다면……."

"그 상대는―."

다들 그런 말을 중얼거리면서, 웨딩드레스 차림인 타마 쌤을 쳐다봤다.

"""…………."""

그리고, 소녀들은 동시에 어떤 상상을 했다.

만약, 저 자리에 있는 이가 자신이라면.

저 드레스를 입은 이가 자신이라면.

대체, 어떤 신혼 생활을 하게 될까.

그리고, 그런 자신의 옆에 선 반려자는―.

◇

　"—다녀왔어~."

　오후 일곱 시. 현관에서 그런 목소리가 들려왔다.

　부엌에서 저녁 식사를 준비하던 이츠카 요시노는 가스레인지를 끈 후에 그쪽으로 걸어갔다.

　"어서 오세요, 당신."

　"응."

　앞치마를 걸친 요시노가 미소를 머금으며 맞이해주자, 양복 차림의 남편— 이츠카 시도는 고개를 살짝 끄덕이며 구두를 벗은 후, 그대로 세면장으로 서둘러 향했다.

　그리고 서둘러 손을 씻고 입을 헹군 후, 다시 현관으로 돌아와서 요시노를 꼭 끌어안았다.

　"아…… 힐~링~돼~."

　"꺄앗……. 당신도 참……."

　요시노는 쓴웃음을 머금으며 그렇게 말했지만, 곧 시도에게 몸을 맡기듯 기대섰다. 왠지, 시도의 팔에 한층 더 힘이 들어간 것 같았다.

　이 포옹은 이제 일과나 다름없었다. 시도는 요시노를 정말 정말 정말 좋아한다. 그래서 일을 하러 갈 때는 작별을 아쉬워하듯, 일을 마치고 돌아왔을 때는 재회를 기뻐하듯, 이렇게 진하디진한 포옹을 나눈다.

실은 귀가했을 때도 현관에서 바로 포옹을 하고 싶지만, 감기 바이러스가 몸에 붙어 있을지도 모르기에 우선 손을 씻고 입을 헹군 후에 다시 현관으로 돌아온다. 그런 면도 참 시도다웠다.

참고로 현재, 요시노는 왼손에 파트너인 『요시농』을 끼고 있지 않았다.

낮에는 수다를 떨며 집안일을 도와주지만 『이 요시농은 둘만의 시간을 보내고 싶어하는 신혼부부를 방해할 만큼 눈치 없는 토끼가 아니거든~?』하면서 저녁때가 되면 거실에 있는 토끼 침대에서 잠자리에 든다. 시도와 요시노는 신경 쓰지 않는다고 말했지만, 정말 배려심 깊은 토끼다.

"……휴우. 에너지 보급 완료."

"후후, 오늘도 수고 많았어요."

잠시 후, 시도는 휴우 하고 숨을 토했다. 요시노는 미소를 머금으며 말을 이었다.

"저녁 준비도 다 되어가는데, 어쩌실래요? 먼저 씻으시겠어요?"

"으음…… 그것도 좋지만, 그 전에 우선……."

시도는 눈을 가늘게 뜨더니, 어리광을 부리는 어조로 그렇게 말했다.

그제야 요시노는 떠올렸다. 아직 마치지 않은 일과가 있었다.

요시노는 시도를 올려다보며 쓴웃음을 머금었다.

"정말, 당신은 여전히 어리광쟁이라니까요."

"그렇지만~. 한나절이나 요시노를 못 봤잖아. 쓸쓸해서 죽을 뻔했다고."

"호들갑이 너무 심하잖아요. —그럼, 어서 오세요."

요시노는 후후 하고 웃더니, 볼을 살짝 붉히며— 시도의 입술에 입맞춤을 했다.

그렇다. 이것은 이 부부에게 있어서의 또 하나의 일과. 귀가 키스다.

"으음——."

시도는 기쁘다는 듯이 몸을 배배 꼬더니, 요시노를 한 번더 꼭 끌어안았다. 그리고 그제야 만족한 것처럼 몸에서 힘을 뺐다.

"아~. 이제 살겠네. 그럼 먼저 씻도록 할까."

"네. 갈아입을 옷을 준비해둘게요."

"—아, 오래간만에 같이 안 씻겠어?"

"정말, 저녁 준비가 안 끝났으니 안 돼요."

"으~……."

시도가 또 어리광쟁이 모드가 됐다. 요시노는 그런 그의 머리를 쓰다듬어주며 쓴웃음을 머금었다.

"저녁 준비를 마치면 등을 씻겨드리러 갈 테니까, 먼저 들어가 계세요."

"좋았어!"

요시노가 그렇게 말하자, 시도는 환하게 웃으면서 서둘러 욕실로 향했다.

정말 즐거워 보이는 시도의 뒷모습을 쳐다보며, 요시노는 못 말리겠다는 듯한, 그러면서도 행복이 묻어나는 미소를 머금었다.

텐구 시 동(東) 텐구 주택가에 위치한, 이츠카 가족의 집.

그 집 1층의 거실에서는 평소와 다름없이 평온한 시간이 흐르고 있었다.

소파에 앉아서 잡지를 보고 있는 시도.

그리고, 마찬가지로 소파에 앉아서 스마트폰을 만지작거리고 있는 여동생, 코토리.

몇 년이나 이어져 온 휴일 광경. 평범하지만, 마음 편한 일상의 한 페이지.

—하지만, 지금의 이 풍경은 이제까지와는 아주 약간이지만 명확하게 달랐다.

"으응......."

코토리는 손에 들고 있던 스마트폰을 테이블에 내려놓더니, 소파에서 몸을 일으켰다.

"차 마실 건데, 어쩔래?"

"아, 그럼 나도 부탁해."

코토리가 묻자, 시도는 잡지에서 시선을 떼며 그렇게 대답했다.

그 말을 듣고 가볍게 손을 들어 보인 코토리는 부엌으로 가더니, 차를 준비한 후에 거실로 돌아왔다.

"…………."

그리고 홍차가 담긴 포트와 찻잔, 과자가 놓인 쟁반을 테이블을 놓았다. 그리고 잠시 망설인 후, 아까 앉아있던 자리가 아니라 시도의 옆에 앉았다.

"코토리?"

시도가 의아하다는 듯이 눈을 동그랗게 떴다. 코토리는 새빨개졌을 볼을 보여주지 않으려는 것처럼 고개를 돌렸다.

"괘, 괜찮잖아. 우리는— 부부인걸."

그리고 희미하게 떨리는 목소리로 그렇게 말했다.

그렇다. 아직 이 호칭에는 익숙해지지 않았다.

며칠 전, 시도와 코토리는 혼인 신고서를 제출했다.

시도는 미소를 머금더니, 코토리의 어깨에 손을 두르면서 자기 쪽으로 확 잡아당겼다.

"응, 그래."

"…………윽!"

시도가 갑자기 그런 행동을 취하자, 볼이 더욱 빨개진 코토리는 무심코 고개를 숙였다.

"이거 좀 봐. 어느 게 나은 것 같아?"

"……뭐?"

시도의 말을 듣고 고개를 든 코토리는 그가 잡지의 지면을 가리키고 있다는 것을 눈치챘다.

―결혼 정보지의 결혼식장 특집이었다.

"아…… 결혼식, 이구나."

"응? 하기 싫어?"

"그런 건 아닌데……."

이마에 땀이 맺힌 코토리는 볼을 긁적였다.

"다른 애들과 〈프락시너스〉 승무원들은 이미 알고 있지만…… 학교 친구들이 알면 놀랄 것 같네……."

"괜찮아. 의붓남매의 결혼은 법적으로 문제가 없는걸. 게다가―."

시도는 옅은 미소를 머금으면서, 어깨를 으쓱했다.

"가장 놀랄 사람들한테는 이미 이야기했잖아?"

"아……."

시도가 그렇게 말하자, 코토리는 메마른 웃음을 머금었다.

그렇다. 한 달 전, 부모님이 해외에서 돌아왔을 때의 일이다. 시도는 일생일대의 무대에 섰다.

『―아버지, 어머니. 코토리…… 아니, 코토리 양과, 결혼하고 싶습니다……!』

정장을 입은 시도가 긴장한 표정으로 부모님에게 그렇게 말한 순간, 감격한 코토리는 눈물을 흘리고 말았다.

아버지와 어머니는 당혹스러워했지만— 두 사람의 결의가 굳다는 것을 눈치챈 것인지, 결국 두 사람의 결혼을 허락해줬다.

확실히 그 두 사람에게 알리는 것에 비하면, 다른 일은 개의치 않아도 되는 사소한 일에 지나지 않았다.

"아니면, 이제 와서 세간의 시선이 신경 쓰이는 거야?"

시도는 놀리듯 말했다.

코토리는 훗하고 웃으며 「농담하지 마」 하고 대꾸했다.

"내가 그런 걸 눈곱만큼이라도 신경 쓸 것 같아? 내가 걱정하는 건 시도의 대학 생활이야. —그것도 그렇게, 열여섯 살에 현역 고등학생인 여동생과 결혼한 거잖아."

"흐음, 나한테 더 떨어질 평판이 남아 있다는 게 놀라운걸."

시도와 코토리는 그런 이야기를 나누더니, 누가 먼저랄 것 없이 웃음을 터뜨렸다.

이츠카 유즈루의 하루는 이른 새벽부터 시작된다.

잠에서 깨어나서, 세수하고, 옷을 갈아입은 후, 아침 식사 준비를 한다.

그리고 다시 침실로 돌아가서 더블베드에 왼편에서 곤히 잠을 자는 남편, 시도의 얼굴을 감상한 후—.

"기습. 으……음—."

시도의 코를 막은 후, 그대로 그의 입술에 자신의 입술을 포갰다.

그리고, 몇 초가 지나자…….

"…………, ……윽?! 으으으읍……?!"

이윽고 숨이 막힌 건지, 시도가 손발을 버둥거리기 시작했다.

유즈루는 장난기 섞인 웃음을 흘린 후, 그의 코에서 손을 떼며 입술 또한 뗐다.

"미소. 좋은 아침이에요, 시도."

"조…… 좋은 아침…… 유즈루. ……바, 방금 그건……?"

"홍조. 알면서 묻지 마세요. 굿모닝 키스예요."

"어, 굿모닝 키스는 이렇게 목숨을 걸고 하는 거였어?"

"물론이죠. 사랑은 언제나 목숨을 걸고 하는 것이니까요."

유즈루는 그렇게 말하며 몸을 일으켰다.

"완료. 그것보다, 아침 식사 준비를 마쳤어요. 식기 전에 빨리 세수하세요."

"……오케이."

시도는 천천히 손을 들어 보이며 대답했다. 유즈루는 만족한 듯이 고개를 끄덕이더니, 한발 먼저 거실로 돌아갔다.

잠시 후, 준비를 마친 시도가 식사하러 왔다.

"아, 베이컨 에그에 크루아상이구나. 맛있겠네. 잘 먹겠―"

"제지. 스톱이에요, 시도. 중요한 것을 깜빡하지 않았나요?"

"어? 뭘 빠뜨린 거야?"

시도가 의아하다는 투로 그렇게 말하자, 유즈루는 어처구니없다는 듯이 어깨를 으쓱했다.

"탄식. —잘 먹겠습니다의 입맞춤이 아직이잖아요."

"잘 먹겠습니다의 입맞춤?!"

"당연. 신혼이잖아요?"

유즈루가 자신만만한 투로 그렇게 말하자, 시도는 당혹스러운 듯한 표정을 지으면서도, 유즈루에게 다가갔다.

"그, 그럼, 잘 먹겠습니다."

그리고 그렇게 말하면서, 유즈루와 입술을 포갰다.

"만족. 그럼, 식사하죠."

"으, 응. 그러자."

시도가 자리에 앉더니, 이번에야말로 식사하려던 순간…….

"—하암~…… 좋은 아침~……. 아, 밥이네. 같이 먹어도 돼~?"

방의 문이 열리더니, 유즈루와 똑같이 생긴 여성이 얼굴을 내밀었다.

유즈루의 쌍둥이 자매이자, 옆집에 사는 여성인 야마이 카구야다. 이제 막 일어난 건지 얼굴이 벌겠고, 술 냄새를 풍기고 있었다. 머리카락은 퍼석퍼석하며, 몸에 걸친 잠옷 또한 무릎에 구멍이 나 있었다.

"주의. 카구야, 어제도 늦게까지 술을 마신 건가요. 정말, 유즈루와 따로 살게 되자마자 이러면 어떻게 해요. 카구야는 참 못난 애군요."

"우엥~. 맞아~. 유즈루가 시도와 결혼한 후로 만사가 다 귀찮아졌…… 아무리 망상이라도 내 취급이 너무한 거 아냐?!"

"의아. 무슨 영문 모를 소리를 하는 건가요. 빨리 세수하고 오세요. 안 그러면 확 굶길 거예요."

"젠장~! 세수하면 될 거 아냐!"

카구야는 울상을 지으며 세면장을 향해 뛰어갔다.

유즈루는 시도와 함께 그런 카구야를 못 말린다는 듯이 쳐다보며, 행복이 묻어나는 듯한 쓴웃음을 머금었다.

"……그쪽은 어때? 아이템은?"

"으음, 아직 남았어. 이대로 단숨에 밀어붙이자."

"……오케이. 그럼 타이밍을 맞춰서 하는 거야."

"그래. 3, 2, 1—."

"""GO~."""

신호에 맞춰, 나츠미와 시도는 동시에 컨트롤러를 조작했다.

화면 안의 캐릭터가 경쾌하게 움직이면서, 적에게 공격을 퍼부었다.

적은 여전히 저항하려 했지만, 이윽고 움직이지 않게 되더니— 화면에, 작전 성공을 알리는 문자가 표시됐다.

"……예이~."

"오예~."

텐션이 낮은 건지 높은 건지 알 수 없는 소리를 내며 나츠미가 손을 들자, 시도 또한 비슷한 반응을 보이면서 그녀와 손뼉을 마주쳤다.

그렇다. 나츠미와 시도는 모처럼의 휴일에 외출도 하지 않으며, 아침부터 늘어지게 게임을 즐기고 있었다.

물론, 이 집에는 두 사람 말고는 아무도 없었다. 몸가짐도 심각했다. 나츠미는 머리카락을 대충 묶었고, 소매가 다 늘어난 촌스러운 운동복을 입었다. 게임을 너무 해서 시력이 좀 떨어진 탓에, 검은 테 안경을 쓰고 있었다. 시도는 흐트러진 머리카락을 정돈하지도 않았으며, 입고 있는 것도 잠옷이었다.

나태하기 그지없고, 나른함으로 가득 찬 하루였다. 칭찬받는 건 무리인 생활이다. 지금 코토리가 이 집에 온다면, 두 사람 다 설교 코스일 것이다.

나츠미가 자조하듯 그런 생각을 하고 있을 때, 두 사람의 배가 동시에 꼬르륵~ 하고 울렸다.

"아…… 시간이 이렇게 됐네. 배고플 만도 해……."

"전혀 눈치 못 챘는걸. ……집에 아무것도 없으니까, 라멘이나 사 먹으러 갈까?"

"찬성~~."

나츠미가 대충 대답하더니, 운동복 위에 코트를 걸치며

집을 나섰다.

주위는 어느새 어두워졌다. 휴일이라 그런지, 마을 곳곳에는 커플이나 가족으로 보이는 이들이 평소보다 많아 보였다.

"…………"

그런 사람들의 모습을 보자, 문득 어떤 생각이 머릿속에 생겨났다. 나츠미는 별것 아니라는 투로, 옆에서 걷고 있는 시도에게 불쑥 물었다.

"……시도는 왜 나 같은 애와 결혼한 거야? 더 괜찮은 애도 많잖아."

"그야 나츠미를 좋아하거든."

"……콜록콜록!"

"어, 저기, 괜찮아?"

"네, 네가 이상한 소리를 해서 그렇잖아……."

"이상한 소리라니……."

시도는 의외라는 듯이 볼을 긁적였다. 나츠미는 미간을 찌푸리며 말을 이었다.

"……그야, 시도는 제대로 된 가정을 꾸리는 타입이었는걸. 하지만 나는 완전 정반대 아냐? 오늘도 모처럼의 휴일인데, 집안에서 뒹굴뒹굴하기만 했고……."

"으음……."

시도는 생각을 정리하려는 듯이 팔짱을 끼더니, 하아 하고 한숨을 내쉬었다.

"부부나 가정에 정답 같은 건 딱히 없잖아. 나, 허물없이 지내는 편한 관계를 딱히 싫어하진 않아. 그런 점도 포함해서— 결국, 나츠미를 좋아하는 거라고."

"쿨럭쿨럭!"

"이제 그만 남편의 애정 표현에 익숙해지는 게 어때?"

시도는 어이없다는 듯이 웃으면서, 나츠미의 등을 문질러 줬다.

"호오…… 오호라…… 크큭. 설마 그런 의미가 담겨 있었을 줄이야……."

"……어? 카구야, 뭘 읽고 있는 거야?"

어느 날의 오후. 이츠카 카구야가 거실에서 열심히 책을 읽고 있을 때, 남편인 시도가 의아하다는 듯이 그녀가 읽는 책을 쳐다봤다.

"—홋. 눈치챘느냐, 시도. 아니, 부름에 응했다는 편이 적절할까—"

카구야는 눈을 살짝 내리깔더니, 손에 쥔 책을 의기양양하게 들어 보였다.

"이것이야말로 언령(言靈)의 서. 이름은 곧 저주이며, 그 안에는 힘이 깃들어 있느니라. 짝을 이룬 우리의 곁에는 언젠가 천사가 강림할 테지. 준비를 게을리해선 안 된다, 시도."

"성명 판단 책…… . 아, 혹시 아이의 이름을 생각하고 있었던 거야? 아직 생긴 것도 아닌데, 너무 이른 거 아냐?"

"홋. 교묘하나 늦은 것은 서툴러도 빠른 것만 못하다는 말이 있지. 이 몸은 구풍의 왕녀. 이 몸의 그림자를 밟을 수 있는 이는 존재하지 않느니라."

"흐음…… 그래. 제대로 생각하고 있는 거구나. 그럼 오늘 밤에…… 힘내볼까?"

시도가 씨익 웃으면서 그렇게 말하자, 카구야는 얼굴이 홍당무처럼 새빨개졌다.

"뭐, 뭐어. 구체적인 건 느긋하게……."

"아까와 말이 다른 것 아냐?"

시도는 그렇게 말하며 웃더니, 카구야의 옆에 앉았다.

"뭐, 좋아. 생각해둔 이름은 있어?"

"크큭, 그 질문을 기다렸느니라. ―봐라. 이름에는 『획수』 말고도 『천』 『지』 『인』이 존재하며, 각각의 획수에 따라 길흉을 점칠 수 있다. 솔직히 이 시점에서 텐션 맥스이니라."

"아～, 왠지 멋지네."

시도는 납득했다는 듯이 고개를 끄덕였다. 어렴풋이 눈치를 채고 있었지만, 시도는 의외로 카구야와 감성적인 면에서 닮은 구석이 있는 것 같았다.

"그것들을 종합적으로 고려해, 이름에 언령을 부여한 결과―."

카구야는 그렇게 말하더니, 아까 생각한 최강의 이름을 종이에 적었다.

"―아들이라면 이츠카 옥천사(獄天使)(헬루시퍼), 딸이라면 이츠카 월여신(月女神)(아르테미스)―라는 결론에 도달했느니라."

그리고, 거친 필체로 쓴 이름을, 시도에게 의기양양하게 보여줬다.

"…………."

시도는 한동안 얼이 나간 듯한 표정을 지었지만, 곧―.

"―나쁘지 않은걸."

진지한 표정으로 그렇게 말하며, 턱에 손을 댔다.

"그렇지?! 그렇지?! 진짜 멋지지 않아?!"

"응……. 실은 얼마나 말도 안 되는 이름이 나올까 싶어서 긴장하고 있었는데…… 평범하게 멋진 이름이라 놀랐어."

"너, 너무하네! 우리 아이의 평생이 걸린 이름이잖아. 진지하게 생각하는 게 당연하지 않아?"

"하하, 미안해. 맞아. ―이야, 진짜로 좋은 이름이네. 한자 이름을 『지옥타천사(地獄墮天使)』로 안 한 게 센스 있어. 딸의 이름도, 설마 그런 식으로 읽을 줄은 몰랐네……."

"그렇지?! 역시 뭘 좀 안다니깐! 역시 여기가 바로 포인트―"

카구야와 시도가 흥분한 어조로 이야기를 나누고 있을 때, 누군가가 두 사람의 머리를 주먹으로 때렸다.

"으윽!"

"아얏!"

"—작렬. 조카의 미래를 지키기 위해, 야마이 유즈루가 분노의 철권을 날렸어요."

어느새 두 사람의 뒤편에 나타난 유즈루가 오른손에 하아 하고 숨결을 토하면서 미간을 찌푸렸다.

"뭐, 뭐 하는 거야, 유즈루……. 그리고 남의 망상에 멋대로 들어오지 마……."

"무시. 잔말 마세요. 임신도 안 했는데 왜 자아도취 임산부 모드가 된 거죠?"

"아니, 딱히 그런 건 아닌데……."

"—비관. 그럼 더 문제예요. 아무튼, 그런 이름은 인정할 수 없어요. 다시 생각해주세요. 유즈루와 코토리, 두 친족의 승인을 받지 못하면 출생 신고를 못할 줄 아세요."

"너, 너무해……."

느닷없는 난입자 탓에, 카구야는 인상을 찡그렸다.

◇

초여름의 어느 밤.

시원한 유카타를 걸친 시도와 무쿠로는, 집 툇마루에 나란히 앉아서 하늘을 올려다보고 있었다.

짙은 감색 캔버스에 조그마한 보석을 흩뿌려둔 듯한, 별로 가득한 하늘이었다. 주위에 도시의 불빛이 없어서 그런지, 그 빛이 더 눈부셔 보였다.

들리는 소리라고는 바람 소리와 벌레 소리, 그리고 서로의 심장 고동과 숨소리뿐이다.

마치 이 세상에 존재하는 최후의 두 사람이 된 것은 아닐까— 그런 유치한 망상마저 떠오르는 조용한 공간이었다.

"음— 멋지구나. 오늘은 특히 아름다우니라."

"응. 오늘은 날씨도 최고니까 말이야."

무쿠로는 대화를 나누면서, 시도의 어깨에 기대듯 몸을 맞댔다.

시도는 상냥하게 그녀의 머리를 쓰다듬어줬다.

—시도가 대학을 졸업할 때까지 기다린 후에 결혼한 두 사람은 이 낡은 집을 공짜나 다름없는 싼 가격에 산 후, 이주했다.

주위에 펼쳐진 것은 산과 논밭뿐이며, 가장 가까운 역까지 차로 한 시간을 가야 하는 산간벽지다. 농담으로도 편리하다고는 할 수 없는 곳이다. 실제로 무쿠로와 시도가 이곳으로 이주하겠다고 말했을 때, 다들 깜짝 놀란 표정을 지었다.

"—미안해, 무쿠로."

"음? 뭐가 말이냐?"

"아니, 〈라타토스크〉에서 집을 준비해준다고 했는데, 내가 억지를 부렸잖아."

시도는 미안하다는 투로 그렇게 말했다.

무쿠로는 얼이 나간 것처럼 잠시 눈을 동그랗게 뜨더니, 곧 시도를 놀리듯 빙긋 웃었다.

"흐음. 잊은 것이냐? 무쿠는 과거에 별의 순환을 멈춰서, 나리와 함께 영원한 세월을 우주에서 살려고 한 적이 있는 여자이니라. 그런 무쿠에게 이 생활은 이상적이라고 해도 과언이 아니지. 후후, 어쩌면 나리는 자기도 모르는 사이에 몸과 마음이 무쿠에게 물들어버린 걸지도 모르겠구나."

"어이어이……."

"후후, 농담이니라."

무쿠로는 옅은 미소를 머금었다.

"—무쿠는 하루하루가 참 즐겁다. 여기는 좋은 곳이지. 봄에는 꽃이, 여름에는 반딧불이가, 가을에는 단풍이, 겨울에는 눈이— 그리고 밤에는 별을 즐길 수 있느니라. 정말 호사스러운 생활이지 않으냐. 게다가—."

무쿠로는 시도를 응시하며 말을 이었다.

"—여기에는 무쿠가 있고, 나리가 있지. 그 외에 뭐가 더 필요하겠느냐."

"무쿠로—."

시도는 무쿠로의 눈을 응시하더니, 이윽고 작게 한숨을 토했다.

"응…… 그래. 정말, 나도 참 못난 남자라니깐. —무쿠가 이런 사람이니까, 평생 함께하고 싶다는 생각을 한 건데 말이지."

"후후. 너무 낙심하지 말아라. 적어도, 무쿠를 기쁘게 만드는 말이 뭔지는 알고 있는 것 같으니 말이다."

"하하…… 그거 영광이네."

시도는 어깨를 약간 으쓱였다.

두 사람은 서로를 향해 미소 지은 후, 다시 하늘을 올려다보았다.

초목도 잠드는 심야. 하지만 마감 직전인 만화가는 잠들 수 없다.

인기 만화가 혼죠 소지— 본명 이츠카 니아의 일터는 그야말로 전장으로 변해 있었다.

"끄오오오오오오오오오! 비기! 원고 세 장 그리기!"

"말도 안 되는 소리 그만하고 착실하게 작업을 진행해주세요. 마무리 작업반이 기다리고 있어요."

"아얏~!"

감독관 역할을 맡은 마리아에서 머리를 맞은 니아가 부우~ 하며 입술을 삐죽 내밀었다.

"정말~. 이럴 때 중요한 건 기세거든~? 직장 분위기를 좋게 만드는 것도 리더가 할 일이라고나 할까~?"

"일을 미뤄두지 않고 매일 조금씩 진행한다면, 직장 분위기가 더할 나위 없이 좋아질 거라고 생각하는데 말이죠."

마리아가 도끼눈을 뜨며 노려보자, 니아는 「아하하, 한 방먹었네!」 하고 말하며 자기 이마를 찰싹~! 소리 나게 때렸다.

마리아의 시선이 한층 더 날카로워졌을 때, 부엌 쪽에서 목소리가 들려왔다.

"두 사람 다 진정해. ……그것보다 야식이 다 됐어. 배고프면 일도 안 되잖아."

그렇게 말하며 모습을 드러낸 이는 앞치마가 잘 어울리는 청년이었다.

—이츠카 시도. 니아의 러브러브 연하 남편이자, 초유능 어시스턴트 겸 식사 담당 어시스턴트다. 상냥한 인상이지만, 침대 위에서는 의외로 야생마다. 터틀넥으로 감추고 있지만, 니아의 목덜미는 그가 남긴 키스 마크로 뒤덮여 있다.

"……저기, 독백으로 말도 안 되는 소리 늘어놓지 않았어?"

"꺄아, 눈빛만으로 내 마음을 안 거야~?"

니아가 몸을 꼬불거리며 윙크를 하자, 시도는 질렸다는 듯이 한숨을 내쉬면서 니아와 어시스턴트인 마리아들, 그리고 숨을 헐떡이며 지우개질을 하고 있는 엘렌에게 주먹밥을 나눠줬다.

"우오오오오오! 여보야~의 사랑이 담긴 주먹밥 먹으니 파워가 샘솟아아아아아아아앗!"

시도가 준비해준 주먹밥을 먹은 순간, 니아의 온몸에서 힘이 샘솟았다. 머리가 개운해지고, 어깨 결림이 나았으며, 흐릿하던 시야 또한 또렷해졌다. 그야말로 기적이다. 이것이 사랑의 힘. 니아가 평소의 열 배가량의 속도로 펜을 놀리자, 순식간에 원고는 완성됐다ㅡ.

ㅡ같은 일은 현실에서 벌어지지 않았고, 원고가 완성된 것은 그로부터 약 열 시간 후였다. 마감 직전에 턱걸이로 겨우 작업을 마친 것이다.

"후…… 후우…… 겨우겨우…… 해냈어……."

지칠 대로 지쳐버린 니아가 마지막 한 장을 마리아에게 넘겨주더니, 그대로 책상에 철퍼덕 엎드렸다.

"네, 확인했어요. 그럼 편집부에 전달하고 올게요. 다음에는 이렇게 급박한 스케줄이 되지 않도록 유의해주세요. ㅡ뭐, 매번 같은 말을 하는 것 같지만요."

마리아는 그렇게 한마디 한 후, 뻗어버린 엘렌을 데리고 방에서 나갔다.

그런 두 사람을 배웅한 후, 마무리 작업에 참여했던 시도는 기지개를 켰다.

"수고했어, 니아. 눈 좀 붙이는 게 어때?"

"응…… 침대까지 데려다줘……."

"하아, 알았어……."

시도는 못 말린다는 듯이 어깨를 으쓱한 후, 니아를 안아

들고 침실로 걸어갔다.

그리고, 그대로 니아의 몸을 침대에 상냥히 눕혀줬다.

"으응."

하지만 시도가 떨어지려고 한 순간, 니아가 그의 목에 팔을 둘렀다.

"잠깐만, 뭐하는 거야. 피곤한 거 아냐?"

"으응……. 그건 그렇지만~, 요즘 마감 때문에 거의 못 했는걸~. ……안 돼?"

니아가 간드러진 목소리로 그렇게 말하자, 시도는 장난기 섞인 미소를 머금었다.

"안 돼. 더 귀엽게 유혹해주면 생각해볼게."

"좋아핫짜, 달링♡"

"너는 항상 연상인 척하지만, 중요한 순간에 엄청 부끄러움 탄다니깐."

"……정말…… 심술쟁이~."

니아가 삐친 투로 그렇게 말하자, 시도는 쓴웃음을 머금으며 그대로 니아와 몸을 포갰다.

미국 진출 후에 온갖 히트 차트에 자기 이름을 새기며 살아있는 전설이 된 아이돌 오브 아이돌즈, 이자요이 미쿠.

그런 그녀가 실은 기혼자일지도 모른다는 소문이 퍼진

건, 일본 개선 라이브를 코앞에 둔 어느 날의 일이었다ー.

"……아〜, 역시 기자 같아 보이는 사람이 여기저기에 있네."

커튼 틈새로 밖을 쳐다보면서, 미쿠의 달링인 이츠카 시도는 난처하다는 듯이 한숨을 내쉬었다.

그렇다. 미쿠가 결혼했다는 소문은 엄연한 진실이다.

"으응〜, 곤란하게 됐네요〜. 어디서 샌 걸까요?"

미쿠는 딱히 당황한 것 같지 않은 투로 그렇게 중얼거리더니, 홍차를 한 모금 홀짝였다.

"〈라타토스크〉 관계자일 리는 없으니까, 혼인 신고서를 제출한 구청이나 결혼식장 스태프, 혹은 일전에 같이 갔던 가게 사람일지도……."

"……뭐, 짚이는 구석이 너무 많네."

"아하하〜. 하지만, 드디어 사무소 측에서도 뜻을 꺾었어요. 이번 라이브가 끝나면, 결혼 사실을 발표해도 된대요."

"어, 정말이야?"

"네〜. ―단, 『실은 결혼했습니다』가 아니라 『결혼합니다』로 해달라네요. 정말, 이럴 거면 저희가 결혼한다고 말했을 때 순순히 발표하게 해줬으면 좋았을 거잖아요."

"하하……. 뭐, 사무소 측은 결혼 자체에 반대하는 것 같았거든……."

그 순간, 뭔가를 눈치챈 것처럼 시도의 눈썹이 희미하게 떨렸다.

"하지만, 이번 라이브가 끝난 후라면……."

"네. 그때까지는 절대로 발각되면 안 된다고 했어요~."

"그렇구나. ……그렇다면 한동안은 외출을 자제하는 편이 좋을지도 모르겠는걸. 오늘 데이트도 유감이지만―."

"―네에에에에에에엣?!"

시도의 말을 끊듯이, 미쿠가 비명에 가까운 목소리로 그렇게 외쳤다.

"너무해요~! 오래간만의 쉬는 날인데~!"

"아니, 그래도 어쩔 수 없잖아. 아직 들키면 안 되니까……."

시도가 난처한 표정으로 그렇게 말했다. 그의 중성적인 외모 덕분에, 그 표정은 확 잡아먹고 싶을 만큼 귀여웠다.

"―아."

바로 그때, 미쿠는 하늘의 계시를 받았다.

"따악~! 기자 분들에게 들키지 않으면서 데이트를 즐길 좋은 방법이 생각났어요~!"

"………… 왠지 불길한 예감이 엄습하는데…… 그게 뭔데?"

"우후후, 그건 바로……."

미쿠는 방긋 웃으면서 몸을 일으키더니, 파우더룸에서 각종 화장품을, 그리고 옷장에서 여성용 옷을 꺼내왔다.

"―만나고 싶었답니다, 시오리 야아아아아아아앙!"

"끄아아아아아아아아아아아아아――!!"

미쿠가 눈을 반짝이며 다가오자, 시도는 절규에 가까운

목소리를 내며 뒷걸음질 쳤다.

"자, 잠깐만 있어 봐! 좀 진정하자! 고등학생 때도 벅찼으니까, 지금의 나한테는 완전 무리라고!"

"무슨 소리를 하는 거예요~! 달링은 그때나 지금이나 변함없이 귀엽다고요~! 자, 옷을 훌렁훌렁 벗으세요~! 이 언니가 속옷을 골라줄게요~!"

"꺄아아아아아아아아아아아아아아아앗?!"

미쿠가 셔츠의 단추를 뜯을 듯한 기세로 옷을 벗기려 들자, 시도는 찢어지는 듯한 새된 비명을 질렀다.

아침의 부엌에서는, 톡톡톡 하는 기분 좋은 소리가 울려 퍼지고 있었다.

그런 부엌에서는 육수 향기가 감돌고 있었다. 조리대 위에는 손질이 끝난 식재료가 놓여 있었다.

그렇다. 새색시, 이츠카 쿠루미가 사랑하는 남편을 위해 아침 식사와 도시락을 준비하고 있었다.

오늘 메뉴는 전갱이구이와 초절임, 우엉 조림, 수제 채소 절임 등, 일본식으로 준비했다. 밥은 남편의 취향에 맞춰 약간 고슬고슬하게 지었으며, 된장국의 건더기는 두부와 미역이다.

물론 도시락 또한 신경 썼다. 닭튀김을 메인으로 해서 달

갈말이, 그리고 아침 식사가 보낸 자객은 우엉 조림을 곁들였으며, 밥에는 가다랑어포와 김을 곁들였다.

"으음—. 다 됐군요. 다음은—."

쿠루미가 다음 작업으로 넘어가려고 할 때—.

"—꺄앗!"

갑자기 누군가가 등 뒤에서 끌어안자, 쿠루미는 작게 비명을 질렀다.

"좋은 아침이야, 쿠루미. 아침부터 고생이 많네."

"시도 씨. 정말, 깜짝 놀랐잖아요."

쿠루미가 볼을 부풀리며 그렇게 말하자, 시도는 등 뒤에서 그녀의 어깨를 앉으며 장난스레 웃었다.

"하하, 미안해. 아침에 일어나보니, 부엌에서 귀여운 뒷모습이 보이지 뭐야. 그래서 무심코 확 안아버렸어. 이야~, 아무리 봐도 질리지 않네. 그야말로 새색시 그 자체야."

"정말, 놀리지 말아주세요. 부엌칼을 들고 있는 사람한테 이런 짓을 하면 위험하답니다."

"괜찮잖아~. —오, 맛있는 향기가 난다고 했더니 달걀말이잖아. 쿠루미~. 한 입만~."

그렇게 말한 시도는 응석을 부리는 어린애처럼 쿠루미의 몸을 흔들었다. 쿠루미는 한숨을 내쉬면서도 「알았답니다」하고 말하며 쓴웃음을 머금었다.

"어쩔 수 없군요. 자요."

그리고 젓가락으로 남은 달걀말이를 들더니, 시도의 입을 향해 내밀었다.

그러자 시도는 먹이를 받아먹는 새끼 새처럼 그것을 먹었다.

"으음, 맛있네. 실력이 더 좋아진 거 아냐?"

"어머나, 칭찬을 참 잘하시는군요. 자, 만족하셨으면 이제 그만 떨어져 주시지 않겠어요?"

―쿠루미가 그렇게 말하자, 시도는 히죽 웃으면서 음란한 손놀림으로 쿠루미의 몸을 매만지기 시작했다.

쿠루미는 흠칫하며 온몸을 부르르 떨었다. 하지만 그것도 무리는 아니었다.

왜냐하면 쿠루미는 현재― 앞치마 말고는 아무것도 걸치지 않은, 알몸 앞치마 상태니까 말이다!

"어이어이, 무슨 소리를 하는 거야? 아침부터 그런 모습을 한 녀석이 말이지. 솔직해지는 게 어때? 나를 유혹하는 거잖아……?"

"꺄앗……, 으응……, 그, 그런 게…… 시도 씨가 이렇게 하라고 말씀하셨잖아요……."

"으응~? 그랬던가? 그럼 순종적인 암고양이에게 상을 내려줘야겠는걸……?"

시도는 엉큼한 미소를 머금더니, 혀로 입술을 핥았다! 그의 손가락은 음탕한 문어처럼 꼬불거리며, 새색시의 새하얀 피부를 유린했다!

"아……, 하앙…… 흑—."

쿠루미의 입술에서 흘러나온 거절의 말은, 어느새 감미로운 교성으로 변했다!

아아, 얇디얇은 천 한 장으로, 그녀의 농밀한 육체를 억누르는 건 무리—!

"—니아 양, 미쿠 양! 멋대로 남의 새색시 생활을 날조하지 말아 주세요!"

"아, 큰났다. 들켰네. ……하지만 쿠루밍×새색시면 에로틱할 수밖에 없는 조합이잖아? 음란하지 않다면 사람들이 실망할걸?"

"맞아요, 맞아요~. 아, 혹시 능욕을 당하는 게 아니라, 능욕하고 싶었어요?! 그것도 좋죠~!"

"그러니까, 멋대로 상상하지 말아 주세요! 그런 천박한 짓은 하지 않아요. 저라면 좀 더 정숙하면서도, 장난기 많은 고양이처럼……, —헉."

"어? 뭐야~?! 쿠루밍의 계획을 좀 더 들려줘! 응?!"

"꺄아~! 장난기 많은 고양이처럼 뭘 어쩔 생각인데요~?!"

"저, 정말…… 아무것도 아니랍니다!"

텐구 시내에 있는 산부인과 의원.

그곳의 병실에 놓인 침대에 걸터앉은 이츠카 오리가미는 품이 낙낙한 잠옷을 입은 채, 커다란 자신의 배를 사랑스러운 듯이 매만지고 있었다.

"—방금, 발길질했어."

"아, 정말이야?"

오리가미가 그렇게 말하자, 옆에 있던 남편— 시도는 그녀의 배를 조심조심 손을 댔다.

그리고 손에 신경을 집중하듯 눈을 감더니, 이윽고 「아!」하고 외쳤다.

"정말이네. 건강한 애가 태어나겠는걸."

"응."

시도가 그렇게 말하자, 오리가미는 부드러운 미소를 머금었다.

경과는 순조롭다. 이대로 가면, 이달 안에 태어날 것이다.

출산을 앞두고 불안을 전혀 느끼지 않는다면 거짓말일 것이다. 하지만 그것을 아득히 능가하는 행복과 충실함이 오리가미의 몸을 가득 채우고 있었다.

"—시도."

"응? 왜 그래?"

"나, 행복해."

"하하, 갑자기 무슨 소리야."

시도는 우습다는 듯이 웃었지만, 곧 작게 한숨을 내쉰 후에 오리가미의 어깨를 안듯 몸을 맞댔다.

　"—나도 그래, 오리가미. 이보다 더 큰 행복은 없을 거야."

　"응……."

　오리가미는 미소를 머금으며 고개를 끄덕이더니, 시도에게 어리광을 부리듯 몸을 기댔다.

　바로 그때였다.

　"—또, 꽁냥대고 있네."

　갑자기 문이 열리나 싶더니, 오리가미를 작게 만든 듯한 여자애가 병실에 들어왔다.

　"치요가미."

　오리가미는 그쪽을 쳐다보더니, 그 여자애의 이름을 입에 담았다.

　그녀의 이름은 이츠카 치요가미. 시도와 오리가미 사이에서 태어난 장녀다.

　그렇다. 오리가미는 이번이 첫 출산이 아니었다.

　"엄마만, 얍았어. 나도 아빠와 놀고 싶어."

　치요가미는 볼을 부풀렸다. 시도는 미안하다는 듯이 쓴웃음을 지었다.

　그러자 이번에는 시도를 쏙 빼닮은 남자애가 병실에 들어왔다.

　"너무 그러지 마, 치~. 아빠가 곤란해하잖아."

"타카시."

오리가미는 남자애의 이름을 불렀다.

그의 이름은 이츠카 타카시. 시도와 오리가미 사이에서 태어난 장남이다.

그렇다. 치요가미는 쌍둥이였다.

아니, 그 두 사람만이 아니다. 타카시의 뒤를 잇듯, 조그마한 남자애와 여자애가 연이어 병실에 들어왔다.

"아빠~."

"아기는 언제 태어나~?"

"놀자~."

"배고파~."

"티비 봐도 돼~?"

"볼일 보고 싶어~."

"마사시, 오리에, 오리코, 아츠시, 켄시, 오리히메."

그렇다. 오리가미는 다둥이 엄마였다.

시도는 「내가 생각해도 힘도 좋네……」란 의미의 허탈한 웃음을 흘리더니, 오리가미의 배를 또 쓰다듬었다.

"이 애가 태어나면, 진짜로 아이들만으로 야구팀을 만들 수 있겠는걸……."

"응. ─하지만, 아직 멀었어."

"잠깐만…… 축구팀이라도 만들 생각이야?"

시도는 어깨를 으쓱하며 그렇게 말했다.

오리가미는 미소를 머금더니, 시도에게 귓속말을 했다.

"—목표는, 미식축구팀."

"—다녀왔다, 시도!"

토카는 힘차게 현관문을 열더니, 집안에 울려 퍼질 만큼 큰 목소리로 그렇게 외쳤다.

그녀는 검은색 정장을 입고 있었다. 타이트스커트와 스타킹을 신었으며, 머리카락은 위로 올려묶었다. 완벽한 커리어우먼 스타일이었다. 또한 안경도 쓰고 있었다. 도수는 없지만 말이다.

곧 부엌에서 앞치마를 한 상냥한 인상의 남성이 모습을 보였다. —토카의 남편인 야토가미 시도다.

"어서 와, 토카. 마침 식사 준비가 다 된 참이야."

그는 토카를 맞이하며 그렇게 말했다.

그렇다. 이 집은 아내가 돈을 벌어오고 남편이 집안일을 하는, 전업 남편 가정이다.

"오오, 정말이냐?! 오늘은 메뉴가 뭐지?!"

"오늘은 돼지고기 생강구이와 구운 고추 절임—"

토카가 묻자, 시도는 손가락을 접으며 메뉴를 말해줬다.

"그리고 햄버그와 돈까스와 오므라이스와 굴튀김과 칠리새우와 마파두부와 춘권과 로스트치킨과 그라탱과 비프스튜와 가파오라이스와 카오만까이와 참돔의 그리예 ~봄바람

향기와 함께~야."

"오오! 오늘은 호화롭구나!"

"그래. 오늘은― 4월 10일이잖아. 생일 축하해, 토카. 식
후에 먹을 케이크도 준비해뒀어."

"오…… 오오! 완벽 그 자체구나!"

토카가 눈을 반짝이며 양손을 부들부들 떨자, 시도는 아
하하 하고 웃으며 어깨를 으쓱했다.

"그래. 완벽해. 그러니까 빨리 손 씻고 와."

"음!"

토카는 힘차게 고개를 끄덕이더니, 헐레벌떡 세면장으로
뛰어갔다. 그리고 핸드샴푸로 손을 정성 들여 씻었다.

"음―."

그러던 도중, 왼손 약지에 낀 은색 결혼반지가 문득 눈에
들어왔다.

문득, 그때의 광경이 뇌리를 스쳤다.

그렇다. 그것은 작년 4월 10일. 다른 이들 앞에서 토카는
한쪽 무릎을 꿇더니, 시도를 향해 반지를 내밀며 『매일 아침
나를 위해 된장국을 끓여다오!』 하며 프러포즈를 했다.

"그 후로 1년이 흘렀구나……."

세월이 참 빠르게 흐른다고 생각한 토카는 감회어린 한숨
을 내쉬었다.

그 후로 1년이 흘렀다. 토카는 코토리의 소개로 아스가르

드 일렉트로닉스의 계열사에 입사했고, 영업사원으로 일하고 있다.

일은 힘들지만, 하루하루가 충실하며— 집에 돌아오면, 시도가 맛있는 밥을 준비해놓고 자신을 맞이해줬다. 토카는 그것이 너무 기뻤다.

"어이~ 토카. 아직 멀었어~?"

"—음, 금방 가마!"

토카는 힘차게 대답한 후, 거실로 향했다.

테이블 위에는 각양각색의 음식이 놓여 있었다.

"아, 왔구나. 자, 먹자."

"음. —시도."

"어? 왜?"

"—내가 행복하게 해주마."

토카가 그렇게 말하자, 시도는 한순간 어리둥절한 표정을 지은 후에 미소를 머금었다.

"갑자기 무슨 소리를 하는 거야?"

"아, 문득 그런 생각이 들어서 말이다."

"흐음……. 하지만, 그건 어렵지 않을까?"

"뭐?"

토카가 고개를 갸웃거리자, 시도는 씨익 웃으며 말했다.

"—나, 지금 엄청 행복하거든."

◇

"—이—, —어이, 다들!"

"""…………윽!"""

그런 목소리가 들려오자, 소녀들은 동시에 어깨를 부르르 떨었다.

목소리가 들려온 방향을 쳐다보니, 익숙하지 않은 양복을 입은 소년이 눈에 들어왔다. —이츠카 시도. 토카, 오리가미를 비롯한 여러 소녀와 함께 사이토 대학에 다니고 있는 대학교 1학년이다. 또한, 아직 누구의 남편도 아니다.

바로 그때, 그녀들은 떠올렸다. 오랫동안 망상에 빠져 있었지만, 지금 이 자리에서는 타마 쌤과 칸나즈키의 결혼식이 한창 치러지고 있었다.

"다들 얼이 나간 것 같던데, 무슨 일 있는 거야?"

"그, 그게…… 으음, 별일 아니다."

"네…… 별일 아니에요."

"그래. 참고로 미식축구팀의 스타팅 멤버는 공수를 합쳐서 22명이야."

"어, 왜 갑자기 미식축구 이야기를 하는 건데……?"

토카 일행이 얼버무리듯 그렇게 말하자, 시도는 영문을 모르겠다는 표정을 지으면서 고개를 갸웃거렸다.

"……뭐, 됐어. 그것보다 부케를 던진다고 하네."

"부케?"

토카가 그렇게 묻자, 시도가 고개를 끄덕이며 답했다.

"응. 신부가 들고 있는 꽃다발을 여성 하객을 향해 던지는 거야. 그걸 받은 사람이 다음 신부가 된다고—."

""".........!"""

그 순간이었다.

시도의 말을 들은 소녀들 사이에서 긴장감이 감돌았다.

한순간, 그녀들의 시선이 얽혔다. 불가사의하게도, 그것만으로도 서로의 생각을 손에 잡힐 듯이 알 수 있었다.

"흐음…… 부케를 던지는구나."

"뭐— 결혼식에서 흔히 볼 수 있는 여흥이군요."

"크큭. 꽃다발을 받는 것이냐. 바람의 야마이에게는 손쉬운 일이지. 어, 어디까지나 승부를 좋아해서 받으려는 거지, 다음 신부가 되고 말고 같은 건 아무래도 상관없거든?!"

"선언. 유즈루도 그런 징크스에는 흥미 없지만, 승부라면 질 수 없죠."

"여러분은 아세요~? 꽃이라는 건 결국 아이돌의 곁으로 오기 마련이랍니다~."

"저, 저도…… 가지고 싶어요."

"어…… 나는…… 됐어……."

"음. 지지 않겠느니라."

"콜록, 콜록, 지병이 도진 것 같네……. 부케를 받으면 왠지 나을 것 같은 느낌이 드는걸……."

"—그런데, 마지막에 부케를 거머쥔 사람이 승자인 거지?"

"그렇다면, 온 힘을 다하겠다!"

정령이었던 소녀들은 그런 말을 하면서, 여성 하객이 모여 있는 곳으로 걸어갔다.

"어, 어이~……?"

등 뒤에서 시도의 당황한 목소리가 들려온 것 같지만, 소녀들에게는 그 목소리를 신경 쓸 여유가 없었다. 사냥감을 노리는 듯한 눈길로 타마 쌤 쪽을 쳐다보면서, 조용히 사냥터로 향했다.

"아, 토카 네가 왔네."

"자, 타마 쌤. 확 던져주세요!"

"……왠지 등 뒤에서 열기와 한기가 동시에 느껴지는데…… 이게 뭐지? 살의의 파동?"

토카 일행과 마찬가지로 결혼식에 참석한 아이, 마이, 미이가 그녀들을 맞이하면서 타마 쌤에게 신호를 보냈다.

그러자 계단 위에 있는 타마 쌤이 고개를 끄덕인 후, 뒤돌아섰다.

"자, 그럼 던질게요~. 저의 넘칠 듯한 행복을! 여러분에게 조금 나눠주겠어요! —에잇~!"

그리고 그 외침에 맞춰, 순백의 부케가 허공을 갈랐다.

""""——!""""

그 순간, 한때 정령이었던 소녀들이 일제히 땅을 박찼다.

다른 하객들도 머리 위를 향해 손을 뻗었지만, 집중력과 반응속도가 명백하게 달랐다. 뒤편에 있던 소녀들이 순식간에 군중들 사이로 끼어들더니, 베스트 포지션을 확보했다.

가장 빠른 건 야마이 자매였다. 바람의 야마이란 이름에 걸맞은 속도로, 두 사람은 아직 포물선을 그리고 있지 않은 부케를 향해 몸을 날렸다.

"크윽⋯⋯!"

"오산. 큭⋯⋯!"

하지만, 두 사람이 동시에 몸을 날린 것이 역효과로 작용했다. 두 사람은 부케에 손이 닿았지만, 공중에서 부딪친 바람에 부케가 튕겨 나가고 만 것이다.

"어이쿠, 굴러들어온 호박 찬스!"

"잘 먹겠습니다~!"

이어서 손을 뻗은 건, 키가 큰 니아와 미쿠였다.

하지만 두 사람의 손이 부케에 닿은 순간—.

"음—!"

뒤편에 있던 무쿠로가 손을 뻗은 바람에, 부케는 또 허공으로 튕겨 나갔다.

"앗⋯⋯!"

"꺄아."

"어머—."

그리고 부케는 요시노, 코토리, 쿠루미의 손을 닿았다가 튕겨 나가더니…….

"하앗──!"

"네 뜻대로는 안 된다!"

기회를 노리던 오리가미와 토카가, 동시에 부케를 쥐었다.

하지만, 두 사람의 힘은 막상막하였다. 결과적으로 부케는 두 사람의 손에서 빠져나가면서, 또 허공을 갈랐고─.

"……어? 어엇?"

구석에서 몸을 웅크리고 있던 나츠미의 손에, 쏙 들어갔다.

""""…………!""""

하지만 승부는 아직 끝나지 않았다. 부케의 소재를 파악한 소녀들이 일제히 쳐다보자, 나츠미는 「히익」 하고 숨을 삼키면서 부케를 엉뚱한 방향으로 던진 것이다.

그리하여 부케는 오늘 들어 몇 번째인지도 모를 공중 산책을 걸친 끝에, 종착점에 도달했다.

─다른 이들과 떨어진 곳에 서 있던, 이츠카 시도의 수중에 말이다.

"…………어?"

무심결에 부케를 거머쥔 시도는 얼이 나간 듯이 주위를 둘러보았다.

하지만 잠시 후, 그의 몸과 표정이 굳어졌다.

깨닫고 만 것이다. 소녀들이 자신을 향해 돌진하고 있다는 사실을……

"""…………윽!"""

"우, 우와아아아아아아아아아앗?!"

결혼식장의 하늘에서, 미래의 신랑이 지른 비명이 종소리
보다 더 우렁차게 울려 퍼졌다.

나츠미 일렉션

Election NATSUMI

DATE A LIVE ENCORE 11

"······우와, 저 인파는 뭐야?"

복도에 모여 있는 수많은 학생을 본 쿄노 나츠미는 질색을 하듯 한숨을 내쉬었다.

항상 찡그리고 있던 두 눈을 더욱 찡그렸고, 축 내려간 입술 가장자리는 올라올 줄을 몰랐다. 왠지 평소보다 등을 더 굽히고 있는 것 같았다.

도립 라이젠 고교 1층에 위치한 게시판 앞. 그곳에는 전교생이 몰려들어서 시끌벅적하게 떠들고 있었다.

그것 자체는 딱히 개의치 않지만, 문제는 그 인파와 나츠미 일행의 진행 방향이 겹친다는 점이다.

"저기를 안 지나면 교실에 못 가는데······ 이건 꽤 심각한 구조적 결함 아냐?"

"아하하······."

나츠미의 말을 듣고 쓴웃음을 흘린 건, 그녀와 같은 교복을 입은 소녀— 히메카와 요시노였다.

하지만 나츠미와 같은 것은 옷뿐이며, 다른 요소는 비교하는 것조차 주제넘을 정도로 레벨이 달랐다. 풍성한 머리카락과 상냥한 느낌의 외모, 윤기 넘치는 피부와 옥구슬 목소리. 세상이 질투하는 전우주적 초여신이다. 결혼하고 싶다.

참고로 토끼 모양 퍼핏 인형 『요시농』은 집을 지키고 있다. 과거의 요시노는 항상 함께 다녀야만 했지만, 고등학교에 진학한 후로는 혼자서도 학교에 다닐 수 있게 됐다.

"그런데, 무슨 일일까요? 정기 시험의 결과가 발표될 시기도 아닌데 말이에요……."

"으음, 선생님의 스캔들이라도 게시판에 붙어 있는 거 아냐?"

뒤편에 있던 이츠카 코토리가 농담 투로 그렇게 말했다.

라이젠 고교의 교복을 입은 그녀도 나츠미의 클래스메이트였다. 고양이를 연상케 하는 눈매, 그리고 흰색과 검은색 리본으로 묶은 긴 머리카락이 인상적인 소녀다.

"그런 건 됐으니까, 빨리 비켜줬으면 좋겠네……."

지긋지긋하다는 투로 그렇게 중얼거린 나츠미는 희미하게 미간을 찌푸렸다.

앞쪽에 있는 인파 안에서, 아는 이를 두 명 발견한 것이다.

한 사람은 포니 테일과 눈물점이 트레이드 마크인, 날카로운 인상의 소녀— 타카미야 마나.

다른 한 사람은 경단 모양으로 묶은 윤기 넘치는 머리카락과 고등학생을 초월한 몸매를 자랑하는 소녀— 호시미야 무쿠로였다.

두 사람 다, 나츠미와 같은 반에 다니는 친구다.

"—어라?"

"흐음?"

나츠미가 두 사람의 존재를 눈치챈 순간, 그녀들도 다른 이들을 발견한 것 같았다. 두 사람은 눈을 살짝 치켜뜨더니, 나츠미 일행에게 다가갔다.

"여러분도 공시를 보러 와버린 건가요."

"음. 진실은 소설보다 기이하다고 하지만…… 무쿠도 놀랐느니라."

그리고 그렇게 말하면서 팔짱을 꼈다.

무슨 소리를 하는 건지 이해 못 한 나츠미 일행은 고개를 갸웃거렸다.

"그냥 지나가던 길인데…… 대체 무슨 일이야?"

나츠미의 뒤편에 있던 코토리가 물었다. 그러자 마나가 「아, 그랬나요」 하면서 말을 이었다.

"—이번 학생회장 선거요. 후보자 일람이 발표되어버렸는데, 이게 꽤 파란이 일어날 듯한 느낌이거든요."

"……흐음……."

아니나 다를까 전혀 흥미 없는 화제였다. 나츠미는 관심

없다는 눈길로 대충 대답했다.

그러자 마나는 뜻밖이라는 듯이 눈을 동그랗게 떴다.

"어라, 나츠미 씨는 여유가 넘치네요."

"······어? 아, 누가 학생회장이 되든 별 차이 없잖아."

나츠미는 볼을 긁적이며 그렇게 말했다. 학생회장이 강대한 권력을 쥐고 교칙과 학교생활에 영향력을 행사하는 건, 창작물에서의 이야기다. 실제로는 누가 되더라도 별반 다를 게 없다.

하지만 마나와 무쿠로는 그런 나츠미의 말을 듣더니, 「하아······」 하고 감탄 섞인 숨결을 토했다.

"오호라······ 완전 거물이네요."

"음. 정상에 서려는 자는 언제 어느 때나 태연해야만 하는 건가."

"······어? 아까부터 무슨 소리를······."

나츠미가 의아하다는 투로 그렇게 말한 순간, 앞쪽에 생겨 있던 인파가 천천히 좌우로 갈라졌다.

필연적으로, 그들에게 가려져 있던 게시판이 보이기 시작했다.

"···········어엇?!"

나츠미는 눈을 치켜뜨더니, 허둥지둥 게시판을 향해 뛰어갔다.

그리고—.

"뭐, 뭐뭐뭐…… 뭐어어어어어어가 어어어어어어떻게 된 거야아아아아앗——?!"

남들의 시선을 개의치 않으며, 절규를 토했다.

주위에 남아 있던 학생들이 흠칫 놀라며 어깨를 부르르 떨었지만, 나츠미에게는 그런 걸 신경 쓸 여유조차 없었다. 귀기가 감도는 표정으로, 물어뜯을 듯한 표정으로 게시판을 뚫을 듯이 손가락을 댔다.

하지만, 그래도 이상할 건 없었다.

게시판에 붙어 있는, 학생회장 선거 후보자 일람.

그 안에서—『쿄노 나츠미』라는 이름이, 찬란히 빛나고 있었다.

◇

"흐음……. 그렇다면, 나츠미가 직접 입후보한 것이 아니란 게냐?"

수업 사이의 쉬는 시간.

1학년 2반 교실에서는 무쿠로가 팔짱을 낀 채 고개를 갸웃거리고 있었다. 고등학교 1학년이라는 게 믿기지 않을 만큼 흉악한 가슴이, 팔에 압박을 받으며 강조되고 있었다.

……뭐, 본인은 전혀 자각하지 못하는 것 같지만 말이다.

"당연하잖아……. 나 같은 아싸가 학생회장 같은 게 될 리가 없는걸……."

나츠미는 책상에 엎드린 채, 머리를 감싸 쥐며 신음 같은 목소리를 흘렸다.

"……잘 들어. 그런 건 우등생 중에서도 자기 과시욕이 넘치는 녀석들이 하는 거야. 학교를 좋게 만들고 싶다~ 라든가, 자기 자신을 더 갈고 닦겠다~ 같은 건 전부 허울 좋은 구실이거든? 기본적으로 그런 녀석들의 배 속에 있는 건 전교생 모임에서 우민들을 내려다보고 싶은 지배욕, 그리고 효율적으로 내신 점수를 얻고 싶다는 타산뿐이야."

"되게 말 한 번 악의적으로 해버리네요……."

마나는 진땀을 삐질삐질 흘리면서, 감탄한 듯한 어조로 그렇게 말했다.

그러자 옆에 있던 코토리가 과장되게 어깨를 으쓱했다.

"아까 선생님에게 확인을 해봤는데, 아무래도 직접 입후보하는 것 말고도 추천을 통해 후보가 될 수 있나 봐. 대표 추천인이 스무 명 이상의 서명을 모은다면, 본인이 입후보 안 해도 후보가 될 수 있다네."

"대단해요. 나츠미 씨가 학생회장이 되기를 바라는 사람이 많은 거네요."

코토리의 말을 들은 요시노가 눈을 반짝였다. 참 순수하고 깨끗한 마음을 지닌 소녀다. 결혼해줘.

하지만 나츠미는 우울한 표정을 지으며 고개를 저었다.

"······그런 게 아냐, 요시노. 이건 집단 괴롭힘이거든? 아싸를 억지로 입후보시켜서 쪽팔리게 만들자는 심산인 게 분명해. 낡은 걸레를 효율적으로 괴롭히는 법은 예쁘게 전시해두는 것이라고, 옛날 만화에서도 나왔단 말이야."

나츠미는 견딜 수가 없다는 투로 그렇게 말하더니, 엄지의 손톱을 잘근잘근 씹었다.

"대체 누가 이딴 악랄한 짓을 벌인 거야······. 설마 3반의 오오노가, 일전에 부딪쳤던 걸로 앙심을 품고······ 아냐. 타구치도 자주 나를 기분 나쁘다는 듯이 노려보잖아······. 아, 체육 시간에 사람 수가 안 맞아서 나와 조를 짰던 미조구치 짓일지도······."

그렇게 중얼거리는 나츠미를 다들 쓴웃음을 머금으며 지켜보고 있을 때, 갑자기 교실 문이 힘차게 열렸다.

"—아야노코지 카논! 좋아하는 말은 풀뿌리 민주주의야!"

화려한 외모를 지닌 소녀가 힘찬 목소리로 그렇게 선언하더니, 멋진 포즈를 취했다.

나츠미의 클래스메이트이자 친구인 그녀의 이름은 방금 본인이 밝혔다시피 아야노코지 카논이다. 등 뒤에는 친구인 오츠키 노리코가 서있었다.

"최종적으로는 부패할 듯한 이름이네요[#1]."

#1 최종적으로는 부패할 듯한 이름이네요 아야노코지의 '코지'가 발효에 쓰이는 누룩의 일본 발음과 같다는 점을 이용한 언어유희.

"썩은 풀은 다음 세대의 비료가 돼!"

노리코의 딴죽에, 카논은 과장스러운 몸짓을 취하며 대꾸했다. 마치 연극의 한 장면 같은 광경이지만, 그녀가 평소에도 이렇다는 것을 나츠미를 비롯해 다들 잘 알고 있었다.

"—어머? 나츠미 양, 무슨 일 있어? 평소보다 다크 서클이 짙은 것 같네."

평소보다 가라앉은 나츠미를 본 카논이 그렇게 말하며 다가갔다. 그러자 나츠미는 지친 듯이 한숨을 내쉬며 대꾸했다.

"……아, 응. 그게 말이야. 누구 짓인지는 모르지만, 누가 나를 학생회장 후보에……."

"아하!"

나츠미가 말을 끝까지 잇기도 전에, 카논이 손뼉을 쳤다.

"봤구나! 놀랐지?! 내가 추천했어! 나츠미 양을 학생회장으로 만들고 싶어! 하고 말했더니, 다들 쾌히 협력해줬—."

그리고 눈을 반짝이며 그렇게 말했다.

하지만 카논은 곧 눈을 동그랗게 뜨며 어리둥절한 표정을 지었다.

아마 눈치챘기 때문이리라. 나츠미가 분노에 찬 표정을 지으며, 손을 부들부들 떨고 있다는 것을…….

"너, 너, 너, 너너너너너너너—."

"너?"

"너였냐아아아아아아앗——?!"

나츠미가 책상을 두 손으로 내려치며 벌떡 일어서자, 의자가 뒤편으로 쓰러졌다.

"어? 어……?!"

"설마 범인이 이렇게 가까운 곳에 있을 줄은 몰랐어어어엇……! 대체 뭐가 목적이야?! 나한테 무슨 원한이 있는데……?! 설마 중학교 체험 입학 때의 일을 아직도 앙심을 품고 있는 거야?! 아니면 일전에 도시락 반찬을 교환했을 때, 역시 달걀말이와 닭튀김을 바꾼 건 불공평하다고 생각했어?! 아니면—."

머리끝까지 분노가 치민 채 말을 쏟아내던 나츠미는 곧 입을 다물었다.

이유는 단순했다. 카논이 새파랗게 질린 얼굴로 울먹거리고 있었던 것이다.

"미, 미안애……. 끄럴 짝정은…… 나…… 나쯔미 씨라면 이 학꾜를 조케 만뜰어 쭐 꺼라고……."

"으……."

나츠미가 한 방 먹은 것처럼 말끝을 흐리자, 카논의 뒤편에서 노리코가 얼굴을 쑥 내밀었다.

"아아~, 울려버렸네요. 뭐, 본인에게 허락을 안 받고 일을 벌인 건 잘못이지만요. 그래도 카논 양도 참 힘썼는데 말이죠. 새로운 회장으로 걸맞은 사람은 나츠미 양뿐이야! 하면서, 저 자존심 강한 카논 양이 남들에게 고개를 숙이며 서명을 받았다니까요. 추천 가능 인원을 달성했을 때도 그렇게 기뻐했는데……."

"으, 윽……."

노리코가 흘겨보면서 한 말을 듣고 신음을 흘린 나츠미는 결국 땅이 꺼지게 한숨을 내쉬었다.

"……미안해. 방금은 무심결에 한 말이랄까…… 진심이 아니었어……."

"저, 정말이야……? 화 안 났어?"

"그래."

"나, 나츠미 양과 아직 친구지……?"

"……치, 친구야."

나츠미가 부끄러워하며 그렇게 말하자, 카논은 환한 표정으로 눈물을 닦으며 가슴을 쫙 폈다.

"아야노코지 카논! 장점은 멘탈 회복이 빠르다는 거야!"

"3초면 다 까먹으니까, 전생에는 조류였던 게 아닌가 하는 소문이 자자해요."

"불사조 카논이라고 불러줘!"

카논은 자신만만한 미소를 지으며 멋진 포즈를 취했다.

나츠미는 방금 자기가 쓰러뜨렸던 의자를 세운 후, 질렸다는 듯이 머리를 긁적였다.

"……너무 갑작스러워서 당황하기는 했지만, 어디까지나 후보자 일람에 이름이 올랐을 뿐이잖아. 그리고 보통 학생회 임원 경험자가 회장으로 뽑히기 마련이니까……."

나츠미는 자기 자신을 다독이듯 그렇게 말했다.

실제로 나츠미에게는 그 어떤 지반이나 실적이 없다. 거품 후보라고 해도 과언이 아니다. 그런 나츠미가 학생회장으로 뽑힌다는 건 말도 안 된다.

하지만 바로 그때, 코토리가 미간을 살짝 찌푸렸다.

"으음…… 하지만 올해는 좀 특수한 상황 같아."

"특수한 상황?"

"응. 지난 학생회의 인원이 부모님의 사정으로 전학하거나, 월반을 해서 해외의 대학으로 진학하거나, 전국을 히치하이킹으로 돌아보려고 휴학하거나 해서 학교에 아무도 없대. 그러니 이번 학생회는 멤버가 완전히 일신되나 봐."

"뭐……?!"

코토리의 말을 들은 나츠미가 눈을 치켜떴다.

"그, 그게 무슨 소리야……. 그리고 앞의 두 개는 그렇다 쳐도, 히치하이킹은 무슨 소리인데?! 학생회로서 책임을 다하란 말이야!"

"나한테 그런 소리를 해봤자 소용없거든?"

코토리는 나츠미를 달래려는 듯이 손바닥을 펼쳐 보이며 그렇게 말했다.

나츠미는 머리카락을 쥐어뜯으면서 하아 하고 한숨을 내쉬었다.

"……뭐, 뭐어, 하지만 다른 후보가 잔뜩 있잖아……? 갓 입학한 1학년, 그것도 나 같은 땅딸보한테 투표하는 바보가—."

"—아, 방금 우리 학교의 비공식 사이트에 선거 추측 글이 올라와버렸네요. 나츠미 씨가 잠정 1위인 것 같아요."

"뭐어?!"

마나가 스마트폰을 보여주며 그렇게 말하자, 나츠미는 당황하며 그렇게 외쳤다.

"자, 잠깐만 있어 봐! 그게 무슨 소리야! 말도 안 되거든?! 그리고 비공식 사이트는 또 뭔데?!"

"학생이 멋대로 운영하는 사이트예요. 이 학교에 입학하게 된 후에 오리가미 씨가 알려줬어요. 그다지 칭찬받을 만한 짓은 아니지만, 폭넓은 정보를 얻기 위해서는 그런 학교의 이면에도 발을 걸쳐버려야만 한다더라고요. —참고로 나츠미 씨에게 투표한 이유는 『남들을 잘 챙겨준다』, 『중학교 문화제 때의 활약이 엄청났다』, 『유능』, 『약자의 아픔을 알 것 같다』, 『귀엽다』예요."

"뭐어어어어엇—?!"

마나의 추가 정보를 들은 나츠미가 또 절규를 토했다.

그리고 다음 순간, 마치 그 외침에 인도된 것처럼 교실 문이 열리면서 키가 큰 소녀가 모습을 보였다.

실내와 색깔로 볼 때 2학년 같았다. 단정한 외모와 짧게 자른 머리카락이 자아내는 그 우아한 겉모습은, 마치 어딘

가의 왕족을— 그것도 공주님이 아니라 왕자님을— 연상케
했다.

"—저기, 이 반이 쿄노 나츠미 양의 반이 맞아?"

그 소녀는 근처에 있던 여학생에게 그렇게 물었다. 질문을
받은 여학생은 얼굴을 붉히며 「네, 네에……!」 하고 대답하
더니, 나츠미를 손가락으로 가리켰다.

"고마워."

그녀는 짤막하게 인사를 하더니, 나츠미를 향해 걸어갔다.

"…………윽?!"

그녀가 풍기는 압도적인 양기를 감지한 순간, 나츠미의 얼
굴이 진땀으로 범벅이 됐다.

"네가 쿄노 나츠미 양이지?"

"…………아, 아닌데요……."

그 눈부신 분위기를 견디다 못한 나머지, 나츠미는 시치
미를 뗐다.

"어?"

그러자 그녀는 눈을 동그랗게 떴다. 그러자 나츠미의 주위
에 있는 요시노를 비롯한 소녀들이 고개를 저으며 「맞아요」
하고 정정했다.

"후후, 재미있는 애네. —나는 키노사키 미야코. 너와 마
찬가지로, 학생회장 선거에 입후보한 사람이야."

"……윽! 키노사키—?!"

그 이름을 들은 순간, 마나의 눈썹이 희미하게 떨렸다.

"흐음? 마나, 아는 사람인 게냐?"

"네. 분명— 학생회장 선거에서 나츠미 씨와 동률로 1위를 기록해버린 선배예요!"

"""""……?!"""""

마나가 그렇게 말하자, 다들 눈을 치켜떴다.

미야코는 미소를 머금더니, 나츠미를 향해 손을 내밀었다.

"1학년이면서 학생회장 선거에 출마한다는 건, 뛰어난 향상심을 지녔을 뿐만 아니라 이 학교도 정말 사랑한다는 의미지. 그런 사람의 얼굴을 봐두고 싶어서 찾아온 거야. —누가 이기든 서로를 원망하지 말자. 정정당당히 싸우는 거야!"

그렇게 말한 미야코는 상쾌한 미소를 머금었다. 비유가 아니라, 입술 사이로 드러난 새하얀 치아가 빛나고 있는 것처럼 보였다.

"……아, 그게, 저는, 히, 히익……."

나츠미가 햇살을 눈부셔하는 두더지처럼 눈을 가늘게 뜨며 허둥대자, 미야코는 그녀의 손을 힘차게 거머쥐며 굳은 악수를 나눴다.

"잘 부탁해! 쿄노 양!"

"어, 어버버버버버버버버—"

따뜻하고, 힘차며, 패기가 넘치는 악수였다.

—하지만, 나츠미는 그런 악수를 나누면서 자기 히트 포인

트가 깎여나가는 것을 느꼈다. 왠지 나츠미는 회복 주문이 걸린 언데드 몬스터의 심정이 이해될 것만 같았다.

그럼 이만 가볼게! 하고 말한 미야코는 나타날 때와 마찬가지로 시원시원하게 이 교실에서 나갔다.

"……*끄어*……억—."

한동안 멍하니 서 있던 나츠미는 미야코의 발소리가 완전히 사라지자, 긴장의 실이 풀린 것처럼 무너지듯 주저앉았다.

"나, 나츠미 양?!"

"괜찮아?!"

다들 걱정스러운 어조로 그렇게 말했다.

나츠미는 교실 천장을 올려다보면서, 얼이 나간 듯한 목소리로 중얼거렸다.

"마, 말도 안 돼……. 같은 사람 맞아? 학생회에 들어가면, 전교생 앞에서 구경거리가 되어야 할 뿐만 아니라, 빛의 거인 같은 저런 사람과도 어울려야 하는 거야……?"

나츠미는 주먹을 말아쥐며, 결의를 입에 담았다.

"……무, 무슨 수를 써서라도…… 낙선하고 말 거야……!"

◇

다음 날 아침.

아침밥을 먹은 후에 등교할 준비를 마친 코토리는 평소처럼 집 앞에서 요시노, 무쿠로, 마나와 합류했다.

"안녕…… 어라? 나츠미가 없네?"

코토리는 손을 흔들며 인사를 건네려다― 고개를 갸웃거렸다.

그렇다. 평소 같으면 그녀들과 함께 있을 나츠미의 모습이 보이지 않았다.

"아…… 나츠미 씨는 할 일이 있다면서 먼저 학교에 갔어요."

"할 일……?"

요시노가 그렇게 말하자, 코토리는 미간을 약간 찌푸렸다.

평소 같으면 딱히 신경 쓰이지 않겠지만…… 어제 일 탓에 기분이 약간 불안해졌다.

"무슨 수를 써서라도 낙선하겠다고 말했는데…… 대체 무슨 일을 벌이려는 걸까?"

코토리의 말을 들은 무쿠로는 뭔가 짚이는 구석이 있는 것처럼 눈을 살짝 치켜떴다.

"그러고 보니 어제 맨션에 돌아온 후, 방에서 『준비』를 한다고 말했다만……."

"준비? 무슨 준비……?"

"거기까지는 알지 못하느니라. ―하지만 나츠미는 머리가 좋은 아이지. 바보 같은 짓을 벌이지는 않을 게다."

"뭐, 그건 그렇지만……."

무쿠로가 그렇게 말하자, 코토리는 볼을 긁적였다.

그녀의 말대로. 나츠미는 처음 만났을 때만 해도 장난꾸러기였지만 지금은 한때 정령이었던 소녀들 중에서 손꼽힐 정도로 양식적인 상식인이다. 걱정이 과한 걸지도 모른다.

"뭐, 여기서 꾸물거리며 고민해봤자 소용없다고요. 빨리 학교에나 가버리죠."

"응…… 맞아."

마나가 재촉하자, 코토리는 평소보다 걸음을 서두르며 학교로 향했다.

익숙한 통학로를 걷고, 주택가를 지나, 교문에 도착했다.

그리고 그대로 앞뜰을 통과해서 건물로 들어가려던 순간—.

코토리 일행은 걸음을 멈췄다.

"…………어?"

건물 입구 쪽에서…….

조그마한 체구의 소녀가 다리를 쩍 벌린 채 몸을 웅크리고 있었다.

교복 상의를 어깨에 걸치고, 가슴팍의 리본 또한 축 늘어뜨리고 있었다. 치마는 필요 이상으로 짧았으며, 그 안에는 체육복 하의를 입고 있었다.

눈에는 색안경을 꼈고, 입에는 담배(비슷한 것)를 물었다. 눈썹 위에는 깊은 주름이 새겨져 있었으며, 길을 가는 학생들을 위협하듯 「아앙?」이나 「어엉?」 하고(전부 머뭇거리며) 말했다.

……왠지, 전형적인 불량배를 재현하려던 결과, 저런 기묘한 형태가 되고 만 느낌이 물씬 풍기고 있었다.

"……나츠미, 뭐 하는 거야?"

코토리가 볼에 경련이 일어난 상태에서 그 소녀에게 말을 건넸다.

그러자 나츠미는 검지로 색안경을 살짝 들어 올리더니, 코토리 일행을 올려다보며 입을 열었다.

"아…… 좋은 아침. 뭐하는지는 딱 보면 알 수 있잖아? 선거 활동 중이야."

"선거 활동……?"

코토리가 의아하다는 투로 묻자, 나츠미는 고개를 끄덕였다.

"……응. 후, 후후…… 설마 이렇게 행실이 나쁜 애를 학생회장으로 뽑아주지는 않겠지……?"

"그, 그럴까……?"

코토리는 식은땀을 삐질삐질 흘렸다.

"저기, 나츠미. 너는 전교생 앞에서 구경거리가 되는 게 싫어서 학생회장이 되기 싫다고 했지?"

"그것 말고도 이유는 더 있지만…… 일단은 그래."

"…………."

코토리는 주위를 둘러보았다. 길을 가는 학생들이 나츠미를 힐끔힐끔 쳐다보았다. 사진을 찍는 이도 있었다. 학생회장이 될 것도 없이 이미 구경거리가 된 느낌이 물씬 들었다.

평소의 나츠미라면 눈치 못 챌 리가 없지만…… 역시 판단력이 좀 떨어진 것일지도 모른다.

"나츠미 씨…… 담배는 몸에 나쁘니까, 끊는 편이 좋지 않을까 싶어요……."

코토리의 뒤편에 있던 요시노가 걱정스러운 어조로 나츠미에게 말을 건넸다.

그러자 나츠미는 허둥지둥 고개를 좌우로 저었다.

"아, 걱정하지 마. 이건 담배가 아니라 코코아 시가렛이거든."

나츠미는 그렇게 말하면서 입에 물고 있던 하얀색 막대 형태의 물건을 깨물어서 부쉈다. 아무래도 과자 같았다.

"뭐야, 가짜였구나."

"당연하잖아……. 진짜로 담배를 피웠다간 인기 하락 정도가 아니라 정학을 당할 거잖아. 내신이 깎일지도 모르고…… 너희와 같이 졸업 못 하는 건 싫어."

"아…… 응, 그래……. 그런데 그 안경은……."

"시력이 안 좋아서 교정 기구를 착용한다는 명목으로 허가를 받아."

"……치마를 짧게 줄였으면서, 왜 안에 바지를 입은 거야?"

"치마 입고 이런 자세를 취하면 팬티가 훤히 보이잖아……. 공연음란죄로 잡혀가기는 싫고, 아침부터 다른 사람들이 기분 나빠지게 만들면 미안할 것 같거든……."

"…………그, 그렇구나."

이러쿵저러쿵해도, 나츠미는 심성이 참 고운 애였다. 이유가 『부끄럽다』가 아니라 『기분 나쁘게 만들고 싶지 않다』인 것도 나츠미다웠다.

　하지만 본인은 절박한 탓에 그런 점을 눈치채지 못한 것 같았다. 나츠미는 기대에 찬 표정을 지으며 몸을 일으켰다.

　"자, 어때? 아침부터 쭉 지나가는 학생들을 위협했거든. 평판이 꽤 나빠졌을 것 같지 않아……?"

　"으음…… 글쎄요."

　마나는 스마트폰을 꺼내서 조작했다. 아무래도 예의 비공식 사이트를 체크하는 것 같았다.

　"……『학생회장 후보인 쿄노 양이 이상한 옷차림을 하고 학교 앞에 앉아 있었어』, 『귀여워』, 『양아치 행세하지만 학교 측에 허가를 받은 것 같아』, 『되게 성실하네』, 『마스코트 캐릭터 같아』, 『쿄노 나츠미 후원회 회장은 공식 캐릭터 『낫짱』으로서 선거 활동에 이용할 방침이래』, 『뭐야, 후보 활동의 일환이냐』……."

　"왜야?! 그리고 후원회 회장은 대체 누구인데?!"

　나츠미가 비명에 가까운 고함을 질렀을 때, 건물 입구에서 동그랗게 만 종이를 손에 쥔 카논과 노리코가 나왔다.

　"나츠미 양! 선거용 포스터가 완성됐어!"

　카논은 그렇게 말하더니, 손에 쥔 종이를 펼쳐 보였다.

　거기에는 『변혁!』이라는 캐치프레이즈와 함께, 귀엽게 데

포르메된 양아치 자세를 취한 캐릭터 『낫짱』이 실려 있었다.

"또 너냐아아아앗?! 그러고 보니 아까 사진을 잔뜩 찍어 간 것도 포스터 때문이었구나?!"

나츠미는 색안경을 지면에 던지더니, 목청껏 절규를 토했다.

카논이 또 울먹거리자, 그녀를 달래는 데 10분가량이나 걸리고 말았다.

◇

"……좋아. 슬슬 약속 시간이 됐네."

다음 날 점심시간.

서둘러 식사를 마친 나츠미는 도시락통을 집어넣은 후, 자리에서 일어났다.

"……어? 어디 가세요?"

요시노가 의아해하며 물었다. 그러자 나츠미는 자신만만한 웃음을 흘렸다.

"……응. 약속이 있거든. 잘하면 학생회장 선거 후보 자리에서 물러날 수 있을지도 몰라."

나츠미가 그렇게 말하자, 코토리는 의아하다는 듯이 미간을 찌푸렸다.

"한 번 후보가 되면 자기 의지로는 사퇴할 수 없는 것 아니었어?"

"……그런 것 같아. 뭐, 솔직히 말해 그 제도도 문제가 있다고 생각하지만…… 이렇게 되면 그 전제조건으로 싸울 수밖에 없어."

"평소와 다르게 참 긍정적이구나……. 뭘 어쩔 작정인 게냐?"

무쿠로가 고개를 갸웃거리며 물었다. 그러자 나츠미는 설명을 하는 듯한 어조로 말을 이었다.

"……선거 관리위원인 타카야나기 선배를 학교 건물 뒤편으로 불렀어. 거기서 비밀리에 교섭을 할 거야."

"타카야나기―『철의 여인』타카야나기 사치요 말인가요?!"

그 이름을 들은 마나가 인상을 찡그렸다.

"무모해요, 나츠미 씨. 타카야나기 선배는 고지식한 걸로 소문이 자자하다고요. 아무리 애걸복걸해버려봤자, 예외적으로 도와줄 리가……."

나츠미는 손가락을 하나 세우더니, 혀를 차며 고개를 저었다.

"그런 게 아냐. 나는― 뇌물을 줄 거야."

"""……?!"""

나츠미가 그렇게 말하자, 다들 경악에 찬 표정을 지었다.

"뇌, 뇌물……?"

"그래. 몰래 돈을 줄 테니까, 이번 선거에서 투표 결과를 조작해서 **내가 이기게 해달라**고 부탁할 생각이야."

"흐음……? 어떻게 된 게냐. 나츠미는 학생회장이 되기 싫은 것 아니었느냐?"

무쿠로는 당혹스럽다는 투로 말했다.

확실히 그녀가 그런 의문을 품는 것도 이해가 됐다. 나츠미의 말만 들어보면, 그녀가 하려는 짓은 앞뒤가 맞지 않았다.

하지만 그것이 나츠미의 노림수였다. 그녀는 낮은 목소리로 말을 이었다.

"엄격한 선배는 내 제안을 바로 거절할 거야. 아니…… 그뿐만 아니라, 당당히 부정행위를 제안한 후보자에게 그에 상응하는 처분을 내리려고 하겠지. 예를 들어— 피선거권의 정지, 같은 걸 말이야."

""""……!""""

나츠미가 그렇게 말한 순간, 다들 또 경악에 찬 표정을 지었다.

"그, 그럴 생각이군요……."

"나쁜 쪽으로 머리가 잘 돌아가는구나."

"……초면인 사람과는 잘 이야기도 못 하면서, 용케 이런 짓을 벌였네……."

"아하하……. 학생회장이 되지 않을 수만 있다면, 이 정도쯤은 얼마든지 할 수 있어……."

나츠미는 어깨를 으쓱하면서 메마른 웃음을 흘렸다.

"물론 보험 삼아서, 신문부에서 제보를 해뒀어. 이 시간대에 학교 건물 뒤편에 잠복하면 재미있는 스캔들을 입수할 수 있을 거라고 말이지……. 만일 선배가 내 제안을 받아들이거나 없었던 일로 만들려고 해도, 이러면 안심해도 돼."

그렇게 말한 나츠미는 히히히…… 하고 웃음을 흘렸다.

그 모습은 노회한 마녀 같아 보였다. ^{위치}

"그럼 다녀올게. 약속 시간에 늦으면 안 되거든."

나츠미는 그렇게 말하더니, 손을 흔들며 교실을 나섰다.

그러자 요시노를 비롯한 다른 소녀들은 서로를 쳐다보며 시선을 교환한 후, 먹다 만 도시락을 집어넣고 나츠미의 뒤를 쫓았다.

"……어, 왜 쫓아오는 거야?"

"죄, 죄송해요……. 좀 신경이 쓰여서……."

"사소한 건 신경 써버리지 좀 말라고요."

"……뭐, 괜찮긴 한데……."

초면인 인간에게 부정행위를 제안하는 이벤트를 앞두고, 불안감을 느끼지 않는다면 거짓말일 것이다. 솔직히 말해, 몰래 지켜봐 주는 이가 있다고 생각하니 든든했다.

나츠미는 약간 벌게진 볼을 보여주지 않으려고 앞을 바라보더니, 그대로 발걸음을 재촉하며 복도를 나아갔다.

잠시 후, 나츠미는 건물 뒤편에 도착했다.

그곳에는 검은 테 안경을 쓰고 자로 잰 것처럼 앞 머리카락을 단정하게 자른 여학생이 서 있었다.

"―당신이 쿄노 나츠미 양? 무슨 일이야? 나도 한가한 사람이 아니거든."

선거 관리 위원인 타카야나기 사치요는 철의 여인이란 별
명에 걸맞은 무기질적인 목소리로 그렇게 말했다.

"……아, 저기…… 그게……."

나츠미는 일부러 손을 비벼대며, 사치요에게 다가갔다.

그리고 수풀에 숨어있는 신문부를 확인한 후, 말을 이었다.

"헤헤헤…… 실은 말이죠. 저기, 이번 학생회장 선거 관련
으로 할 이야기가……."

"학생회장 선거……? 그게 어쨌다는 건데?"

"으음…… 그게, 뭐라고 할까요. 알기 쉽게 말하자면…… 뇌
물―."

"…………윽!"

나츠미가 그 단어를 입에 담은 순간, 사치요는 그 자리에
서 무너지듯 무릎을 꿇었다.

그리고 눈가에 눈물방울이 맺히더니, 엉엉 울기 시작했다.

"어……? 어엇……?!"

느닷없이 이런 사태가 벌어지자, 나츠미는 당황하고 말았
다. 하지만 사치요는 그런 나츠미를 개의치 않으며, 담담히
이야기를 시작했다.

"당신은 알고 있구나……. 내가 2학년 1반의 오치다에게
돈을 받고 부정 선거를 저지르려 한다는 걸……!"

"네?! 아니, 어……?!"

"어머니의 치료비를 위해서라고는 해도, 선거 관리 위원으로서…… 아니, 인간으로 부끄러운 행위를 했어…… 하지만, 당신 덕분에 정신 차렸어! 분명 나는 마음 한편으로, 당신 같은 사람을 기다리고 있었던 거야! 이제 마음이 개운해……. 진실을 밝힌 후, 나는 선거 관리 위원을 사퇴하겠어. 하지만 걱정하지 마. 나는! 잃어버린 신뢰를 다시 쌓아 올릴 거야!"

나츠미가 얼이 나간 사이, 사치요는 뮤지컬의 한 장면처럼 힘찬 어조로 그렇게 외쳤다.

바로 그 타이밍에, 수풀 안에서 신문부 기자와 카메라맨이 튀어나왔다.

"타카야나기 위원님! 방금 한 말은 사실입니까?!"

"응, 사실이야. 나는 2학년 1반 오치다 후보의 부정행위를 고발하는 것과 동시에, 쿄노 나츠미 양의 용기를 칭송하겠어!"

"휘유— 익명의 제보대로, 이건 엄청난 스쿠프야……!"

"내일은 라이젠이 들썩이겠어요, 부장님!"

"…………."

카메라에서 인정사정없이 터져 나오는 플래시를 쐬며, 나츠미는 망연자실하게 서 있을 수밖에 없었다.

다음 날 학교 신문에, 나츠미의 멋진 활약과 혼이 나간 듯한 사진이 실렸다는 것은 말할 필요도 없을 것이다.

◇

"중요한 건 발상의 전환이야!"

이틀 후의 쉬는 시간. 나츠미는 주먹을 굳게 말아쥐더니, 다른 이들에게 호소하듯 외쳤다.

그러자 코토리와 마나는 쓴웃음을 머금었다.

"날이 갈수록 언동이 학생회장다워지네~."

"슬슬 학생회장이 된다는 걸 자각해버리고 있는 거 아니에요?"

"헛소리 마~!"

나츠미는 밥상을 뒤집듯이 두 손을 치켜들었다. 실제로는 뒤집지 않았다. 책상을 뒤집었다간 다른 사람이 다칠 수도 있으니 말이다.

"발상의 전환인가요. 그럼 이번에는 어쩔 생각인가요?"

요시노가 맑은 눈동자로 나츠미를 바라봤다. 그러자 나츠미는 엄지를 치켜들었다.

"나는 이제까지 어떻게든 자신의 평판을 낮추거나, 선거에서 제외되려고만 했잖아……?"

하지만, 하고 나츠미는 열띤 어조로 말했다.

"애초에 생각 자체가 잘못됐던 거야. 학생회장이 되는 건 한 사람뿐이니까, 그 인싸 선배를 회장으로 만들면 돼!"

나츠미가 선언하듯 그렇게 말하자, 다른 소녀들이 『오오~』

하고 탄성을 터뜨리며 손뼉을 쳤다.

"뭐, 나쁜 생각은 아니네요. 실제로 부정행위 고발 사건으로 나츠미 씨의 평판이 상승했는데도, 키노사키 선배의 인기는 나츠미 씨 못지않아버리니까요."

"흐음…… 그런데 구체적으로 어쩔 생각인 게냐?"

"간단해. 애초에 그 선배는 인기가 좋을 뿐만 아니라, 공약과 방침도 빈틈이 없거든……."

그렇게 말한 나츠미는 스마트폰을 조작해서 문서 파일을 펼쳤다. 미야코가 인터넷상에 공개해둔 선거 공약이다.

미야코는 운동도 잘하고, 머리도 좋으며, 외모도 뛰어나다. 어처구니없을 만큼 완벽한 사람이다. 아마 전생에 덕이 높은 고승을 도왔던 게 틀림없다. 전생에 대악당이었던 설이 농후한 나츠미와는 극과 극인 존재다.

"……굳이 빈틈을 꼽자면, 대다수 학생이 선거 공약에 흥미가 없다는 걸 이해하고 있지 않다는 점일 거야."

"그게 무슨 소리야?"

"이 문서 좀 봐. 내용은 좋지만, 좀 간소한 것 같지 않아?"

"아……. 듣고 보니 좀 그런 것 같네."

코토리는 납득한 것처럼 고개를 끄덕였다.

"요즘 젊은이들은 이런 걸 안 읽어. 레이아웃을 좀 더 신경 쓰고, 컷을 효과적으로 쓰면서…… 핵심 정책을 전면에 내세워야 해. 대중은 돼지니까 먹이도 눈에 확 들어오게 해야 한다는 건 기본이잖아? 그런 점에서 볼 때, 선배는 일반 학생에게 너무 큰 기대를 걸고 있어. 자기가 뭐든 다 해내는 사람이니까, 게으르고 못난 사람들을 고려하지 못하는 거 아닐까?"

나츠미가 그렇게 설명을 늘어놓자, 다들 눈을 동그랗게 뜨며 그녀를 쳐다봤다.

"……왜, 왜 그래?"

"아, 아뇨……."

"나츠미는 그런 쪽 일에 적성이 있는 것 아니냐?"

"뭐, 입이 좀 험한 게 옥에 티 같지만요."

"……그, 그런 소리 마. 적성에 안 맞단 말이야."

나츠미는 볼을 붉히며 그렇게 말한 후, 스마트폰의 화면을 가리키며 말을 이었다.

"아무튼 재료는 다 갖춰졌으니까, 조금만 서포트해주면 당선이 확정될 거야. 이 공약을 보기 좋고 알기 쉽게 정리한 전단지와 포스터를 만들어서 학생들에게 내용을 알리는 거야. 아, 그리고 PV도 있으면 좋겠네. 영상과 음악은 세뇌의 기본이거든. 선배는 자기 SNS에 사진과 영상을 많이 올려놨으니까, 소재는 충분해. 후후…… 솜씨 좀 발휘해볼까……. 내가 완벽하게 프로듀스해주겠어……."

나츠미는 음흉한 표정을 지으며 손가락을 꼼지락거렸다. 그러자 다른 소녀들은 식은땀을 흘리며 쓴웃음을 머금었다.

바로 그때—.

"······어?"

전단지의 디자인을 생각하며 다시 스마트폰의 화면을 쳐다보던 나츠미가 갑자기 미간을 살짝 모았다.

"어? 나츠미 씨, 왜 그래요?"

"아, 그게, 여기 말인데······ 계산이 이상하지 않아?"

그렇다. 공약에 실린 예산안의 계산에, 미세한 오차가 존재했다.

"······아, 정말이네. 실수한 걸까?"

"음. 용케 발견했구나, 나츠미."

"나이스예요, 나츠미 씨. 이게 바로 공든 탑을 무너뜨릴 개미구멍이에요. 그걸 이용해버리면 역전 승리도 충분히 가능할 거예요!"

"그, 그래. 그러면 내가 회장······ 나는 회장 되기 싫거든?!"

나츠미가 바로 딴죽을 날리자, 마나는 「오~」 하고 탄성을 터뜨리며 손뼉을 쳤다.

"······미세한 실수지만, 내버려 둘 수는 없어. 만약 다른 후보에게 지적을 당해서 표가 분산됐다간, 내가 이길지도 모르잖아······."

"전력을 다하는 상대에게 이겨야만 납득하는 무인 같은 말이네~."

코토리가 어깨를 으쓱하며 그렇게 말했지만, 나츠미는 지극히 진지했다. 그녀가 회장으로 뽑히지 않기 위해서는 미야코가 선거에서 이겨야만 하는 것이다.

"전단지를 만들면서 수정해도 괜찮을까……."

"하지만 원본을 틀린 채로 둬버리는 건 좀 그렇지 않아요? 전단지와 비교해보는 학생이 있을지도 모르니까요."

"으…… 그럼 어쩌지……."

마나가 그렇게 말하자, 나츠미는 인상을 찌푸렸다. 그러자 코토리는 당연한 소리를 하듯 이렇게 말했다.

"그럼 본인에게 가르쳐줄 수밖에 없지 않아? 그게 가장 확실해."

"……하지만, 대체 누가 가르쳐주냔 말이야……."

나츠미가 기어드는 목소리로 그렇게 말하자, 모든 이들의 시선이 일제히 그녀를 향했다.

"…………, 저, 저…… 저기요. 키, 키노사키 선배, 있나요……?"

그날 점심 시간.

나츠미는 2학년 5반 교실로 가더니, 문 근처에 있는 여학생에게 기어 들어가는 목소리로 말을 건넸다.

옛날보다 좀 나아지기는 했지만, 나츠미는 여전히 초면인 인간에게 말을 거는 것을 질색했다. 상급생의 교실을 방문

한다고 하는 평범한 학생도 긴장할 만한 이벤트 탓에 얼굴은 새파랗게 질렸고, 눈빛은 흔들리고 있었으며, 등은 땀에 푹 젖었다.

코토리를 비롯한 다른 소녀들도 조금 떨어진 곳에서 지켜보고 있지만, 끼어들지는 않았다. 엄밀히 말하자면 요시노와 무쿠로가 나츠미와 동행하려 했지만, 코토리와 마나가 「모처럼의 기회니까」 하고 말하며 말렸다.

"응? 아—."

나츠미가 말을 건넨 여학생이 그녀의 모습을 보더니, 뭔가를 눈치챈 것처럼 교실 안쪽을 쳐다봤다.

"저기~, 먀코~. 누가 사랑 고백하러 왔어~."

"—어엇?!"

나츠미는 뜻밖의 말을 듣고 눈을 치켜떴다.

하지만, 교실 안의 학생들은 딱히 놀라지 않으며 「아~, 또 냐」, 「키노사키는 인기가 좋다니깐~」 하며 태연한 반응을 보였다. 아무래도 일상이 되어버릴 만큼 그런 일이 자주 일어나는 것 같았다. ……고백하러 왔다고 여겨지는 건 뜻밖이지만 말이다.

"아, 아니에요. 저는—."

"—아, 쿄노 양이구나."

나츠미가 허둥지둥 변명하려고 할 때, 교실 안쪽에서 키가 큰 여학생이 모습을 보였다. —학생회장 후보인 키노사키 미야코였다.

여전히 등 뒤에 조명이라도 있는 것처럼 눈부신 아우라를 뿜고 있다. 이게 순정 만화의 한 장면이라면, 등장과 동시에 컷 안에 꽃이 흩뿌려졌을 게 틀림없다.

"아…… 안녕, 하세요……."

"찾아와주니 참 기쁜걸. 무슨 일이야?"

미야코가 쾌활한 반응을 보이며 그렇게 묻자, 나츠미는 허둥지둥 스마트폰을 꺼내서 미리 준비해둔 화면을 펼쳤다.

미야코의 공약 중 틀린 부분에 빨간색 글자로 미리 체크를 해둔 것이다. 이러면 최소한의 대화만으로 용건을 전달할 수 있을 것이다.

"이, 이걸……."

"응?"

미야코는 나츠미의 스마트폰을 보더니, 그 화면의 의미를 눈치채고 눈을 치켜떴다.

"—앗! 아차, 실수했는걸. 네가 찾은 거야?"

"아…… 뭐, 뭐어…… 저기, 네."

"고마워. 덕분에 살았어. —하지만 나한테 일부러 알려주지 않고 실수를 지적한다면 선거에서 유리해졌을 텐데……. 나는 너를 존경해. 너의 그 고결한 정신에 부응하고 싶은 걸. 내가 할 수 있는 일이 있다면 뭐든 말만 해."

그리고 미야코는 그렇게 말하면서 나츠미의 눈을 응시했다.

어찌 보면 위선적으로 들리는 대사였다. 하지만 그녀의 어조가, 표정이, 그것이 진심에서 우러난 말이라는 것을 증명하고 있었다. 그런 그녀가 너무나도 눈부셨기에, 나츠미는 전에 썼던 색안경을 가지고 올 걸 그랬다고 문득 생각했다.

"아, 따, 딱히, 그럴 필요는 없는데……."

"그래선 내 마음이 풀리지 않아. 뭔가 없을까?"

"그, 그럼…… 저기, 회장 선거에서, 꼭 이겨주세요……."

"……아!"

나츠미가 그렇게 말하자, 미야코는 놀란 것처럼 눈을 동그랗게 뜬 후에 훗 하고 웃음을 흘렸다.

"……그래. 정정당당히 전력을 다해 싸우는 것을 바란다—는 거구나. 훗, 미안해. 내가 무례했던 것 같아."

"……네? 아, 아뇨. 그런 의미가 아니라—."

"너 같은 호적수와 싸우게 된 것을 영광으로 생각해. 투표일을 기대하겠어!"

"아, 네……."

후반부에는 대화가 거의 성립되지 않은 것 같은 느낌도 들지만, 일단 목적은 달성했다. 나츠미는 적당히 이야기를 끝낸 후, 「그럼 가볼게요……」 하고 말하며 교실을 나섰다.

그리고 그대로 복도를 서둘러 걸어서 모퉁이를 돈 후, 땅이 꺼지게 한숨을 내쉬었다.

"하아아아아아아아아……."

"수고했어요. 나츠미 씨."

"음. 멋졌느니라, 나츠미."

거기서 기다리고 있던 요시노 일행이 나츠미의 노고를 위로했다. 그러자 나츠미는 초췌한 표정으로 겨우겨우 대답하더니, 심장이 진정할 때까지 기다린 후에 고개를 들었다.

"……좋아. 이제 예정대로 진행하기만 하면 돼. 선배가 얼마나 학생회장에 어울리는 사람인지, 전교생에게 알려주겠어……!"

나츠미는 그렇게 말하면서 주먹을 꼭 말아쥐었다.

그러자 코토리와 마나는 미심쩍은 눈빛을 머금으며 소곤소곤 이야기를 나눴다.

"……어떻게 될 것 같아?"

"……글쎄요. 나츠미 씨는 능력이 뛰어나지만, 하는 일마다 역효과만 나버리니까요~."

"불길한 소리 하지 말아줄래?!"

두 사람의 말을 들은 나츠미가 반사적으로 그렇게 외쳤다.

―그리고, 운명의 투표일이 됐다.

"…………."

나츠미는 체육관 단상에 놓인 접이식 철제 의자에 앉은

채, 불안한 것처럼 꼼지락거리고 있었다.

현재 체육관에는 전교생이 모여 있었다. 그리고 단상에는 학생회장 선거에 출마한 후보 여덟 명이 나란히 앉아있었다.

후보자가 한 명씩 순서대로 연설한 후, 투표가 진행된다. 즉, 이것은 후보자들에게 있어 마지막 어필 기회다.

『―이 데이터에 따르면, 우리 학교의 활동 실적은―.』

현재 연설을 하고 있는 건, 바로 키노사키 미야코다.

당당한 자세, 멀리서도 잘 들리는 목소리, 막힘 없이 술술 나오는 말, 온몸에서 뿜어져 나오는 자신감―.

공약 내용을 포함해, 다른 후보자와는 존재감의 격이 달랐다. 학생들의 선거 놀이에, 진짜 정치가가 한 명 섞여 있는 듯한 위화감마저 느껴졌다. 나츠미는 다른 후보자들이 좀 안 됐다는 생각마저 들었다.

하지만 나츠미에게 있어 그것은 복음이었다. 미야코가 학생들을 사로잡으면 잡을수록, 나츠미가 낙선할 가능성이 커지는 것이다.

……여담이지만, 나츠미는 이미 연설을 마쳤다.

내용은 평범했고, 무난하기 그지없었다. 죽도록 긴장했던 만큼, 말투를 신경 쓰지도 못했다.

―그렇게 회장이 되기 싫다면 연설을 안 하거나 단상에서 기행을 벌이면 되지 않느냐고 생각할지도 모르지만, 그렇지 않다. 아싸에도 여러 종류가 있는 것이다. 그런 선택을 하기

위해서는 용기가 필요하다. 나츠미처럼 도망칠 수 없는 상황에 부닥쳤을 때, 모든 일을 무난하게 처리하며 시간이 흐르기만 기다리는 타입도 존재하는 것이다. 다양한 타입을 균형을 맞춰 자기 덱에 짜 넣는 것이 아싸 마스터가 되는 길이다. —긴장과 혼란 탓에, 나츠미는 자기가 무슨 생각을 하는지도 잘 알 수 없었다.

『—이상입니다. 경청해주셔서 감사합니다.』

그런 생각을 하는 사이, 미야코가 연설을 마쳤다. 체육관 안이 크나큰 박수로 가득 찼다. 곳곳에서 새된 환성도 들려왔다.

"……이 정도면…… 결정됐네."

다른 후보자들 때보다 명백하게 박수가 컸기에, 나츠미는 몰래 웃음을 흘렸다.

물론 미야코의 원래 인기도 큰 요인이겠지만, 나츠미가 이 며칠 동안 했던 공작도 영향을 끼쳤으리라.

그렇다. 나츠미는 예정대로 미야코의 비공식 포스터를 만들어 붙였고, 비공식 전단지를 뿌렸으며, 비공식 PV를 인터넷에 올렸다.

마나에게 평판 체크를 부탁해보니, 반응이 상당한 것 같았다. 나츠미가 노린 대로, 전단지를 통해 처음으로 공약에 흥미를 보인 이들도 적지 않은 것 같았다.

그렇다면, 이제 미야코의 승리는 거의 확정된 것이나 다름없으리라.

『─그럼, 투표를 시작하겠습니다. 들고 있는 종기에 후보자 한 명의 이름을 쓴 후, 투표함에 넣어 주십시오.』

사회를 맡은 선거 관리 위원 학생이, 마이크를 통해 그렇게 말했다.

그 지시에 따라, 학생들이 투표를 시작했다.

교실로 돌아가서 반별로 투표가 이뤄졌고, 나중에 결과를 발표─하는 순서로 보통 진행되지만, 이 고등학교는 이 자리에서 투표, 개표, 발표까지 진행하는 것 같았다.

약간 비효율적인 시스템이라는 생각이 들지 않는 건 아니지만, 이번만큼은 나츠미도 그 방식에 찬성이었다.

학생회장 같은 건 죽어도 되고 싶지 않다. 하지만 자신이 짠 책략으로 대중을 뜻대로 유도하는 행위에는 요사한 매력이 있었다.

『─개표가 끝났으니, 결과를 발표하겠습니다.』

잠시 후, 사회자의 목소리가 스피커에서 흘러나오더니 체육관 안의 조명이 어두워졌다.

그와 동시에, 프로젝터가 단상의 스크린에 득표 화면을 비췄다.

아래편부터, 득표수가 적은 순서로 후보자의 이름이 나열됐다.

그리고, 가장 위에 표시된 이름은─.

『―1위. 키노사키 미야코 양. 295표.』

"……좋았어……!"

사회자가 그 말을 입에 담은 순간, 나츠미는 주먹을 말아 쥐며 기뻐했다. 꽤 과한 리액션이지만, 지금은 체육관이 어 두우니 남들에게 들키지 않을 것이다.

전교생의 숫자를 생각하면 득표수가 좀 작은 편이지만, 그래도 1위는 1위다. 이것으로 나츠미는―.

『―동율 1위. 쿄노 나츠미 양. 295표.』

"…………뭐엇?!"

이어지는 사회자의 말에…….

나츠미의 당황한 목소리가, 체육관 전체에 울려 퍼지고 말았다.

"하아…… 일이 이렇게 될 수도 있구나."

코토리는 체육관 안에서 단상을 올려다보면서, 감탄한 투 로 그렇게 말했다.

이 결과는 예상 밖이었던 건지, 주위의 학생들이 술렁거 리며 나누는 대화가 들려왔다.

"우와, 말도 안 돼. 동점? 너희는 누구한테 투표했어?"

"나? 키노사키 선배야. 멋진 사람이잖아. 저런 사람이 학 생회장이면 자랑스러울 것 같더라니깐."

"어, 나는 쿄노한테 투표했어. 아마 걔와 같은 중학교에 다녔던 애들은 전부 쿄노 파일걸?"

"어~, 먀코 선배가 나은데~. 공약도 잘 짰고……."

"에이, 공약만 보면 쿄노 양도 안 밀려. 이해하기도 쉬웠 잖아. 어째선지 전단지를 뿌릴 때에 선글라스와 마스크를 하긴 했지만 말이야."

그 말을 들은 코토리는 옆에 있는 마나와 시선을 마주했다.

"……잠깐만 있어 봐. 혹시……."

"……아무래도 그렇게 되어버린 것 같네요."

두 사람은 그렇게 말하며 낮은 신음을 흘렸다.

"어……?"

"흐음, 뭐가 어떻게 된 게냐?"

요시노와 무쿠로가 고개를 갸웃거리자, 이마에 식은땀이 맺힌 코토리가 설명을 해줬다.

"어디까지나 내 예상인데…… 나츠미가 키노사키 선배의 공약을 이해하기 쉽게 정리해서 전단지로 만들었잖아? 나츠 미가 그걸 뿌린 바람에, 학생 중에는 그게 나츠미의 공약이 라고 착각한 사람이 있는 것 아닐까……?"

"아—."

"그럴수가……."

코토리가 그렇게 말하자, 요시노와 무쿠로는 눈을 치켜떴다.

그렇다. 나츠미는 완성된 전단지를 남에게 부탁하거나 어딘가에 두는 게 아니라, 자기 손으로 뿌렸다. 일단 변장하기는 했지만, 어설펐던 것 같았다.

　……아니, 나츠미라면 「아무도 나 같은 건 신경 쓰지 않을 테니까, 이 정도 변장으로 충분하겠지……」 하고 생각했을 가능성마저 있다.

　확실히 나츠미의 말대로, 키노사키 미야코는 우수한 학생이기에 문해력이 떨어지는 학생에 대한 배려가 부족했을지도 모른다.

　하지만 나츠미는 자신감이 바닥을 치는 탓에, 자신의 인기와 지명도를 너무 얕봤다.

　"이건…… 정말……."

　"참 나츠미 씨다운 결말이네요……."

　코토리 일행은 단상에서 허둥대고 있는 나츠미를 올려다보며, 허탈한 웃음을 흘렸다.

　『으음…… 곤란해졌군요. 이럴 때는 어떻게 해야—.』

　학생들이 술렁대는 가운데, 당혹스러운 듯한 사회자의 목소리가 스피커에서 흘러나왔다.

　나츠미는 예상 밖의 결과가 벌어진 탓에 완전히 얼이 나가버린 채, 멍하니 스크린만 쳐다보고 있었다.

　바로 그때—.

『—다들, 내 말을 들어줬으면 해.』

그런 와중에, 늠름한 목소리가 체육관에 울려 퍼졌다.

어느새, 미야코가 다시 연단 앞에 섰다.

"……윽."

그 목소리를 들은 순간, 나츠미는 퍼뜩 정신을 차리며 어깨를 부르르 떨었다.

그러자 미야코는 그런 나츠미를 쳐다보며 미소 지은 후, 마이크를 향해 말했다.

『우선 감사 인사부터 할게. 나에게 투표해줘서 고마워. 과분한 영광이야.』

미야코가 그렇게 말하자, 여기저기서 환성이 들려왔다.

미야코는 웃는 얼굴로 그 환성에 답한 후, 눈을 살짝 내리깔았다.

『—나는 이 결과를 접하고 놀라는 것과 동시에, 마음 한편으로 납득이 됐어. 실은 며칠 전, 나는 쿄노 나츠미 양에게 공약에 미스가 있다는 점을 지적받고, 그걸 수정했지.』

"…………어?!"

느닷없이 이름이 언급된 나츠미는 당황하고 말았다.

심장이 쿵쾅거리는 소리를 내며 격렬하게 뛰었다. 불길한 예감이 폐부를 가득 채웠다.

—잠깐만. 진정해. 무슨 소리를 하려는 거야?

나츠미는 머릿속에서 시뻘건 위험 신호가 켜졌다. 그녀를 말리라고 외쳐댔다.

하지만 안타깝게도, 나츠미는 단상에서 전교생을 향해 연설하는 상대에게 말을 걸 커뮤니케이션 능력을 지니지 못했다.

『만약 그 일이 없었다면, 아마 결과는 달라졌을 거야. —결선 투표를 할 필요는 없어. 전교생의 대표인 학생회장은, 그녀처럼 고결한 정신의 소유자가 되어야 해. 나는, 부회장으로서 그녀의 버팀목이 되어주고 싶어.

—다들, 쿄노 나츠미 학생회장에서 큰 박수를 보내줘!』

미야코의 힘찬 선언에—.

"""와아아아아아아아아아아아아아아!"""

"안 돼애애애애애애애애애애애애앳?!"

전교생이 환호성으로, 그리고 나츠미가 비명으로 답했다.

◇

"—결국, 나츠미가 벌인 일은 전부 역효과만 났네⋯⋯."

"네. 나츠미 씨답긴 하지만요. 괜한 짓만 안 했다면 키노사키 선배가 이겨버렸을지도 몰라요."

"하지만⋯⋯ 나츠미 씨라면, 좋은 학생회장이 될 거라고 생각해요."

"음, 틀림없느니라. —나츠미에게는 비밀이지만, 무쿠도 나츠미에게 투표를 했지."

투표 다음 날.

코토리 일행은 그런 이야기를 나누면서 학교 복도를 걷고 있었다.

"─아, 역시 그랬구나? 실은 나도 그랬어."

"다들 같은 생각이어버렸나 보네요."

"아하하……."

무쿠로의 말에 답하듯, 코토리, 마나, 요시노가 웃었다.

그러자 앞에서 걷고 있던 카논이 의기양양한 미소를 머금었다.

"홋, 역시 나츠미 양이라니깐. 대표 추천인인 나도 우쭐대고 싶은 기분이야!"

"이웃이 베푼 선의가 가장 문제일 때가 종종 있긴 하죠."

"사랑엔 죄는 없어!"

노리코가 따끔한 한 마디를 건넸지만, 카논은 그 말의 의미를 눈치 못 챈 것처럼 변함없는 태도로 그렇게 외쳤다. 그런 두 사람을 본 다른 이들이 또 웃음을 터뜨렸다.

"그런데, 나츠미는 지금 학생회실에 있는 거야?"

"네. 키노사키 선배와 둘이서 새로운 학생회의 발족 준비를 하고 있나 봐요."

라이젠의 학생회는 회장이 투표로 뽑힌 후, 다른 임원은 신청자 중에서 회장의 승인을 통해 선정된다.

원래는 부회장 또한 그렇게 뽑히지만, 미야코가 그렇게 대대적으로 선언을 해버렸으니 동조압력에 약한 나츠미는 그녀를 부회장으로 선정할 수밖에 없었을 것이다.

"뭐, 이것도 나츠미에게는 좋은 경험이 될 거라고 생각하지만…… 그래도 모르는 사람들만 잔뜩 거느리고 학생회장 일을 하라고 하는 건 허들이 너무 높긴 해."

"네……. 게다가 나츠미 씨와 같이 있는 시간이 줄면 쓸쓸할 것 같아요……."

"음. 무쿠들에게 있어서도 좋은 경험이 될 테고 말이지."

"저는 부활동도 해야 하니 풀타임으로 뛰어버리는 건 무리겠지만, 그래도 이미 한배를 탄 몸이니까요."

"훗— 너희의 우정을 보니 눈물이 날 것만 같아!"

"카논 양은 이제까지 친구가 없었으니까요."

"노리코는 내 친구 아니었던 거야?!"

일행은 그런 이야기를 나누면서 학생회실 앞에 도착했다.

문 앞에는 구멍이 뚫린 우체통 같은 상자가 놓여 있었다.

새 학생회 임원 모집을 위한 응모용 박스다.

"—반과 이름, 희망하는 직위. 응. 빠진 데는 없네."

"음. 그렇다면—"

그녀들은 손에 쥔 서류를 곱게 접더니, 차례차례 상자에 넣었다.

—이리하여, 나츠미를 회장으로 한 새로운 학생회가 발족

됐다.

이 학생회는 훗날 전설로 남게 되지만—.

지금의 그녀들은, 아직 알 길이 없었다.

정령 스트레인저

Stranger SPIRIT

DATE A LIVE ENCORE 11

─그것은, 악몽이라고 생각할 수밖에 없는 광경이었다.

마치 눈에 보이지 않는 거인이 날뛰는 것처럼, 눈에 보이는 광경이 차례차례 변모하며 붕괴됐다.

이해할 수 없는 현상. 인지를 초월한 이상(異常).

하지만, 딱 하나 명확한 것이 있다.

그것은 이 초현실적인 현상을, 하늘에 떠 있는 한 여자가 일으켰다는 것이다.

탈색된 듯한 긴 머리카락. 바람에 흩날리고 있는 누더기 같은 검은 옷. 머리카락과 빛 때문에 얼굴과 표정은 알아볼 수 없지만, 지금 이 자리에 있는 이들의 가슴에 절망을 새기는 것은 저 실루엣만으로 충분하고도 남았다.

"아, 아……."

간헐적으로 들려오는 파괴음 속에서, 누군가의 목소리가

들려왔다. 누구의 목소리인지는 중요하지 않았다. 지금 이 광경을 본 자라면, 단 한 명의 예외도 없이 같은 생각을 품고 있을 테니 말이다.

그렇다. 그들의 뇌리에 떠오른 것은, 어떤 이름이다. 어떤 모습이다.

텔레비전 영상으로, 인터넷 영상으로, ―혹은, 육안으로……. 과거에 누군가가 한 번은 보았을, 그 절대적인 존재였다.

"저, 건……."

누군가의 목소리가 또 들려왔다.

모두의 머릿속에 존재할 이름을 중얼거렸다.

"―정, 령……."

―과거에, 이 세상을 멸망시킨 존재의 이름을…….

◇

황량한 들판에 휘몰아치는 모래 먼지는 온갖 것들을 풍화시킬 것만 같았다. 초목을 시들게 하고, 하천을 메마르게 해서, 모래와 바위의 대지로 바꾼다.

물론 평범한 모래 먼지가 그러기 위해서는 방대한 시간이 필요하지만, 그런 착각이 들 정도로 눈앞의 세상에는 **아무**

것도 없었다. 그저 평평한 토지만이 끝없이 이어지고 있었다.

아니, 정확히는 아무것도 존재하지 않는 건 아니었다. 평평해 보이는 지면에는 조그마한 턱이나 굴곡 같은 것이 무수히 존재했다.

아마 이 근처는 원래 주택가였을 것이다. 벽이나 집의 기초 부분으로 보이는 흔적이 버기카의 타이어와 낡은 시트를 통해 희미한 진동이라는 형태가 되어, 운전자와 동승자에게 옛 세계의 숨결을 어렴풋이 전해주고 있었다.

"자, 여기는 어디쯤일까요. 건조물은 물론이고 산까지 깎여나간 탓에, 지도가 도움이 안 되는군요."

"음……."

운전자가 그렇게 중얼거리자, 옆에 앉은 동승자가 짤막하게 답했다. 하지만 그 외에는 아무 말도 하지 않으며 입을 다물었다.

운전자는 작게 한숨을 내쉬었다. 동승자는 딱히 말수가 적은 편이 아니지만, 이런 이야기를 나눌 때면 생각에 잠기고 마는 것 같았다.

하지만 어쩔 수 없다. 예전의 세상을 아는 이라면, 지금 눈 앞에 펼쳐진 광경을 보고 아무런 감정도 느끼지 않는 건 무리일 테니 말이다.

게다가—.

"어머? 저건—."

바로 그때, 운전자의 눈썹이 희미하게 떨렸다.

황야를 나아가는 버기카의 진행 방향에, 이제까지 못 보던 것이 존재했다.

이곳저곳을 어설프게 보수한 집들.

그 주위에 존재하는, 지면을 일궈서 만든 밭.

그 너머에는 아무 것도 없는 황야가 펼쳐져 있다.

그것이, 카하라 사호가 아는 모든 세상이다.

머리카락을 머리 뒤편으로 모아 묶은, 조그마한 체구의 소녀였다. 나이는 올해로 열 살이 되지만, 같은 또래 아이 중에서도 체격은 한층 더 작았다. 입은 옷도 사이즈가 큰 탓에 소매를 걷어 올렸다. —하지만 딱히 불만은 없다. 이 시대에서 아동복 같은 것은 사치품이니 말이다.

"…………."

사호는 버려져 있던 편의점 간판 위에 앉아서, 멍하니 하늘을 올려다보았다. 옆에서는 마을에서 기르는 얼룩 고양이 라이카가 기분 좋은 듯이 몸을 동그랗게 말고 있었다.

그런 행동에는 별다른 의미가 없다. 그저 사호는 시간이 나면 자주 이랬다. —자신을 둘러싼 갑갑함을, 조금이라도 잊을 수 있는 듯한 느낌이 들었다.

옛날에는 건물이 줄지어 있었고 마을 또한 훨씬 넓었다고 하지만, 지금 모습만 봐서는 상상조차 되지 않았다. 딱히 어른들이 거짓말을 하는 거라고는 생각하지 않지만, 너무 뜬금없어서 솔직히 실감이 나지 않았다.

바로 그때였다.

—냐옹.

갑자기 라이카가 귀를 쫑긋 세우며 고개를 들었다.

"어? 왜 그래, 라이카—."

말을 이으려던 순간, 사호도 눈치챘다. 먼 곳에서 낮은 소리를 내는 무언가가 다가오고 있었다.

"……아!"

그것이 차 소리라는 것을 눈치챈 순간, 사호는 라이카를 안으며 건물 뒤편에 숨었다. 이 마을 밖에서 올 사람이라고는 **교단**의 인간뿐이라고 생각해서다.

이윽고 흙먼지를 찢듯이, 버기카 한 대가 모습을 드러냈다. 오랫동안 제대로 정비하지 않은 듯한 더러운 차체, 그리고 왼쪽 헤드라이트가 깨진 탓에 외눈박이 같은 느낌이 감돌았다.

"—흠, 건물이 보수된 흔적이 있군요. 밭도 있는 것을 보면 누군가가 살고 있는 걸까요."

"…………."

버기카가 멈추더니, 두 사람이 차에서 내렸다.

한 사람은 황야와 어울리지 않는 상복 같은 드레스를 입은 여성이었다. 그녀는 자기가 운전하던 버기카처럼, 한쪽 눈에 검은색 안대를 차고 있었다.

다른 한 사람은 잿빛 외투를 걸친 소년이었다. 평범한 키와 덩치, 그리고 중성적인 외모를 지닌 그의 얼굴에는 우울한 표정이 어려 있었다.

"＿＿."

둘 다 처음 보는 인간이었다. 사호는 긴장에 사로잡히며 마른침을 삼켰다.

그 바람에 손에서 힘이 약간 빠진 건지, 라이카가 사호의 품속에서 빠져나가고 말았다.

"아……!"

사호가 손을 뻗었지만, 닿지 않았다. 라이카는 그대로, 정체불명의 2인조를 향해 뛰어가고 말았다.

"—어머?"

상복을 입은 여성이 발치로 다가온 라이카를 보더니, 눈을 가늘게 떴다. 그 요사한 시선을 본 사호는 작게 숨을 삼켰다.

하지만…….

"어머나, 어머나……! 참 오래간만에 고양이 씨를 보는군요. 우후후, 어디서 왔나요?"

상복 차림의 여성은 아까까지의 우아한 분위기를 벗어던지더니, 방긋 웃으면서 몸을 숙였다. 그리고 익숙한 손놀림으로 라이카의 턱과 배를 매만졌다.

"어머나. 목줄을 한 것을 보면, 주인이 있는 걸까요? 이름이 어떻게 되나요? 우후후, 가르쳐주지 않겠나요냐옹—."

바로 그때, 상복 차림의 여성은 말과 움직임을 멈췄다.

이유는 바로 눈치챘다. —라이카를 잡으려고 손을 뻗은 사호와 시선이 마주친 것이다.

"……어험."

상복 차림의 여성은 작게 헛기침을 하더니, 무릎의 흙을 살며시 털었다.

"만나서 반가워요. 이 부근에서 사시는 분인가요?"

그리고 우아하게 인사를 건네며 그렇게 말했다. 마치 아까까지의 칠칠치 못한 모습을 없었던 일로 만들려는 듯이 말이다.

……뭐, 나쁜 사람은 아닌 것 같다고 생각한 사호는 쓴웃음을 머금으면서 건물 뒤편에서 나왔다.

"안녕하세요. ……당신들은 누구죠?"

"아, 실례했어요. 저는 토키사키 쿠루미라고 한답니다."

상복 차림의 여성은 치맛자락을 살짝 들어 보이며 공손히 인사를 했다. 그 우아한 모습을 본 사호는 무심코 고개를 꾸벅 숙였다.

"이쪽은— 이츠카 시도 씨예요."

쿠루미는 이어서 옆에 있는 소년을 소개했다.

"……잘 부탁해."

그는 짤막하게 인사하면서, 고개를 살짝 까딱거렸다.

"으음, 사호라고 해요. 카하라 사호. 이 애는 라이카예요."

"그렇군요. —그럼 사호 양. 물어볼 게 있어서 그러는데, 어른은 없나요?"

"아…… 으음, 네. 이쪽이에요."

사호는 쿠루미의 분위기에 삼켜진 것처럼 고개를 끄덕이더니, 두 사람을 데리고 마을 입구로 걸어갔다.

"쿠루미. 저건……."

사호를 따라 폐허를 3분 정도 걸어갔을 즈음, 뭔가를 발견한 시도가 작은 목소리로 그렇게 말했다.

그가 발견한 것이 뭔지는 곧 알 수 있었다. 전방에는 폐자재로 만든 듯한 오두막이 세워져 있었던 것이다.

그리고 그 오두막 아래편에는 직사각형 형태의 커다란 구멍이 입을 벌리고 있었으며, 그 구멍 안에는 지하로 이어지는 기나긴 계단이 있었다.

"네. 아무래도 지하철역을 이용해서 만든 것 같군요."

쿠루미는 시도의 말에 답하듯, 살며시 고개를 끄덕이며 대답했다.

수년 전에 『정령』이 지상을 초토화시킨 후, 어찌어찌 목숨을 부지한 인간들은 정령의 눈길이 닿지 않는 지하로 생활 기반을 옮겼다.

하지만 기중기도 없이 지하에 거주지를 만드는 것은 매우 힘든 일이다. 그러니 원래 있던 지하철역을 이용한다는 것은 똑똑한 선택이라 할 수 있다. 충분한 넓이가 확보될 뿐만 아니라, 주요 역 중에는 공간진에 대비한 셸터가 설치되어 있는 곳도 많다. 발전 설비와 비축 식량이 있으니, 당분간 버티기에는 최적의 장소 중 하나일 것이다.

"발치를 조심하세요."

사호는 그렇게 말하면서 익숙한 발걸음으로 계단을 내려 갔다. 쿠루미와 시도가 그 뒤를 따르자, 발소리가 계단에 울 려 퍼졌다.

그렇게 얼마나 내려갔을까. 이윽고 넓은 공간에 도착했다.

전등에 비친 지하철역 안에는 예상보다 많은 사람이 있었 다. 이곳에서 살기 시작하고 꽤 시간이 흐른 것 같았다. 폐 자재로 만든 벽과 담이 무수하게 있었으며, 좁기는 하지만 개인적인 공간도 확보되어 있었다.

통에 물을 받아서 빨래하는 여성, 전기제품을 수리하는 남성, 순진무구하게 뛰어다니는 아이들, 지상에서 발견한 잡화류를 파는 노인―.

다양한 사람들이, 다양한 생활을 하고 있었다. 이곳은 일 시적인 피난소라기보다, 하나의 마을이라는 표현이 적절할 것 같았다.

"대단하군요."

쿠루미는 무심코 탄성을 터뜨렸다. 인간이라는 종족의 끈질긴 생존력을 접한 그녀는 감회에 젖었다.

그 말이 들렸던 것은 아니겠지만, 쿠루미 일행에 지하에 도착하자 근처에 있던 이들의 시선이 그들에게 쏠렸다.

뭐, 무리도 아니다. 시대가 시대인 것이다. 모르는 사람이 찾아오면 경계하는 게 당연하리라.

"…………어?"

그래도 반응이 약간 이상하다고 느낀 쿠루미는 눈을 가늘게 떴다. 쿠루미 일행을 쳐다보는 시선에서는 경계 말고도 두려움이 묻어나고 있었다.

"왜 그래요?"

"아뇨. 아무것도 아니랍니다."

고개를 갸웃거리며 묻는 사호에게 짤막하게 답한 쿠루미는 다시 걸음을 내디뎠다.

그리고 몇 분 후, 사호는 어느 장소 앞에 멈춰 섰다.

폐자재로 만든 벽으로 둘러싸인, 거주 공간보다 약간 넓은 곳이었다. 테이블과 의자가 적당한 간격으로 배치되어 있으며, 안쪽에는 카운터도 있었다. 손님으로 보이는 남자 몇 명이 잔에 담긴 술을 홀짝이고 있었다.

아무래도 식당 겸 술집 같은 장소인 모양이었다.

"······술집에서 정보 수집을 하다니, 마치 서부극이나 판타지 같군요."

쿠루미가 쓴웃음을 흘리자, 사호가 가게 안쪽으로 걸어가서 주인으로 보이는 덩치가 큰 남성에게 말을 건넸다.

"아빠, 손님이야."

"······응?"

주인 ─ 사호의 아버지라면 성은 카하라일 것이다 ─ 는 그녀의 말을 듣고 눈을 가늘게 뜨더니, 쿠루미와 시도를 노려보았다.

어린아이가 안내한 장소치고는 꽤 독특하다고 생각했는데, 아무래도 아버지가 운영하는 가게에 데려온 것 같았다. 쿠루미는 작게 웃음을 흘리면서, 아까와 마찬가지로 인사를 했다.

쿠루미와 시도의 겉모습을 주의 깊게 살핀 카하라는 이윽고 작게 한숨을 내쉬었다.

"······교단 녀석들, 은 아닌 것 같군."

"교단? 그게 무슨 소리죠?"

낯선 말을 들은 쿠루미가 고개를 갸웃거리며 물었다. 하지만 카하라는 설명을 해줄 생각이 없는지 「아냐」 하고 말하며 고개를 저었다.

"그것보다 너희는 정체가 뭐지? 정부나 외국에서 보낸 구호단 같아 보이지도 않는걸."

"유감스럽게도 그런 건 아니랍니다. 평범한 여행자죠."

"여행자……라."

카하라는 미심쩍다는 듯이 눈썹을 찌푸렸다. 당연하다면 당연한 반응이다. 이런 시대에 좋아서 여행하는 사람이 있을 리 없는 것이다.

"공교롭게도 이 근처에는 관광지가 없어. 옛날에는 있었을 지도 모르지만, 지금은 황무지가 되어버렸지."

"그 점에 관해 질문드릴 게 있답니다."

"질문?"

카하라는 한쪽 눈을 슬쩍 치켜뜨며 물었다. 아무래도 이 야기를 들어보지도 않고 쫓아낼 생각은 없어 보였다.

쿠루미는 그 점에 일단 안도하고는, 옆에 있는 시도를 힐 끔 쳐다본 후에 가게 카운터 석에 앉았다.

"—그 전에 식사를 할 수 있을까요? 한동안 따뜻한 음식을 먹지 못했답니다. 물론 돈은 드리겠어요. 보아하니 아직 매매에 일본 엔을 쓰고 있는 것 같은데, 아닌가요?"

"…………."

쿠루미가 그렇게 말하자, 시도 또한 그녀의 옆자리에 앉았다.

딱히 무슨 말을 하지는 않았지만, 희미하게 흔들리는 어깨와 카운터 테이블을 리드미컬하게 두드리는 손가락을 보아하니 식사를 고대하고 있다는 것을 알 수 있었다.

하긴, 그럴 만도 했다. 쿠루미가 이야기를 나누기 전에 식사를 요구한 것은 그의 그런 마음을 눈치챘기 때문이다.

"……뭐, 좋아. 미리 말해두겠는데, 메뉴 같은 거창한 건 없어. 그날 내줄 수 있는 음식을 내줄 뿐이라고."

"물론 괜찮답니다. 그럼 3, 아니, 4인……."

"…………."

쿠루미는 말을 멈췄다. 주문하는 쿠루미의 소매를, 시도가 살짝 잡아당겼기 때문이다.

"……5인분을 부탁드려요."

쿠루미는 쓴웃음을 머금으며 주문 내용을 바꿨다.

"─저기, 쿠루미 씨와 시도 씨는 어디서 왔어?"

쿠루미와 시도가 오래간만에 따뜻한 식사를 즐기고 있을 때, 카운터 테이블에 턱을 괸 사호가 두 사람의 얼굴을 들여다보듯 쳐다보며 말을 걸었다.

"사호, 식사를 방해하면 못 써."

"우후후, 괜찮답니다."

쿠루미는 옅은 미소를 머금으며 식사를 멈추더니, 사호를 쳐다보았다.

"저희가 온 곳은 여기서 동쪽─ 텐구 시라는 장소예요."

"텐구……?"

사호가 고개를 갸웃거리자, 카운터 너머에 있던 카하라가 팔짱을 끼며 입을 열었다.

"도쿄에서 왔군. —거기는 어떻지? 아직 수도로서 기능하고 있어? 그날 이후로는 거의 정보를 들어지지 않았거든."

"유감이지만 그렇지 않답니다. 텐구 시는 폭발의 발생지나 다름없으니까요."

"……그렇군."

카하라는 한숨 섞인 어조로 그렇게 말했다. 낙담한 것 같지만, 한편으로 이 대답을 예상한 것처럼 보였다.

"진짜로 이 나라는 끝난 건가. 아니…… 이 세상이 끝난 거겠지."

"…………."

카하라가 공허한 눈길을 머금으며 그렇게 중얼거리자, 맛있게 식사를 하던 시도가 갑자기 손을 멈췄다.

쿠루미는 그 모습을 힐끔 쳐다본 후, 천천히 고개를 저으며 말했다.

"—그렇지는 않답니다. 당신들처럼 살아남은 분도 많으니까요. 일본과 먼 지역일수록 피해가 적어서, 아직 국가로서의 형태를 유지한 나라도 있다고 해요. 게다가—."

"게다가?"

쿠루미의 말에 대답한 이는 사호였다. 동그란 눈을 치켜뜬 채, 쿠루미를 지그시 응시하고 있었다.

쿠루미는 옅은 미소를 머금더니, 검지를 세우며 말을 이었다.

"―어느 날 아침에 눈을 떠보니, 그 재해 자체가 『없었던 일』이 됐을지도 모른답니다."

"뭐……?"

쿠루미가 그렇게 말하자, 사호는 영문을 모르겠다는 듯한 표정을 지었다. 카하라의 반응도 비슷했다. 그는 약간 어처구니없다는 듯한 반응을 보이고 있었다. 아무래도 농담이나 헛소리로 여기는 것 같았다.

뭐, 그런 반응을 보일 거란 예상을 못 한 건 아니다. 쿠루미는 불만을 드러내지 않으며 눈을 내리깔더니, 그릇에 담긴 수프를 입으로 가져갔다. 채소 자투리를 끓여서 만든 간소한 수프지만, 맛은 나쁘지 않았다.

"……아, 그리고 보니 질문이 있다고 했던가?"

"네. ―이 근처에 영맥은 없나요?"

"어? 그게 뭔데? 처음 듣는걸."

"명칭은 딱히 중요하지 않답니다. 영봉(靈峯), 금지(禁地), 혹은 귀신이 나온다는 장소, 어디는 상관없어요. 힘이 깃든 토지라면 전설이 남아 있더라도 이상할 게 없으니까요."

"딱히 집히는 곳은 없는데……, 아."

카하라는 뭔가가 생각난 것처럼 눈을 살짝 치켜떴다.

"……옛날 일이지만, 신사의 뒷산에는 들어가면 저주받으니 들어가지 말라고 할머니가 말한 적이 있지."

"흐음, 흥미롭군요. ―자세한 장소를 알려주실 수 있나요?"

"그래. 친가가 있던 곳이거든. 여기서라면—."

카하라가 간략하게 장소를 설명해줬다.

쿠루미는 품속에서 곳곳에 표시가 되어 있는 지도를 꺼내더니, 펜으로 새로운 표시를 그렸다.

"……뭐, 이렇게 지형이 달라졌으니 그다지 참고가 안 될지도 모르겠는걸."

"아뇨, 충분히 도움이 됐답니다."

"그런데, 왜 그런 장소를 찾는 건데? 일부러 저주라도 받으러 가는 거냐?"

"아, 그런 게 아니랍니다. 그저— 세상을 구하러 가는 것일 뿐이죠."

쿠루미가 그렇게 말하자, 카하라는 한순간 눈을 동그랗게 뜬 후에 어깨를 으쓱하며 한숨을 내쉬었다.

"……하아, 그래? 그럼 서두르라고. 밥 다 먹으면 빨리 출발해."

"어머, 매정하군요. 물론 서두를 생각이지만…… 저희는 며칠이나 샤워를 못 했답니다. 이 마을에 여관 같은 곳은 없나요?"

"이런 곳에 그런 게 있어봤자, 누게 이용하겠냐고."

"뭐, 그것도 그렇군요."

쿠루미는 웃음을 흘리자, 카하라는 어처구니 없다는 표정으로 머리를 긁적인 후에 가게 입구 쪽을 가리켰다.

"……여기서 나간 후에 왼쪽으로 쭉 가면 이 셸터의 공동 목욕탕이 있어. 사호, 나중에 안내해주렴."

"응."

"배려해주셔서 감사해요."

쿠루미가 공손히 예를 표하자, 카하라는 표정을 굳히며 말을 이었다.

"하지만, 이 마을에 묵는 건 안 돼. 너희를 위해서 하는 말이야. 볼일을 마친 후에 서둘러 이곳을 떠나."

"어머, 어머. 역시 이런 시국에는 외부인이 미움을 받나 보군요."

"그런 게 아냐. 너 같은 미인이 이런 곳에 있어봤자 좋을 일이 없다는 소리라고. 잘 들어. 그 녀석들이 오기 전에—."

카하라가 말을 하는 도중에, 쿠루미의 눈썹이 희미하게 흔들렸다.

이유는 단순했다. 가게 밖의 지하도에서 주민들이 술렁거리는 소리가 들려온 것이다.

"무슨 일이죠?"

"쳇……"

카하라는 지긋지긋하다는 듯이 혀를 찬 순간, 마치 타이밍을 맞추기라도 한 것처럼 기묘한 문양이 그려진 외투를 걸친 남자 몇 명이 가게 안으로 들어왔다.

그들을 본 가게 안의 손님들은 시선을 마주치지 않으려고 고개를 숙이거나, 서둘러 가게를 나섰다.

"여어, 마스터. 오늘도 이렇게 찾아줬다고."

선두에 선 남자가 거만한 말투로 카하라에게 말했다. 나이는 30대 중반 정도로 보였다. 키는 크지만 근육이 없는 탓에 깡말라 보였다. 머리를 깨끗하게 밀어서 승려 같아 보이기도 했지만, 머리에 새긴 취향 나쁜 문신이 그런 인상을 엉망으로 만들었다.

"……킨죠 씨, 어서 오십시오."

카하라는 불쾌하다는 듯이 인상을 찡그리면서도 그 남자를 상대했다. 킨죠라 불린 남자는 딱히 개의치 않으면서 다른 남자들과 함께 근처에 있는 테이블석에 털썩 앉았다.

"일단 술을 내와. 인원수만큼 말이야. 그리고 적당한 안줏거리도—"

바로 그때, 킨죠는 뭔가를 눈치챈 것처럼 눈을 동그랗게 뜨며 휘파람을 불었다.

그리고 의자에서 일어서더니, 부자연스럽게 어깨를 흔들면서 쿠루미 일행이 있는 카운터로 걸어왔다.

"이야, 뭐야. 오늘은 예쁜 아가씨가 있잖아. 너무하네, 마스터. 소개해달라고."

"……가게를 찾아주신 손님일 뿐입니다. 소동은 일으키지 말아 주세요."

"아하하! 뭘 걱정하는 거야? 그딴 짓은 안 한다고. 나도 이

가게에는 신세를 지고 있거든. ―하지만 말이지. 우연히 만난 남녀가 이야기꽃을 피우는 것도, 술집의 재미 아니겠어?"

그렇게 말한 킨죠는 대뜸 쿠루미의 옆자리에 앉았다.

"어이, 아가씨. 보다시피 우리는 칙칙한 남자밖에 없거든. 괜찮다면 이야기 상대가 되어주지 않겠어?"

"어머, 어머. 곤란하군요. 보다시피 저는 식사 중이랍니다."

"너무 빼지 말라고. 응?"

쿠루미가 완곡하게 거절했지만, 킨죠는 포기하지 않으며 그녀의 팔을 거침없이 움켜잡았다.

"상복 같은 걸 입은 걸 보니, 미망인인가 보지? 꽤 쓸쓸한 밤을 보내고 있지 않아? 괜찮다면 내가 위로해주지. 어때?"

킨죠가 천박한 미소를 머금었다. 그러자, 다른 자리에 앉아있던 그의 부하로 보이는 남자들도 덩달아 웃었다.

쿠루미는 눈을 가늘게 뜨더니, 빙긋 웃었다.

"어머나. ―그러는 당신은 옷차림이 참 잘 어울리는군요."

"응? 아, 그렇지? 이 외투는 선택받은 자만 걸칠 수 있는―"

"성냥 코스프레를 한 거죠? 감탄을 금할 수 없는 완성도군요."

"…………."

쿠루미가 그렇게 말한 순간, 킨죠의 표정이 바뀌었다. 머리카락이 한 올도 없는 탓에, 이마가 시뻘게진 것을 바로 알 수 있었다.

뒤편에서 푸홉 하는 웃음소리가 들려왔다. 아무래도 킨죠의 부하가 웃음을 참지 못한 것 같았다. 킨죠가 노려보자, 웃음을 터뜨린 남자는 바로 시치미를 뗐다.

킨죠는 미간을 찌푸리며 위협적인 눈빛을 머금더니, 의자에서 일어났다.

"……요즘 귀가 먹어서 말이지. 잘 안 들려서 그러는데, 다시 말해주지 않겠어?"

"어머나, 얼굴이 새빨갛군요. 금방이라도 불이 붙겠어요. 완성도를 더욱 끌어올리다니, 그야말로 장인의 솜씨군요."

"이게, 듣자 듣자 하니까!!"

쿠루미가 그렇게 말하자, 킨죠는 분노를 터뜨리며 의자를 걷어찼다. 그 의자는 근처에 있던 테이블과 부딪치더니, 거기에 놓여 있던 유리잔이 차례차례 깨졌다.

"참 성미가 급하군요. 그래 가지곤 금방 다 타버리겠어요."

"이 자식이 아직도 그딴 소리를—."

킨죠가 언성을 높이며 쿠루미의 멱살을 잡으려 했다.

하지만 그의 손은 쿠루미에게 닿지 못했다.

—샤앗!

큰 소리에 놀란 건지, 킨죠의 적의를 느낀 건지, 라이카가 털을 곤두세우며 위협하기 시작한 것이다.

"앗! 안 돼, 라이카—."

"시끄—러워!!"

사호가 그렇게 외쳤지만, 이미 늦었다. 킨죠는 짜증 섞인 목소리로 그렇게 외치더니, 라이카를 거칠게 걷어찼다.

"라이카!"

사호가 허둥지둥 라이카에게 뛰어갔다.

아무래도 크게 다치지는 않은 것 같았다. 그것은, 사태를 가장 먼저 눈치챈 시도가 눈에 보이지 않는 속도로 바닥을 박차면서 걷어차인 라이카를 받아냈기 때문이었다. 참고로 아직 식사 도중인지, 입을 오물거리고 있었다.

그 모습을 본 쿠루미는 안도의 한숨을 내쉰 후, 킨죠를 향해 돌아섰다.

"—방금, 무슨 짓을 한 거죠?"

"……아앙?"

"무례하게도 제 몸에 손을 대려 한 것은 용서해드리겠어요. 의자를 걷어찬 것 또한, 저와는 상관없는 일이죠. —하지만 고양이를 상처입힌 건 그냥 넘어갈 수 없답니다."

"이게 뭐라고 지껄이는 거야?"

킨죠는 짜증이 난 것처럼 얼굴을 일그러뜨리더니, 외투 안에서 권총을 꺼내 들었다. 그 모습을 본 카하라와 다른 손님들은 숨을 삼켰다.

"이제 됐어. 귀찮아. 어이, 너희들. 이 여자를 묶어서 차에 태워—"

부하에게 지시를 내리던 킨죠는 말을 끝까지 잇지 못했다.

쿠루미가 치마를 휘날리며 날린 발차기가, 그가 쥔 총을 천장으로 날려버렸다.

"어—."

킨죠의 입에서 흘러나온 것은 경악조차 아니었다. 무슨 일이 벌어진 건지 명확하게 파악하지 못한 목소리다. —총을 다루는 자가 이렇게 우둔선 안 되는데 말이다.

"총을 다루는 법을 가르쳐 드리죠."

쿠루미는 얼음장 같은 목소리로 그렇게 말하더니, 치마 안에서 고풍스러운 단총을 꺼내서 킨죠의 발을 향해 칠흑색 탄환을 쐈다.

"끄—아아아아아아아아아아앗?!"

킨죠의 발등에서 피가 뿜어져 나오더니, 귀를 찢는 듯한 비명이 가게 안에 울려 퍼졌다.

"으, 아아아악! 아파아아아아아아……! 아, 끄어어어어?!"

발을 감싸쥔 킨죠는 바닥을 굴러다니며 비명을 질러댔다.

쿠루미는 질렸다는 듯이 어깨를 으쓱하더니, 총에 탄환을 넣는 시늉을 했다. —딱히 그런 동작을 취할 필요는 없지만, 『평범한 총』으로 여겨지는 편이 여러모로 나은 것이다.

"한심하군요. 그 정도로는 죽지 않는답니다."

쿠루미는 어처구니없다는 투로 그렇게 말한 후, 킨죠의 미간에 총구를 댔다.

"제대로— 여기를 노리지 않는 한은 말이죠."

"히, 히이이이익!"

경련을 일으킨 듯한 킨죠가 고함을 지르더니, 눈물을 질질 흘리며 바닥을 기어 다녔다. 그 한심한 모습을 본 쿠루미는 하아 하고 한숨을 내쉬며 날카로운 눈빛을 머금었다.

"당신들. 빨리 이 분을 데리고 사라지세요. 요즘 방아쇠가 꽤 가벼워져서 말이죠. 실수로 또 총을 쏠지도 모른답니다."

"아…… 네……."

쿠루미가 그렇게 말하자, 킨죠의 부하들은 완전히 압도당한 듯한 표정으로 자리에서 일어났다. 그리고 신음을 흘리는 킨죠를 데리고 가게에서 나갔다.

"하아……."

남자들의 뒷모습이 시야에서 완전히 사라지자, 쿠루미는 총을 치마 안에 넣은 후에 시도가 있는 곳으로 걸어갔다.

"사호 양, 시도 씨. 라이카 씨는 무사한가요?"

"네, 무사한 것 같아요."

"……그래. 아무래도 걷어차이는 순간, 뒤편으로 몸을 뺀 것 같다."

"어머, 그랬나요. 역시 고양이답군요."

후후, 하고 웃음을 흘린 쿠루미는 라이카의 목덜미를 쓰다듬어줬다. 그러자 얼룩 고양이는 어리광을 부리듯 냐앙~ 하고 울음소리를 냈다.

"……이거, 큰일 났군."

바로 그때, 카운터 너머에 있는 카하라가 전율한 듯한 어조로 그렇게 중얼거렸다. 그러자 쿠루미는 어처구니없다는 듯이 눈을 살짝 내리깔며 말했다.

"그렇게 대단한 녀석들은 아니었답니다. 총은 확실히 위협적일지도 모르지만, 저 정도 배짱으로는 제대로 다루지도 못하겠죠."

"⋯⋯확실히 저놈들은 변변찮지. ⋯⋯하지만, 문제는 저 녀석들의 보스야. 내일이라도 바로 보복하러 오겠지. ─다 틀렸어. 정령 교단을 적으로 돌리고 말았다고."

카하라가 그렇게 말하자, 쿠루미와 시도는 무심코 서로를 쳐다보았다.

"정령."

"교단."

그리고 신경 쓰이기 그지없는 단어를 입에 담더니, 카하라를 돌아보았다. 그는 그 반응을 경악 혹은 전율로 받아들인 건지, 무거운 분위기를 자아내며 설명했다.

"⋯⋯그래. 너희도 알지? 몇 년 전에 이 세상을 멸망시킨 존재─『정령』말이야. 녀석들은 그 존재를 모시는 신봉자들이지. ⋯⋯뭐, 교단이라는 건 허울뿐인, 무법자 집단이야. 그 녀석들은 반년쯤 전에 이곳에 나타나서, 이 마을에서 멋대로 굴고 있어. 우리가 반항하면, 정령 님께서 가만히 있지 않을 거라고 늘어놓으면서 말이야."

"어처구니가 없군요. 정령이란 존재가 사람들에게 있어 공포의 상징이 된 것을 이용해, 그 이름을 멋대로 이용하고 있는 것 아닌가요?"

쿠루미가 어이없다는 투로 그렇게 말했지만, 카하라의 표정은 풀리지 않았다.

"……우리도 처음에는 그렇게 생각했어. 하지만 보고 말았다고. 그 녀석들의 보스를……. ―진정한, 정령을……."

"…………틀림없나요?"

"그래. 그 녀석들이 처음으로 이 마을에 나타났을 때의 일이야. 당연히 우리는 그 녀석들을 쫓아내려고 했지. ……하지만, 하늘에 떠 있는 여자가 나타나더니, 지면을 폭발시켜서 이 주위를 쑥대밭으로 만들었어. 지금 생각해도 온몸이 떨려. 그게 정령이 아니면 대체 뭐냔 말이야."

"흐음……."

쿠루미가 턱에 손을 대며 생각에 잠겨 있을 때, 시도가 그녀의 옷자락을 살짝 잡아당겼다. 아마 그도 쿠루미와 같은 상상을 하는 것 같았다.

"―쿠루미."

"네. 어쩌면 그렇게 된 걸지도 모르겠군요."

"그렇다면―."

시도의 손에 힘이 들어갔다. 하지만 쿠루미는 천천히 고개를 젓더니, 시도에게만 들리도록 작은 목소리로 말을 이었다.

"진정하세요. 심정은 이해하지만, 저희가 목적을 달성한다면 이 문제 자체가 『없었던 일』이 된답니다. 여기서 괜히 시간과 수고를 들일 필요는 없지 않을까요?"

"그건……."

쿠루미가 그렇게 말하자, 시도는 고개를 푹 숙였다.

"하지만— 말이죠."

머리로는 이해하더라도, 마음으로 납득할 수 있는지는 별개의 문제일 것이다. 쿠루미는 한숨을 내쉬며 어깨를 으쓱했다.

"저도 좀 지쳤답니다. 오래간만에 샤워를 하고, 침대에서 잠을 청하고 싶은 기분이군요. 만약 내일 아침에 저희 앞을 막아서는 자가 나타난다면— 쓸어버릴 수밖에 없지 않을까 싶군요."

"…………아!"

쿠루미가 그렇게 말하자, 시도는 고개를 들었다.

◇

—밤이 되자, 마을을 나선 시도는 지면에 앉아서 별을 올려다보았다.

결국 그 소동 후, 시도와 쿠루미는 보복을 하러 올 정령 교단을 상대하기 위해 이 마을에 묵겠다는 뜻을 카하라에게 전했다.

정령이 얼마나 위험한 존재인지 들려준 후였기에, 카하라와 다른 주민들은 두 사람이 제정신인지 의심했다.

하지만 정령 교단이 쳐들어왔을 때, 소동을 일으킨 쿠루미와 시도가 없다면 이 마을이 피해를 볼 것이다. 마을 사람들도 그것을 알기에, 복잡한 표정을 지으면서도 시도 일행의 제안을 받아들였다.

"…………."

시도가 일부러 밖으로 나온 것은 잠자리가 마음에 들지 않아서는 아니었다. 정령 교단이 내일 아침에 쳐들어올 거란 보장이 없는 만큼, 일단 경계하는 편이 좋겠다고 판단한 것이다.

그리고, 하나 더…….

"으음—."

시도는 기지개를 켜면서 오른손을 가슴에 댔다.

어쩔 수 없는 일이라고는 해도, 좀 지쳤다. 아무도 없는 지금이라면—.

"—아, 여기 있었구나."

"……!"

갑자기 뒤편에서 목소리가 들려오자, 시도는 허둥지둥 가슴에서 손을 뗐다.

고개를 돌려보니, 어느새 계단에서 올라온 사호와 라이카가 고개를 내밀고 있었다.

"사호. 그리고 라이카. ……무슨 일이지? 잠이 안 오는 것이냐?"

"이거 주러 왔어요. 아빠가 야식을 가져다주라고 했어요."

시도가 묻자, 사호는 손에 들고 있던 그릇을 내밀었다. 투명한 플라스틱 용기에는 커다란 주먹밥 두 개가 들어 있었다.

"이, 이건……."

그것을 본 순간, 시도의 배에서 꼬르륵 소리가 났다. 저녁 식사는 맛이 괜찮았지만, 양이 조금 적었다. 티를 내지 않았다고 생각했지만, 아무래도 들킨 것 같았다.

"……고마워. 잘 먹겠다."

"네."

시도가 그렇게 말하자, 사호는 그대로 시도의 옆에 앉았다.

"저기, 시도 씨."

"응…… 뭐냐?"

"시도 씨와 쿠루미 씨는 왜 여행을 하는 거예요?"

"……쿠루미가 말했을 텐데? 세계를 구하기 위해서다."

시도는 그렇게 말한 후, 「아니」 하며 고개를 저었다.

"그렇지 않나. 더 사적인 이유다. ……나는, 돌이키고 싶은 일이 있어."

"흐음……."

사호는 잘 모르겠다는 듯한 반응을 보였다. 딱히 미심쩍어하는 것 같지는 않지만, 믿는 것 같지도 않았다. 아마 사호의 목적은 시도와 대화를 나누는 것 자체일 것이다.

"……사호."

"네?"

"만약. 만약에 말이지. 예의 재해가 일어나지 않았다면, 세상이 지금처럼 망가지지 않았다면…… 사호는, 무엇을 하고 싶으냐?"

"네? 으음……."

시도가 그렇게 묻자, 사호는 표정을 굳히며 고민했다.

"옛날 일은 거의 기억이 안 나요. 그래서, 잘 모르겠어요."

"……그래."

시도는 짤막하게 대답했다. 사호의 나이를 생각하면, 기억을 못 하는 건 이상했다. 어쩌면 큰 충격을 받아서 기억 일부를 잃은 것일지도 모른다.

"아, 하지만……."

사호는 뭔가가 생각난 것처럼 눈을 치켜떴다.

"―엄마."

"음?"

"우리 엄마는 정령에 의한 재해 때 돌아가셨대요. 그러니까…… 가능하다면, 다시 같이 살고 싶어요."

"…………."

사호가 그렇게 말하자, 시도는 잠시 침묵에 잠겼다.

그리고 곧 사호의 머리에 손을 얹더니, 거칠게 쓰다듬어줬다.

"우왓, 뭐하는 거예요?"

"……그 소원, 똑똑히 들었다. 그러니, 잠시만 기다려다오."

시도는 손에 힘을 주며, 별에 맹세하듯 그렇게 말했다.

◇

다음 날 아침. 모래 먼지가 휘몰아치는 황야에, 두 사람이 서 있었다.

한 사람은, 검은색 레이스가 달린 상복을 입은 여성― 토키사키 쿠루미.

다른 한 사람은, 낡은 외투를 걸친 소년― 이츠카 시도.

두 사람은 신사를 지키는 해태 혹은 금강역사 조각상처럼, 지하 마을 입구의 좌우에 서서 적이 도착하기를 기다리고 있었다.

"―확인 삼아 묻는 건데, 정령 교단이란 자들이 이 방향에서 오는 게 틀림없나요?"

쿠루미는 외눈으로 지평선을 응시하며, 조용히 말했다.

"……그, 그래. 자세한 장소까지는 모르지만, 그 녀석들은 항상 북쪽에서 왔어. 아마 그쪽에 아지트가 있을 거야."

그러자 뒤편에 있는 폐허에서 카하라의 목소리가 들려왔다.

그 자리에 있는 건 카하라만이 아니었다. 직접 만든 무기와 방어구로 무장한 지하 마을 주민들이 몸을 숨긴 채 상황을 지켜보고 있었다.

마을 주민들도 교단의 횡포를 더 이상 버틸 수가 없는 것 같았다. 대결을 피할 수 없다는 것을 깨닫고, 이판사판이라는 심정으로 참전을 결심한 것이다.

"좋아요. 뒤편에서 나타난다면 꼴사나울 테니 말이죠."

쿠루미는 후우 하고 숨을 내쉬더니, 다짐을 받듯 말을 이었다.

"—끈질기게 들릴지도 모르지만, 저희가 쓰러질 때까지는 절대 나서지 말아주세요. ……솔직히 말하자면 방해가 될 뿐이니 지하에 계셔주셨으면 하는데 말이죠."

"바, 바보 같은 소리 말라고. 그럴 수는 없어!"

카하라는 떨리는 목소리로 외쳤다.

"우리도 그 녀석들에게 원한이 있어. 확실히 정령은 무섭지만, 기왕 죽을 거면 정령의 부하들한테라도 복수하고 싶단 말이다. —솔직히 말해 네가 킨죠 자식을 날려버렸을 때는, 큰일 났다고 생각하면서도 속이 다 시원했다고."

카하라가 그렇게 말하자, 다른 주민들도 동의한다는 듯이 고개를 끄덕였다.

"어머, 어머."

쿠루미는 약간 어처구니없다고 생각하면서도 작게 웃음

을 흘렸다.

확실히, 정령 교단과 싸울 수밖에 없는 빌미를 제공한 사람은 쿠루미다. 쿠루미를 잡아서 교단에게 넘겨서 문제를 해결하려고 하지 않는 것만 봐도, 저들은 좋은 사람들이다. ―어쩌면 정령 교단이 그런 식의 교섭을 받아들이지 않는다는 사실을 알고 있을 뿐일지도 모르지만 말이다.

"―왔다."

바로 그때, 시도가 그렇게 중얼거렸다.

잠시 후, 엄청난 모래 먼지와 폭음이 멀리서 들려왔다.

―50대는 넘을 듯한 차량과 바이크가 몰려왔다. 전부 개조가 된 것 같으며, 검은색 표면에 금색으로 기묘한 문양이 그려져 있었다. 킨죠가 걸친 외투에 그려져 있던 문양이다. 취미가 고약하다는 생각이 들었지만, 숫자가 많아지니 위압감이 상당했다.

"큭……."

카하라는 겁먹은 것처럼 뒷걸음질 쳤다. ―뭐, 쿠루미와 시도로서는 그편이 나았다. 쿠루미는 조용히, 치마 안에서 총을 뽑아 들었다.

"―시도 씨. 알고 계시겠지만, 과하지 않도록 주의해주세요."

"그래."

쿠루미의 말을 들은 시도가 고개를 끄덕이며 짤막하게 답했다.

바로 그때, 타이밍을 맞춘 것처럼 정령 교단 일행이 쿠루미와 시도의 앞까지 왔다. 교단원들은 다들 같은 외투를 걸쳤으며, 헤어 스타일도 화려했다. ―역시 교단이라는 단어와는 어울리지 않는 이들이었다. 누가 봐도 세기말의 무법자 같았다.

선두에 있는 차량의 조수석에서, 한쪽 발을 깁스와 붕대로 감싼 남성이 목발을 짚으며 내렸다. ―킨죠였다.

"헤헤헷…… 도망치지 않고 이렇게 맞아주니 기쁜걸. 하룻밤 지나니 머리가 식었냐? 머리를 지면에 비벼대며 용서를 구한다면, 들어줄 수도 있거든?"

"어머나. 겨우 그 정도 상처에 치료를 참 과하게 했군요. 혹시 총에 맞은 게 처음인가요? 그럼 좋은 경험이 됐겠군요. 기억해두세요. 총에 맞으면 참 아프답니다."

쿠루미가 어린아이를 타이르는 투로 그렇게 말하자, 주위에 있던 교단원들이 웃음을 흘렸다. 그러자 킨죠의 얼굴이 시뻘겋게 달아올랐다.

"이, 이게……! 내 여자로 삼아줄까 했는데, 더는 용서 못해. 시체도 성하지 못할 줄 알아라……!"

그 말이 싸움의 시작을 알리는 신호였다. 차량과 바이크에서 내린 교단원이 권총과 기관총, 그리고 화염방사기 같은 다양한 무기로 쿠루미 일행을 겨눴다.

"키힛―."

하지만 쿠루미는 전혀 주눅 들지 않으며 지면을 박차더니, 크게 도약하면서 교단원들의 한가운데로 뛰어들었다.

"아니⋯⋯?!"

교단원의 당황한 목소리가 들려왔다. 그럴 만도 했다. 날붙이조차도 동료들이 밀집된 공간에서는 휘두르기 어렵다. 총을 제대로 쓸 수 있을 리가 없다.

이 시대에서 이 정도의 장비를 갖춘 건 대단하지만, 이 상황에서 방아쇠를 당겼다간 같은 편에게 맞을 것이다.

그리고 거꾸로 말하면―.

"키히히, 히히히히힛!!"

―주위에 과녁밖에 없는 쿠루미로서는, 얼마든지 총을 쏠 수 있었다.

쿠루미는 고풍스러운 보병총도 치마 안에서 꺼내더니, 제대로 조준하지 않으며 총 두 자루를 난사했다. 주위에 있던 교단원들은 비명을 지르며 그 자리에서 무너지듯 몸을 웅크렸다.

"훗―."

그런 쿠루미의 눈에, 시도의 모습이 언뜻 비쳤다. 그도 적들 한가운데에 뛰어들더니, 맨손으로 그들을 제압하고 있었다.

이 페이스면, 5분 후면 교단원을 전부 제압할 수 있을 것이다.

"뭐, 뭐야⋯⋯! 뭐가 어떻게 된 거냐고오오오오?!"

킨죠의 비명이 전장에 울려 퍼졌다. 그럴 만도 했다. 수십 명이나 되는 동료들이 겨우 두 사람을 상대로 차례차례 쓰러지고 있었다.

하지만, 그것이 당연했다. 아무리 거창한 병기로 무장했더라도, 평범한 인간이 쿠루미와 시도에게 이길 수 있을 리가 없다.

—하지만…….

"……어머?"

"…………?!"

다음 순간, 쿠루미와 시도의 눈썹이 희미하게 떨렸다.

마치 보이지 않는 손에 잡힌 것처럼, 몸이 무거워진 것이다.

그리고 그에 맞춰, 여자 목소리가 주위에 울려 퍼졌다.

『—뭐하는 것이냐…….』

고함이 아니라 차분한 목소리였다. 하지만 그 목소리는 대형 스피커로 증폭된 것처럼 주위의 공기를 뒤흔들었다.

"……윽! 저, 정령님!"

"죄송합니다……!"

그 목소리가 들린 순간, 킨죠를 비롯한 교단원들이 허둥지둥 그 자리에서 몸을 웅크렸다.

그러자 차량 사이에 있던 대형 트럭의 짐칸이 빛을 뿜으며 열리더니—

거기서, 어렴풋한 빛을 뿜는 여성이 모습을 드러냈다.

눈처럼 새하얀 머리카락과, 유령처럼 하얀 피부. 몸에 걸친 남루한 외투는 그와 반대로 검은색이었으며, 바람에 흩날리고 있었다.

하지만 그녀를 본 이들이 가장 먼저 주목하는 것은 그런 요소가 아니다.

그렇다. 빛을 뿜는 그 여자는 눈에 보이지 않는 길을 걷는 것처럼, 공중에 떠 있었다.

"아, 아아……."

"정령—."

그 신성하면서도 흉흉한 모습을 보자, 쿠루미 일행의 뒤편에 있던 마을 주민들의 목소리가 떨리기 시작했다.

무리도 아니다. 지금 이 세계의 인간에게 있어, 정령이란 존재는 공포 그 자체다. 인지를 초월한 존재 앞에서 전의를 유지하는 것은 쉬운 일이 아니다.

하지만, 쿠루미는 태연하기 그지없는 표정으로 그녀를 쳐다보며 입을 열었다.

"……아하. 역시 얼추 예상대로였군요."

"……뭐?"

쿠루미가 그렇게 말하자, 자칭 『정령』이 반응을 보였다. 아까처럼 목소리를 확산시키지 않았다. 그 목소리에서는 자신을 두려워하지 않는 쿠루미와 시도에 대한 위화감과 짜증이 묻어났다.

하지만 어설픈 가짜를 배려해줄 의리는 없기에, 쿠루미는 개의치 않으며 말을 이었다.

"─임의영역. 리얼라이저의 존재를 모르는 분이 본다면, 확실히 마법처럼 보이겠죠."

그리고 『정령』의 목덜미를 꿰뚫듯이 총구를 들면서 말했다.

"당신, DEM 소속 마술사 중의 생존자죠? 그 머리카락과 의상은 직접 만든 건가요? 설마 토카 양을 흉내낸 건 아니겠죠? 솔직히 말해, 하나도 어울리지 않는군요."

"…………윽?!"

공중에 떠있던 『정령』이 표정을 일그러뜨렸다. 그 정신 상태가 반영된 것인지, 쿠루미와 시도를 감싸고 있던 눈에 보이지 않는 공간─ 테리터리에, 가벼운 전류가 흐른 듯한 충격이 감돌았다.

"……너, 정체가 뭐냐?"

『정령』이 미심쩍은 듯이 물었다.

그러자 쿠루미는 어처구니 없다는 듯이 한숨을 내쉬더니, 천천히 자신의 머리로 손을 가져갔다.

"어머, 어머. DEM의 위저드나 되시는 분께서, 설마 잊으신 건가요? 제 얼굴을, ─제 왼쪽 눈을 말이에요."

그리고, 그대로 안대를 벗었다. 왼쪽 눈─ 시간을 새기는 시계의 문자판이, 모습을 드러냈다.

그것을 보고서야 쿠루미의 정체를 눈치챈 건지, 『정령』은 당황하고 말았다.

"윽, 설마…… 〈나이트메어〉?! 말도 안 돼. 너는 죽었을 텐데—."

"우후후, 그런 말을 자주 듣는답니다."

쿠루미는 자조 섞인 웃음을 흘리더니, 몸에 힘을 줬다. —그러자, 테리터리의 속박이 찢겨나갔다.

"큭……!"

『정령』은 손가락을 부들부들 떨면서, 두 손을 치켜들었다.

"헛, 소리 마라……! 이 세상에 『정령』은, 나 하면 충분해! 사라져라, 구시대의 망령아……!!"

그 목소리에 맞춰, 테리터리가 다시 전개됐다. 교단원들이 들고 있던 다양한 병기가 공중으로 떠오르더니, 쿠루미를 향해 일제히 발사됐다.

하지만 그런 것이 쿠루미에게 통할 리가 없었다. 쿠루미는 몸을 비틀더니, 자신의 그림자에 들어가서 그 공격을 피했다.

"아니—."

"어머나, 진짜로 저를 잊으신 건가요? 슬프군요."

쿠루미는 일부러 우는 시늉을 했다.

그게 정말 거슬렸던 건지, 『정령』은 분노에 찬 표정을 지으며 다시 무수한 병기의 총구를 누군가를 향해 겨눴다.

"하아아아아아앗!"

하지만 그 상대는 쿠루미가 아니라— 그녀의 뒤편에 있는 마을 사람들이었다.

"—윽."

쿠루미는 무심코 숨을 삼켰다.

『정령』의 의도는 바로 눈치챘다. 아마 마을 주민을 노리면, 쿠루미가 그들을 감쌀 거라고 생각했으리라.

딱히 선량한 사람인 척할 생각은 없지만, 하룻밤 신세를 진 이들이 눈앞에서 죽게 내버려 두는 건 기분이 좋지 않았다. 만약 판단을 내릴 시간이 주어졌다면, 쿠루미는『정령』의 의도대로 주민들을 지켰을지도 모른다.

하지만, 쿠루미는 미처 반응하지 못했다.

—『목적』을 달성한다면, 이 참혹한 일 조차도『없었던 일』이 된다. 눈앞의 감정에 따라 모든 것을 부질없게 만들어선 안 된다.

대의를 위해 수많은 희생을 치러온 쿠루미였기에, 망설임에 휩싸였다. 그 바람에 쿠루미는 즉시 반응하지 못했다.

—방아쇠가 당겨졌다.

마을 사람들을 향해, 무수한 탄환이 쏟아졌다.

"——."

사호는 꿈이라도 꾸는 심정으로, 눈앞에서 펼쳐진 광경을 응시했다.

허공에 떠 있는 백발 여성, 자신이 있는 방향을 겨누고 있는 무수한 총, 거기서 뿜어져 나온 무수한 탄환……

그 광경은, 밤하늘에서 빛나는 별들처럼 몽환적이었다.

그렇다. 사호는 지하에 숨어있으라는 말을 들었지만, 시도와 쿠루미가 신경 쓰인 나머지 몰래 다른 사람들을 쫓아왔다.

그러니, 어쩌면 이것은 어른들의 지시를 어겨서 받는 벌일지도 모른다.

다음 순간이면 저 탄환이 사호와 아버지의 몸을 꿰뚫을 것이다. 아마 즉사는 피할 수 없을 것이다. 사체가 원형을 유지하기만 해도 행운이리라.

하지만—.

"——어?"

사호는 자기 목에서 흘러나온, 망연자실한 목소리를 들었다.

마을 주민들을 죽음에 이르게 하고도 남을 무수한 총탄.

그것이, 순식간에 가루로 변해버렸다.

"뭐, 뭐야……?"

"저건—."

주위에서, 주민들의 목소리가 들려왔다.

이들이 당황하는 것도 무리는 아니었다. 아까까지 교단원들의 한복판에 있던 소년— 시도가, 어느새 다른 이들을 지키려는 듯이 허공에 떠 있었던 것이다.

"……여기까지인가. 어쩔 수 없지."

중얼거리듯 그렇게 말한 시도는 오른손을 앞으로 내밀었다.

그러자 그의 손아귀에, 마녀의 모자처럼 칼날이 휘어진 칠흑색 단검이 모습을 드러냈다.

"—〈하니엘〉."

시도는 그렇게 말하면서, 단검을 자신의 가슴에 찔러넣었다.

피는 뿜어져 나오지 않았다. 그 대신, 단검을 찔러넣은 장소에서 빛이 뿜어져 나오더니— 시도의 실루엣을 변화시켰다.

"아——."

시도의 외모가, 소녀로 변모했다.

탈색된 것 같은 긴 머리카락과 피부. 폭력적일 만큼 아름다운 외모.

그리고 어느새 손에는 어디서 나타난 건지 알 수 없는 거대한 칠흑색 『발톱』이 달려 있었고, 몸 주위에는 아까 전의 단검을 비롯해 열 자루의 『검』이 떠 있었다.

그 모습을 본 순간…….

사호의 심장이 크게 뛰었다.

기묘한 감각이 느껴졌다. —자신은, 이 소녀를, 어딘가에서 본 적이 있다—?

"……당신, 은……."

"…………."

마치 사호의 목소리를 들은 것처럼, 아까까지 시도였던 소녀가 슬픈 표정을 지었다.

하지만 그녀는 곧 마음을 다잡듯 날카로운 시선을 머금더니, 마찬가지로 공중에 떠 있는 적을 향해 돌아섰다.

"—더는 두고 볼 수 없다. 일격에 결판을 내주마. 각오해라."

늠름한 목소리로 그렇게 말한 소녀가 『발톱』을 치켜들었다.

"거— 거짓말…… 마, 말도 안 돼……! 어째서 이런 곳에—"

무수한 총을 조종하던 자칭 『정령』은 그 광경을 보더니, 떨리는 목소리를 토했다.

그녀의 표정에 어린 것은 바닥을 알 수 없는 전율, 그리고 쿠루미와 대치했을 때도 보이지 않았던 순수한 절망이었다.

"우…… 우와아아아아아아아앗!!"

반쯤 미쳐버린 『정령』은 괴성을 지르면서 양손을 앞으로 내밀었다. 그녀의 주위에 떠 있던 무수한 총기가 다시 불을 뿜으려 했다.

하지만, 바로 그때였다.

"——."

소녀가, 귀찮은 듯이 『발톱』을 휘둘렀다.

동작만 본다면, 딱히 특이한 구석은 없었다. 머리카락이 간지러워서 긁는 듯한, 모기가 날아다녀서 손으로 쫓아내는 듯한, 그런 가벼운 움직임이었다.

하지만 다음 순간, 그 사소한 동작에 맞춰—

"헉……."

하늘이, 갈라졌다.

비유도, 과장도 아니었다. 끝없이 펼쳐진 하늘에 다섯 줄기의 섬광이 빛나더니, 눈에 들어오는 모든 경치가 변해버리고 말았다. 그 여파에 휩쓸린 것인지, 황야에도 깊디깊은 상처가 새겨졌다.

『정령』은 그것을 정통으로 맞지는 않았지만, 그 일격에 완전히 전의를 잃은 것 같았다. 눈이 뒤집힌 채 지면에 추락하더니, 꿈쩍도 하지 않았다.

이윽고 하늘이 자신의 원래 모습을 떠올린 것처럼, 삐걱거리는 듯한 소리를 내면서 본연의 모습으로 되돌아갔다.

하지만 대지에 새겨진 다섯 줄기의 상처는, 방금 일어난 현상이 꿈이나 환각이 아니라는 것을 알려주고 있었다.

백 마디 말보다 많은 것을 알려주는, 한순간의 사태.

그것은, 무엇보다도 명백하게 어떤 사실을 가리키고 있었다.

"……윽."

사호 또한, 전율에 휩싸인 채 확신했다.

—저 소녀가, 과거에 세상을 멸망시켰다는 것을…….

"—끝났군요. 마지막에 나서주셔서 고마워요, 토카 양"

"……음."

싸움이 끝난 후. 쿠루미가 그렇게 말하자, 시도— 토카는 짤막하게 답했다.

원래 얼굴을 드러냈을 뿐만 아니라 힘까지 사용했으니, 더는 이름을 숨길 필요가 없다고 판단한 것이리라.

그 생각은 옳았다. 오랫동안 마을을 핍박하던 교단의 주인이 쓰러졌는데, 주민 중 누구도 기뻐하지 않았다. 그저 당혹과 전율이 뒤섞인 시선을 두 사람에게 보내고 있을 뿐이었다.

그럴 만도 했다. 정령이라고 여겼던 적을 쓰러뜨린 이가 바로— 진짜 정령이니 말이다.

그렇다. 토카는 몇 년 전, 이 세상을 멸망시켰다. 사람들이 두려워하는 공포의 정령. 그게 바로 토카였다. 그래서 괜한 혼란을 일으키지 않기 위해, 사람이 있는 장소에서는 〈하니엘〉로 소년의 모습으로 변해 있었다.

하지만, 이렇게 되면 더는 의미가 없다.

이제 토카와 쿠루미가 할 수 있는 것이라고는, 한시라도 빨리 이 자리에서 사라지는 것이다. 이 마을 사람들이 전부 악몽이었다고 여기며 일상으로 되돌아갈 수 있도록, 그리고 한시라도 빨리『목적』을 달성하기 위해서…….

"리얼라이저는 파괴해됐답니다. —이만 출발하죠."

"…………."

토카는 아무 말 없이 고개를 끄덕인 후, 쿠루미와 함께 근처에 세워둔 버기카가 있는 곳으로 걸어갔다.

"……윽."

"우왓……."

그 움직임에 맞춰, 주민들은 토카를 두려워하듯 길을 비켜줬다.

참 거북한 길이었다. 토카는 걸음을 재촉하며, 서둘러 이곳을 벗어나려 했다.

하지만⋯⋯.

"―토카 씨!"

바로 그때, 토카의 등 뒤에서 그런 목소리가 들려왔다.

토카가 놀라서 고개를 돌려보니, 뒤편에 사호가 서 있었다. 아마 아까 쿠루미가 한 말을 듣고, 토카의 진짜 이름을 알았을 것이다.

사호는 복잡한 표정을 짓고 있지만, 곧 결심을 굳히며 목소리를 쥐어 짜냈다.

"⋯⋯고마워요!"

"⋯⋯⋯⋯!"

토카는 한순간 눈을 치켜 뜨더니―.

"음!"

곧 환한 미소를 머금으며, 그렇게 대답했다.

◇

"⋯⋯대체, 뭐가 어떻게 된 거야⋯⋯."

"정령이, 정령을⋯⋯?"

"하지만 이제, 교단 때문에 괴로워할 필요가 없어진 거지……?"

두 여행자가 떠난 후…….

기절한 교단원과 『정령』을 쳐다보며, 마을 주민들은 여우에게 홀린 듯한 표정으로 멍하니 서 있었다.

언제 교단원들이 깨어날지 모르는 만큼, 빨리 그들을 묶는 편이 좋겠지만— 마음의 정리가 어려운 것 같았다.

어쩔 수 없는 일이다. 공포의 상징으로 여겨왔던 정령에게 구원을 받았다— 아니, 자기도 모르는 사이에 음식을 대접했을 뿐만 아니라 샤워와 잠자리도 제공했으니 말이다. 얼마나 당혹스러울지는 충분히 상상할 수 있었다.

게다가 사호에게 있어서는 이 상황이 나쁘지는 않았다. 아버지를 비롯해 다들 얼이 나간 덕분에, 사호가 지시를 어기고 밖에 나온 것도 흐지부지된 것이다.

"…………."

다른 사람들이 정신을 차리기 전에 지하로 돌아가는 편이 좋을지도 모른다. 그렇게 판단한 사호는 발소리를 죽이며 계단으로 향하려 했다.

하지만, 바로 그때였다.

흙먼지를 피어 올리며, 차 한 대가 이곳으로 다가오고 있었다.

한순간, 정령들의 탄 버기카가 돌아온 거라고 생각했지만

— 아니었다. 카키색 지프였으며, 거기에는 야전복을 입은 사람 몇 명이 타고 있었다.

"뭐, 뭐야?"

뜻밖의 사태가 이어진 탓에 뇌가 상황을 받아들이지 못한 건지, 주민 중 한 명이 미간을 찌푸리며 그렇게 말했다.

바로 그때, 단정한 인상의 단발 여성이 운전석에서 내린 후에 경례를 했다.

"—남(南) 칸토 임시 자경단의 쿠사카베 료코라고 해. 당신들, 이 근처 마을의 사람이지?"

"이, 임시 자경단?"

한 주민이 당혹스러운 어조로 그렇게 말했다. 그러자 료코라고 자기 이름을 밝힌 여성은 고개를 가볍게 끄덕이며 말을 이었다.

"응. 무정부 상태가 이어지는 상황에서, 자기 몸은 자기가 지키자는 취지로 결성된 조직이야. —이 근처에 자기가 정령이라 떠벌리며 나쁜 짓을 저지르는 녀석들이 있다고 들었는데……."

료코는 주위의 참상을 둘러보더니, 식은땀을 흘렸다.

"저기 쓰러져 있는 녀석들 맞지? 딱 봐도 악당 같네."

"그, 그래……."

주민 중 한 명이 당황한 어조로 대답했다. 이 상황에서는 그렇게 답할 수밖에 없을 것이다. 료코는 이해가 안 되는 듯한 표정을 지었지만, 곧 마음을 다잡으며 헛기침을 했다.

"신경 쓰이는 점이 몇 가지 있기는 하지만…… 일단 전원 포박부터 해야겠어. —아이, 마이, 미이!"

료코가 그렇게 말하자, 차량 뒷좌석에서 야전복을 입은 여성 세 명이 내렸다.

"넵, 대장님!"

"랴져예요!"

"순순히 오라를 받거라~!"

그리고 익숙한 손놀림으로 교단원들을 묶기 시작했다.

그 모습을 본 료코는 의아하다는 듯이 팔짱을 꼈다.

"……그건 그렇고, 일 한번 거창하게 벌였네. 대체 누가 한 거야?"

"그게……."

"—정의의 사도가 했어."

사호가 그렇게 말하자, 그 말에 동의한다는 듯이 라이카가 「냐옹~」 하고 울음소리를 냈다.

◇

—모래 먼지를 피워 올리며, 버기카 한 대가 아무도 없는 들판을 내달렸다.

"……대체 그 영맥이란 곳에는 언제 도착하는 거지?"

"글쎄요. 대략적인 위치만 들었을 뿐이라 정확한 위치는 모르니까요. 그곳이 진짜 영맥인지는 또 다른 문제이고 말이죠."

"으음……. 대체 언제쯤 되어야 〈각각제(刻刻帝)〉의 탄환을 쓸 수 있는 것이냐?"

"몇 번이나 말했을 텐데요? 제가 그 탄환을 쓰기 위해선, 방대한 영력과 『시간』이 필요하답니다."

"그러니까, 그걸 나한테서 얼마든지 가져가면 된다고 말하지 않았느냐."

"어디 사는 누구 씨가 〈시간을 먹는 성〉을 빼앗아 가지만 않았다면, 그게 가능했을지도 모르겠군요."

"……으윽."

"그래서, 영맥을 찾는 것이랍니다. 힘을 지닌 토지에서라면, 토카 양에게서 저에게 영력을 넘겨주는 것도 손쉬울 테니까요. 조금만 더 참아 주세요. ―혹시, 전부 귀찮아지신 건가요?"

"말도 안 되는 소리 마라. 이 정도로 포기해선, 그때 나를 구원해줬던 건너편 세계의 시도에게 면목이 없지 않겠느냐."

"후후. 그건 그렇군요."

쿠루미와 토카는 황야를 나아갔다.

대지에 남겨진 영맥을 찾아, 쿠루미에게 토카의 영력을 양도하기 위해서……

그리고 그 『탄환』으로, 세상을 되돌리기 위해서—.

미오 오리진

Origin MIO

DATE A LIVE ENCORE 11

"─학교에 다니고 싶다고?"

어느 날 밤. 타카미야 신지는 눈을 동그랗게 뜨며 그렇게 말했다.

그의 집 거실에는 현재 세 사람이 있었다. 한 사람은 당연히 신지다. 그리고 신지의 여동생인 마나가 있었다. 그리고 마지막 한 사람은─.

"응. ……어려운 부탁이라는 건 나도 알아."

미안하다는 듯한 표정으로 소파에 앉아있는, 눈부실 정도로 아름다운 미소녀였다.

세 가닥으로 땋은 긴 머리카락과 단정한 얼굴, 그리고 몽환적인 색깔을 띤 두 눈은 보는 이들을 빨아들일 듯한 불가사의한 흡인력을 지녔다.

그녀의 이름은, 타카미야 미오.

신지, 마나와 함께 이 집에서 사는 『가족』이다.

"아, 사과할 일은 아냐. 그런데, 왜 갑자기 학교에—."

"—뭐, 심정은 이해가 안 되어버리는 것도 아니에요."

신지의 말에 답하듯 그렇게 말한 이는 미오가 아니라, 맞은편에 앉아있는 마나였다.

왼쪽 눈 아래에 있는 눈물점과 날카로운 얼굴이 인상적인 소녀였다. 하나로 모아 묶은 머리카락이 흔들며 고개를 끄덕인 그녀는 이어서 이렇게 말했다.

"미오 씨는 마나와 오라버니가 학교에 간 동안에 이 집에 혼자 있어 버리잖아요. 지겹게 느껴져 버리는 것도 무리가 아니라고 생각해요."

"아—."

마나가 그렇게 말하자, 신지는 숨을 삼켰다.

"그래. 맞아. 미안해, 미오. 거기까지는 생각이 미치지 않았어."

그렇게 말한 신지는 고개를 살짝 숙였다.

그렇다. 겉모습만 보면 미오는 신지와 비슷한 연령— 열일곱 살 전후로 보이지만 고등학교에 다니지는 않으며, 낮에는 집에서 집안일을 하거나 책을 읽었다.

하지만 그녀는 등교 거부를 하는 것이 아니며, 가정 문제로 진학을 포기한 것도 아니다.

이유는 더 단순했다. 미오는 이 세상에 온 지 얼마 안 된 것이다.

—지금으로부터 몇 주 전. 신지와 마나가 사는 텐구 시를, 어떤 재해가 덮쳤다.

공간진. 공간의 지진이라 불리는 광역 파괴 현상. 약 반년 전에 유라시아 대륙 중앙부를 덮쳤던 원인 불명의 대재해와 같은 현상은 이 마을의 경치를 뒤바꿔놨다.

그리고, 우연히 그 현장에 있었던 신지는 재해 현장에 있는 한 소녀와 만났다.

그 소녀가 바로— 타카미야 미오다.

미증유의 재해에 의한 혼란 속에서, 신지는 그녀를 내버려 둘 수 없어서 집으로 데려왔고— 지금에 이르게 됐다.

처음에는 아무것도 알지 못하던 미오는 뛰어난 학습 능력을 통해 순식간에 다양한 지식을 흡수했고, 온갖 것들을 익혔다. 지금에 와서는 신지나 마나가 할 수 있지만 미오가 못하는 일을 찾는 게 어려울 정도다. 집에서 혼자 보내는 시간이 지겹게 느껴지는 것도 당연할 지 모른다.

하지만 미오는 허둥지둥 고개를 저었다.

"아, 딱히 지겨운 건 아냐. 청소와 장보기를 맡겨줘서 기쁘고, 매우 자극적이기도 해. 책을 통해 새로운 지식을 얻는 것도 즐거워. 하지만—"

미오는 볼을 살짝 붉히며 말을 이었다.

"신과 마나는 자주 학교 이야기를 하잖아? 그걸 들으니 왠지…… 즐거워 보이지 뭐야."

"미오……."

신지는 감동한 것 같은 눈빛을 머금었다.

딱히 신지가 특별히 재미있는 이야기를 들려주는 건 아니다. 대충 흘러듣거나, 며칠 후면 까맣게 잊어도 이상하지 않을, 그런 별것 아닌 일상의 잡담을 들려줬을 뿐이다.

하지만 미오에게 그것은 미지의 세계에서 일어난 자극적인 체험담인 것이다. 동경에 가까운 감정을 품는 게 당연했다.

"─알았어. 방법이 없는지 알아볼게."

"……아! 정말이야?"

신지가 그렇게 말하자, 미오는 환한 표정을 지으며 탄성을 터뜨렸다. 순수하게 기뻐하는 그녀를 보자, 가슴이 콩닥거렸다.

"아, 응. 바로 편입하는 건 어려울지도 모르지만, 체험 입학 정도라면─"

"─일이 그렇게 쉽게 풀려버릴까요."

마나가 신지의 말을 끊으며 그렇게 말했다.

그러자 신지는 「응?」 하고 되물으며 눈을 동그랗게 떴다.

"생각 좀 해보라고요. 미오 씨는 출신 불명에 정체불명이에요. 『타카미야 미오』라는 이름도 오라버니가 붙여버린 거고요. 당연히 호적이나 주민등록 같은 것도 존재하지 않아

요. 학교에 다니기 위해서는 필요 서류를 제출해야 한다고
요. 대체 어떻게 해버릴 생각인데요?"

확실히 마나의 말이 옳았다. 신지는 으음 하고 신음을 흘
렸다.

"……이럴 때, 호적을 준비해주거나 입학 수속을 해주는
비밀 조직이 있다면 좋겠는데 말이야."

"만화를 너무 많이 본 거 아니에요? 그딴 조직이 있을 리
없잖아요."

마나가 도끼눈을 뜨며 그렇게 말했다. 그녀의 말이 옳았
다. 왜 그런 생각을 한 것일까.

아무튼, 미오의 소망은 이뤄주고 싶다. 신지는 팔짱을 끼
며 생각에 잠겼다.

"……뭐랄까, 특별히 부탁해보는 건 어떨까? 서류를 위조
하는 것도 쉽지 않을 테고, 들통나면 난리가 날 거잖아."

"흐음, 그쪽이 아직 가능성이 있어 버릴지도 모르겠네요.
다행인지 불행인지, 아직 공간진이 일어나고 얼마 지나지 않
았기 때문에 혼란 상태가 이어져 버리고 있어요. 지금이라
면 파고 들 틈이 있을지도 몰라요."

마나는 날카로운 시선을 머금으며 씨익 웃었다.

"—오라버니. 정이 두텁고 정의감이 강한 선생님은 주위에
없나요? 학교 안에서 발언력이 있어 버리는 사람이면 더 좋
고요."

"뭐, 뭘 어쩌려는 건데?"

"저희 쪽의 원하는 걸 최대한 솔직하게 전달하는 거예요. 단, 미오 씨는 공간진에 휘말려서 기억을 잃은 여자애인 걸로 해버리죠. 우여곡절 끝에 지금은 우리 집에서 돌보고 있는데, 마음의 상처를 극복하는 중인 그녀가 학교에 다니고 싶단 말을 했다— 하고요. 그래요, 그 어떤 재해도 사람의 학구열을 꺾어버릴 수는 없는 거예요!"

마나는 손짓과 몸짓을 섞으며 연극의 한 장면 같은 느낌으로 힘차게 외쳤다. ……확실히 열혈 교사가 들으면 눈시울이 뜨거워질 스토리이기는 했다.

하지만 신경 쓰이는 점이 없는 건 아니었다. 신지는 식은 땀을 삐질삐질 흘리면서 마나를 쳐다봤다.

"……마나. 너, 나중에 사기꾼 같은 게 되지는 않을 거지?"

"되게 너무하네요. 장래 희망이 경찰관인 이 마나 님에게 말이 너무 심해버리는 거 아니에요?"

마나는 불만을 표시하듯 입술을 삐죽 내밀었다. 신지는 쓴웃음을 머금으며 「미안해」하고 사과했다.

"아무튼, 서두르죠. 재해 부흥에 쫓기느라 관공서의 연계가 안 되는 이 틈에 기정사실을 만들어버리자고요. 파이팅~!"

마나는 오른손을 치켜들며 그렇게 외쳤다.

"파, 파이팅~!"

표현이 좀 신경 쓰였지만…… 틀린 말은 아니었다. 신지는 그 말에 동조하듯 주먹을 치켜들었다.

그러자 어리둥절한 표정으로 두 사람의 대화를 듣고 있던 미오 또한 왠지 즐거운 듯이 「파이팅~!」 하며 손을 들었다.

◇

그리고, 그로부터 며칠 후…….

"—타카미야 미오라고 해요. 오늘부터 한동안 이 학교에 체험 입학을 하게 됐습니다. 잘 부탁드려요."

신지가 속한 2학년 4반 교실에서, 교복 차림의 미오가 방 긋 웃으며 인사를 하고 있었다.

그렇다. 신지가 서둘러 담임인 누쿠이 교사와 이야기를 꺼내 봤더니, 선생님은 눈물을 줄줄 흘리며 지금 바로 그 애를 데려오라고 말했다. 그 후에 교장과 직접 담판까지 지으며, 체험 입학을 위한 잡무를 전부 맡아줬다.

그 결과, 예상보다 훨씬 빠르게 체험 입학이 허락되면서 미오를 학교에 다니게 해줄 수 있었다.

"—."

여학생 교복인 흰색과 감색으로 이뤄진 세일러 교복은 다 말할 여지가 없을 정도로 미오에게 잘 어울렸다. 『가련』이라 는 말을 의인화시킨다면, 분명 저런 모습이 될 것이다.

그렇게 생각하는 건 신지만이 아닌 것 같았다. 남녀를 불문하고, 미오가 교실에 들어온 순간부터 학생들은 깜짝 놀란 눈길로 그녀를 주시했다.

"저 미소녀는 뭐야……. 어, 혹시 전에 타카미야한테 도시락을 전해주러 왔던 애?"

"성이 같은 걸 보면…… 여친이 아닌가 보네? 어떤 사이야?"

"남매? 친척? 헉, 설마 아내……?!"

"—자, 다들 진정해라."

누쿠이 교사는 손뼉을 치면서 그렇게 말했다.

"타카미야 양은 일전의 공간진으로 기억을 잃어서, 원래 이름을 기억하지 못한다는구나. 지금은 타카미야의 집에서 신세를 지고 있지."

교사가 그렇게 말하자, 클래스메이트들이 「어……!」 하고 외치며 경악했다. ……절반은 기억 상실이라는 말에 놀란 것 같지만, 다른 절반은 『타카미야의 집에서 신세를 지고 있다』는 점에 주목한 것 같은 느낌이 들었다.

하지만 누쿠이 교사는 딱히 개의치 않으며 힘차게 주먹을 말아쥐었다.

"그런 상황인데도, 본인은 학교에 다니고 싶어했다……! 다들 알겠느냐? 이것이야말로 인간의 강함이다. ……배움을 그만두지 않는 한, 인간은 재해 따위에게 지지 않는 것이다……!!"

누쿠이 교사가 열띤 어조로 그렇게 외쳤다. 학생들은 「또 시작됐네……」 라는 듯이 땀을 삐질삐질 흘리며 쓴웃음을

머금었다. 역시 학생들에게 열정 과다란 소리를 듣는 열혈
한다웠다.

"……아, 이야기가 옆으로 샜구나. 그럼 타카미야 양은 저
자리에 앉도록."

이윽고 진정한 누쿠이 교사는 신지의 옆자리를 가리켰다.

우연히 신지의 옆자리가 비어있었던 것—는 아니다. 기억
상실(인 것으로 되어 있다)인데다 이 학교에 익숙하지 않은
만큼, 무슨 일이 생겼을 때를 대비해 아는 이가 곁에 있을
편이 좋을 거라고 거라면서 누쿠이 교사가 일부러 그 자리
를 비워놓은 것이다.

"네!"

미오는 활기차게 대답하더니, 가벼운 발걸음으로 신지의
옆자리로 걸어갔다.

그리고 그 자리에 앉더니, 부끄러운지 배시시 웃으면서 신
지를 쳐다봤다.

"—잘 부탁할게, 신."

"……윽! 응, 나도 잘 부탁해."

한순간 가슴이 콩닥거린 신지는 힘차게 고개를 끄덕였다.
그리고 낮은 목소리로 말을 이었다.

"설마 이렇게 일이 순조롭게 풀릴 줄은 몰랐어……. 선생
님에게 감사해야겠네."

"응, 맞아. 교복까지 준비해주셨잖아."

미오는 그렇게 말하더니, 자신의 교복을 쳐다보며 기뻐했다. 신지는 그 귀여운 모습에서 눈을 떼지 못했다.

"신?"

"으, 응……. 아무것도 아냐. 그것보다…… 학교에 처음 와 봤으니 모르는 게 많을 거잖아? 무슨 일 있으면 언제든지 나한테 말해."

"응, 고마워. 모르는 것투성이지만, 다른 애들을 쫓아갈 수 있도록 노력할게."

미오는 그렇게 말하며 기쁜 듯이 미소를 지었다.

하지만—.

"으음…… 그럼 이 문제를 아는 사람—."

"—저요!"

1교시, 수학. 담당인 스가와라 교사가 교실을 둘러보며 그렇게 말하자, 미오가 힘차게 손을 들었다.

그녀의 눈은 찬란히 빛나고 있었으며, 팔 또한 올곧게 들었다. 마치 학생들을 대표해서 손을 드는 자세의 시범을 보이는 것 같았다. 보아하니 답하고 싶어서 견딜 수가 없는 것 같았다.

"으음, 당신은……."

"체험 입학생인 타카미야 미오예요."

"아…… 그리고 보니 누쿠이 선생님에게 이야기를 들었어요. 그럼 앞으로 나오세요."

스가와라 교사의 지시에 따라, 미오는 경쾌한 발걸음으로 칠판 앞에 섰다.

그리고 흰색 분필을 쥐고 신기하다는 듯이 살펴본 후, 검은색 칠판에 분필을 댔다.

"우왓."

미오는 눈을 동그랗게 뜬 후, 낙서를 하듯 즐겁게 칠판에 분필을 비벼댔다.

"대단해. 영상으로는 봤지만, 이런 감촉이구나. 탄산칼슘을 뭉쳐서 굳힌 걸까? 그래, 이러면 조각만으로도 선을 그을 수 있고, 지우기도 편해……."

미오는 그렇게 말하면서 신지를 쳐다봤다.

"저기, 신도 대단하다고 생각하지?!"

"하하…… 응. 대단하네."

신지는 볼을 긁적이며 미소지었다. 남들의 주목을 모은 탓에 부끄럽지만…… 즐거워 보이는 미오의 모습을 보니, 그런 건 전혀 신경 쓰이지 않았다.

"으음, 타카미야 양……? 즐거워하는 건 좋지만, 분필의 감촉은 쉬는 시간에 확인해주지 않겠어요? 지금은 수업 중인데……."

"아, 다 풀었어요."

"네?"

미오가 그렇게 말하자, 스가와라 교사는 눈을 치켜떴다.

미오가 즐거운 듯이 분필을 놀린 칠판에는 어느새 멋진 도형과 복잡한 수식이 그려져 있었다.

"으음……, 어……? 아……."

스가와라 교사는 안경을 고쳐 쓰면서 칠판을 쳐다보더니—.

"와, 완벽……하군요."

식은땀을 뻐질뻐질 흘리며, 그렇게 말했다.

2교시, 체육.

이 날의 수업은 평균대와 뜀틀을 이용한 기계체조인데…….

"에잇——."

미오가 발판을 힘차게 밟더니, 가볍게 공중으로 날아올랐다.

그리고 중력이라는 개념을 무시한 듯한 궤도를 그리며 몸을 비틀더니, 자신의 몸을 가로세로로 회전시키면서 평균대 위를 뛰어넘었다.

그 후, 마치 화살이 꽂힌 것처럼 한 발로 매트 위에 멋지게 착지했다.

""""…………."""""

그 모습을 본 클래스메이트와 체육교사는 한동안 얼이 나가 있었지만, 곧 퍼뜩 정신을 차린 것처럼 어깨를 부르르 떤 후에 누가 먼저랄 것도 없이 박수를 치기 시작했다.

"대단해……. 방금 뭘 한 거야……."

"인간은 저런 식으로 움직일 수 있는 거야……?"

"저 정도면 다음 올림픽에서 금메달은 따 놓은 당상이겠어……."

신지네 반의 사이좋은 3인조, 아코, 마코, 미코가 얼이 나간 채 박수를 치며 그렇게 중얼거렸다.

그러자 미오는 약간 부끄러워하며 쓴웃음을 머금었다.

"고마워. 하지만, 실수를 했네."

"어……? 무, 무슨 실수……?"

"뜀틀을 손으로 짚는 걸 깜빡했어. 다음에는 좀 더 낮게 뛰어넘어야겠네."

"""…………"""

아코, 마코, 미코는 할말을 잃은 채 식은땀만 흘렸다.

그제야 자신에게 쏠린 시선을 눈치챈 듯한 미오는 신지를 향해 종종걸음으로 뛰어갔다.

"저기, 신. 봤어?"

"아, 응……. 대단하네."

신지는 그렇게 말하며 볼을 붉히더니, 미오에게서 시선을 돌렸다.

이유는 단순했다. 체육 수업이기에 미오는 다른 여학생들과 마찬가지로, 이 시대에 널리 보급된 운동복— 블루머를 입고 있었는데, 그 옷차림이 신지에게는 지나치게 자극적이었던 것이다.

"..........?"

하지만 당사자인 미오는 영문을 모르겠다는 듯이 고개를 갸웃거렸다.

4교시, 음악.

"""..........""".

—더는, 말도 나오지 않았다.

음악실에 있는 학생들은 모두 눈을 감은 채, 주위에 울려 퍼지는 유려한 선율에 마음을 맡겼다.

그렇다. 음악실에 들어선 미오는 비치된 그랜드 피아노를 보더니, 한번 쳐보고 싶다고 말한 것이다.

그 결과는 보는 대로다. 태어나서 처음으로 피아노를 만져 본 미오는 악보도 없이 멋진 연주를 해냈다. —참고로 웃으면서 피아노를 쳐보는 것을 허락해준 음악 교사는, 아까부터 구석에서 감동의 눈물을 줄줄 흘리고 있었다.

"——."

미오가 힘차게 건반을 치면서, 연주를 마쳤다.

그리고 자리에서 일어나 꾸벅 고개를 숙이자, 우레와도 같은 박수가 음악실을 가득 채웠다.

"우와…… 대단해……!!"

"음악은 이렇게 감동적인 거구나―."

"따뜻해……. 이게…… 눈물……?"

다들 진심 어린 말을 건네며 찬사를 보내자, 미오는 멋쩍은 듯이 배시시 웃었다.

"―대단해!"

바로 그때, 얼굴이 정체불명의 액체로 범벅이 된 음악 교사가 미오의 손을 움켜잡았다.

"당신…… 타카미야 양이라고 했지?! 대체 어디서 이런 연주 기술을 배운 거야?!"

"으음, 텔레비전에서 피아노를 치는 모습을 봤어요. 그리고, 책으로……."

"―윽, 그래. 스승을 밝힐 수 없는 거구나……. 그럴 만한 사연이 있는 거지?"

그렇게 말한 음악 교사는 의미심장한 미소를 머금었다.

미오는 솔직하게 대답했을 뿐이지만…… 뭐, 저런 반응을 보이는 것도 무리는 아니었다.

"…………."

점심시간 즈음, 신지는 자기가 말실수를 했다는 것을 뼈저리게 깨달았다.

미오의 학습 능력과 적응력을 얕본 것일지도 모른다. 신지는 미오에게 「모르는 게 있으면 뭐든 나한테 물어봐」가 아니라 「남들의 시선을 끌면 안 되니까, 실력 발휘 좀 자제해」 하고 말했어야 했던 걸지도 모른다.

하지만─.

"⋯⋯훗."

즐겁게 웃고 있는 미오의 얼굴을 보며, 신지는 작게 웃음을 흘렸다.

확실히 너무 눈길을 끈 것일지도 모른다. 하지만 미오가 즐겁게 웃고 있는 것이 더 중요하다는 생각이 들었다.

지금 신지와 미오는 학교 옥상에 있었다. 점심시간이기에, 도시락을 들고 여기로 온 것이다.

참고로 같은 반인 아코, 마코, 미코도 같이 왔기에 꽤 시끌벅적했다. 뭐, 다들 정체불명의 체험 입학생에 대해 궁금한 것이 많을 것이다.

실제로 미오 또한 같은 또래(적어도 외모는) 여자애와 이야기를 나누는 게 즐거운지, 아까부터 세 사람과 담소를 나누고 있었다.

"이야~, 놀랐다니깐~. 못하는 게 없잖아."

"맞아, 맞아. 기억 상실이란 말을 들었지만, 원래는 뭐하던 사람이었을까?"

"두뇌 명석, 스포츠 만능, 게다가 이렇게 귀엽기까지 한걸.

완전 두 손 두 발 다 들었어. 부활동은 할 거야? 미오라면 다들 모셔가려고 난리일걸?"

"—부활동."

그 말을 들은 순간, 미오의 눈썹이 희미하게 흔들렸다.

그리고 약간 들뜬 듯한 눈길로, 신지 쪽을 힐끔 쳐다보았다.

……만약 미오에게 꼬리가 있다면, 마구 흔들어대고 있으리라. 그렇게 생각한 신지는 쓴웃음을 머금으며 볼을 긁적였다.

"……괜찮으면, 오늘 방과 후에 견학하러 갈래?"

"—그래도 돼?!"

신지가 그렇게 말하자, 미오의 표정이 환해졌다.

그리고 오후 수업이 마치고 맞이한 방과 후. 미오의 부활동 체험 코스가 시작됐다.

신지가 다니는 고등학교에 있는 운동부 및 동호회는 총 마흔 곳가량이다. 그중에서 미오가 관심이 있는 곳을 몇 곳 고른 후, 시간이 허락하는 한도 안에서 같이 돌아보기로 했다.

미오가 가장 먼저 고른 곳은 수영부였다. 선생님이 준비해 준 체험 입학 세트 안에는 운동복만이 아니라 수영복도 있었기에, 기왕이면 입어보고 싶은 것 같았다.

하지만 미오가 전력을 다해 헤엄을 치면 또 난리가 날 것이다. 수영부 부장의 호의로 가장자리 레인을 빌렸기에, 간단히 물놀이 정도만 해보기로 했다.

"—후훗. 기분 좋아, 신. 이 수영복이라는 것도 참 움직이기 편하네."

그렇게 말한 미오는 즐겁게 물장구를 치며 사방에 물을 튀겼다.

"으, 응……."

그런 미오의 모습을 본 신지는 볼을 붉히며 고개를 돌렸다. ……이유는 단순했다. 체육 시간 때 이상으로 눈 둘 곳이 없었기 때문이다.

짙은 감색 학교 수영복에 의해 확연히 드러나는 몸매, 그리고 아낌없이 드러난 새하얀 손발, 그리고 물에 젖어서 목덜미에 붙어 있는 머리카락—. 그 모든 요소가 크나큰 자극이 되어서, 신지의 뇌를 뒤흔들어대고 있었다.

"왜 그래?"

"아, 아무것도 아냐. 그것보다 다른 곳에 가보자. ……실력 발휘를 하기도 전에 열렬한 권유를 받게 될 듯한 느낌이 들어."

"……뭐? 응, 알았어."

신지가 그렇게 말하자, 미오는 의아한 표정을 지으면서도 고개를 끄덕였다.

다음으로 두 사람이 향한 곳은 조리부 부실이었다.

앞치마와 두건을 착용한 조리부 부장이 간단히 설명을 해 줬다.

"一뭐, 활동 내용은 이 정도야. 오늘은 오므라이스를 만들 거니까, 괜찮다면 같이 만들어보지 않을래? 재료는 잔뜩 있거든."

부장은 그렇게 말하며 조리대를 가리켰다. 신지와 미오는 고맙다는 말을 한 후, 부원들과 함께 조리를 시작했다.

참고로 다른 부원과 마찬가지로 팔을 걷고 앞치마와 두건을 착용한 미오는 아까까지와 다르게 가정적인 분위기가 감돌았고, 그런 모습 또한 정말 끝내줬다.

"달걀로 치킨 라이스를 깔끔하게 감싸려면 좀 연습이 필요하긴 해…… 자아, 어때?"

신지가 미오에게서 눈을 떼지 못하고 있을 때, 부장이 프라이팬을 멋지게 놀려서 달걀로 치킨 라이스를 감쌌다. 그러자 부원들이 『오오~』하며 감탄을 토했다.

"훗, 이 정도는 너희도 연습하면 얼마든지— 어, 어어어어엇?!"

의기양양하게 그렇게 말하던 부장이 갑자기 경악을 금치 못하며 눈을 치켜뜨더니, 신지의 손 언저리를 응시했다.

"……어? 왜 그래요?"

"그걸 몰라서 묻는 거야?! 저, 정말 아름다운 오므라이스잖아……!"

"어? 아…… 네. 꽤 잘 된 것 같네요."

"꽤 잘 된 수준이 아니거든?! 엄청난 완성도야……. 밸런스, 빛깔, 더할 나위 없어……! 저, 저기, 너! 체험만 하지 말고 아예 입부하지 않을래?!"

"저, 저 말인가요?!"

신지는 그 말에 당황하고 말았다. 미오가 엄청난 실력을 발휘해서 권유를 받게 되는 것은 각오했지만, 설마 자기가 권유를 받을 거라고는 생각도 못 한 것이다.

참고로 옆에서 그 모습을 본 미오는—.

"후후—."

마치 자기가 칭찬을 받은 것처럼 기뻐하며 미소 짓고 있었다.

그리고, 그날 마지막으로 신지와 미오가 찾은 곳은 디자인부였다.

예전에 마나와 그녀의 친구가 미오의 옷을 골라줬던 적이 있는데, 그게 참 즐거웠던 건지 옷에 관심을 가지게 된 것 같았다.

그래서 디자인부의 부실인 피복실에 가보니—.

"저기, 체험 입부를 하러 왔는데요—."

"──우왓~! 미소녀다아아아아아앗?!"

신지와 미오가 문을 열자, 안에 있던 여학생들이 태양을 똑바로 바라본 것처럼 눈을 가늘게 뜨며 손으로 얼굴을 감쌌다.

"어, 뭐?! 체험 입부?! 물론 환영이야!"

"마침 모델이 필요하던 참이거든!"

"우리는 옷을 만드는 걸 좋아하지만, 남들 앞에 나서는 건 좀 부끄럽지 뭐야!"

그렇게 이야기가 오가다 보니, 미오의 미니 패션쇼가 개최되게 되었다.

아름다운 드레스, 그리고 독특한 스타일의 코스프레 의상 등, 다양한 옷을 입은 미오가 커튼 너머에서 모습을 드러낼 때마다 부원들은 박수를 치거나 1회용 카메라로 사진을 찍어대고 있었다.

"와아…… 아름다워, 신."

"응…… 아름답네……."

당사자인 미오도 즐거워하는 것 같고, 신지도 눈 호강을 하고 있기에 전혀 문제 될 것이 없었다.

그러던 와중, 부장으로 보이는 안경 쓴 여학생이 퍼뜩 뭔가가 생각난 것처럼 입을 열었다.

"—아. 이참에 그것도 입혀볼까? 잘 어울릴 것 같네."

부장이 그렇게 말하자, 부원들의 눈썹이 파르르 떨렸다.

"그거라면…… 설마, 그것 말인가요?!"

"우리 부의 모든 기술을 결집해서 만들었지만, 다들 부끄러워서 입지 않았던, 바로 그⋯⋯?!"

그렇게 말한 부원들은 일제히 포메이션을 짜더니, 미오를 커튼 너머로 끌고 갔다.

"꺄앗!"

"미, 미오⋯⋯?!"

"자, 잠시만 기다려봐, 남친 씨. 끝내주는 걸 보여줄게."

"⋯⋯윽?! 아, 아니, 딱히 남친은 아닌데⋯⋯."

신지가 뜻밖의 말을 듣고 부끄러워하는 사이, 이윽고 부실 안쪽의 커튼이 힘차게 걷히면서 옷을 다 갈아입은 미오가 모습을 드러냈다.

"──."

그 모습을 본 순간, 말문이 막혔다.

하지만 그것도 당연했다. 미오가 지금 입고 있는 건— 눈부신 베일이 달린 순백의 드레스였으니 말이다.

"아름다워⋯⋯. 이건 무슨 옷이야?"

미오가 자신의 옷을 내려다보면서 도취된 듯한 어조로 말했다. 부장은 한순간 의아한 표정을 지었지만, 곧 고개를 끄덕이며 말했다.

"웨딩드레스. —결혼식 때 입는 옷이야."

"⋯⋯아! 결혼식—."

미오는 그 말을 듣고 눈을 동그랗게 떴다.

그러자 그 반응을 어떻게 받아들인 건지, 부장은 씨익 웃으면서 신지의 등을 밀었다.

"자, 남친 씨. 기왕이면 옆에 나란히 서봐. 유감스럽게도 남성용 턱시도는 없지만, 같이 사진을 찍어줄게."

"어…… 어엇?!"

신지는 무심코 새된 목소리를 냈다. 물론 싫은 건 아니지만, 너무 갑작스러운 일이라 마음의 준비가 안 됐다.

하지만—.

"—신."

볼을 희미하게 붉힌 미오가 그렇게 말하면서, 신지를 향해 손을 내밀었다.

"……윽. 으, 응."

신지는 작게 숨을 삼키더니, 마음을 굳게 다진 끝에 미오의 옆에 나란히 섰다.

"좋네, 좋아. 잘 어울려. 자, 더 붙어서~. —그럼, 치~즈!"

찰칵, 하는 소리와 함께 플래시의 빛이 두 사람을 감쌌다.

—미오의 체험 입학 첫날은, 그렇게 끝났다.

"으음……."

석양에 물든 길을 걸으면서, 신지는 크게 기지개를 켰다. 옆에서 걷던 미오는 그 모습을 보고 쓴웃음을 머금었다.

"미안해. 이렇게 늦은 시간까지 나한테 어울려줬네."

"신경 쓰지 마. 말을 꺼낸 사람은 나잖아. ……뭐, 조리부에서는 난처하긴 했어."

"후후."

미오는 작게 웃음을 흘리더니, 감회에 젖은 듯이 한숨을 내쉬었다.

"학교는— 참 좋네. 어떤 장소인지는 지식으로 알고 있었지만, 역시 체험해봐야 알 수 있는 게 참 많았어."

"미오……."

미오는 옛날 일을 거의 기억하지 못한다고 말했다. 즉, 미오에게 있어 인생은 신지와 만난 후의 짧은 시간이 전부다. 분명 오늘이라는 하루도, 신지와 미오가 체감적으로 느낀 길이는 다를 것이다.

"—체험, 하면 돼."

"뭐?"

"흥미가 가는 게 있으면, 뭐든지 해보자. 나도 도와줄게."

"신……."

미오는 감격한 듯한 어조로 신지의 이름을 입에 담더니, 힘차게 「응!」 하고 말하며 고개를 끄덕였다.

그 귀여운 모습을 보고 멋쩍어진 신지는 화제를 바꾸려는 듯이 말을 이었다.

"—그러고 보니, 관심이 가는 부활동은 있었어?"

"으음—."

신지가 얼버무리듯 그렇게 묻자, 미오는 잠시 생각에 잠긴 후에 훗 하고 미소를 흘렸다.

"전부 재미있었지만, 귀가부가 가장 좋아."

"응? 어째서야?"

"신과 함께 집으로 돌아갈 수 있는걸."

"…………."

미오가 그렇게 말하자, 신지는 말문이 막혔다. ……지금이 해질녘이라 다행이다. 만약 푸른 하늘 아래였다면, 볼이 새빨개졌다는 것을 들켰으리라.

"……어? 신, 왜 그래?"

"아— 아무것도 아냐. 그냥, 오늘은 참 즐거웠다고 생각했어."

"후후, 맞아."

신지가 그렇게 말하자, 미오는 기쁜 듯이 미소 지었다.

사건이 벌어진 것은 이틀 후, 미오의 체험 입학 사흘째의 아침이었다.

"……어?"

미오와 함께 등교한 신지는 학교 건물 안으로 들어서고 얼마 후에 걸음을 멈췄다. 1층의 게시판 앞에 인파가 몰려 있었다.

"무슨 일 있는 걸까?"

미오가 의아하다는 듯이 고개를 갸웃거렸다. 신지는 고개를 끄덕인 후, 그쪽으로 걸어갔다.

그러자 그 인파의 외곽에 있던 한 남학생이 신지와 미오를 향해 고개를 돌렸다. 안경을 쓴 상냥한 인상의 그 남학생은 신지의 클래스메이트인 이츠카 타츠오였다.

"아, 두 사람 다 좋은 아침이야."

"응. 좋은 아침이야, 이츠카. ……그런데 대체 무슨 일이야? 꽤나 시끌벅적한데……."

"아…… 그게 말이지."

타츠오는 미간을 살짝 찌푸리더니, 당혹스러운 어조로 말했다.

"아무래도…… 이 학교는 올해를 끝으로 사라지나 봐."

"……뭐?!"

타츠오가 그렇게 말하자, 신지는 깜짝 놀랐다. 옆에 있는 미오도 놀란 듯이 눈을 동그랗게 떴다.

"사, 사라진다니…… 그게 무슨 소리야? 왜 그렇게 갑자기……."

"일전의 남(南) 칸토 대공재(大空災) 때, 이 지역은 꽤 피해를 입었잖아. 우리 고등학교는 건물이 무사하지만, 학생 수가 꽤 줄었고…… 이참에 다른 곳으로 이주하려는 사람도 많은 것 같거든."

"…………."

타츠오가 그렇게 말하자, 미오는 슬며시 시선을 피했다. —그러고 보니 신지와 미오는 공간진 현장에서 만났다. 어쩌면 그녀는 책임을 느끼고 있는 것일지도 모른다.

신지는 미오의 어깨에 손을 얹으며 작게 고개를 저었다.

"……미오 탓은 아니니까, 너무 신경 쓰지 마."

"하지만……."

"……어? 타카미야 양?"

타츠오가 의아하다는 듯이 고개를 갸웃거리자, 신지는 얼버무리듯이 고개를 저으며 말했다.

"아무것도 아냐. ……그건 그렇고, 곤란하게 됐네. 지금 3학년은 곧 졸업한다 치더라도, 우리와 1학년은 어떻게 되지?"

"아…… 응. 일단 옆 마을에 있는 젠와 고교와 합병하게 되는 것 같아."

젠와 고교. 텐구 시 서쪽에 있는 학교다. 공간진 발생 지역 인근이라, 거기도 꽤 피해를 보았다고 들었다.

"그래. 학생 숫자가 준 학교를 합병하는 거구나……."

"그런 것 같아. 단……."

타츠오는 복잡한 표정을 짓더니, 게시판에 붙어 있는 프린트를 쳐다봤다. 뭔가 납득이 안 되는 점이 있는 눈치였다.

신지는 그 시선을 쫓듯, 프린트를 쳐다봤다.

"아니……."

그리고 거기에 적힌 내용을 읽고, 미간을 찌푸렸다.

"―합병 후의 학교 명칭은 『젠와 고교』로 하며, 젠와 측의
시설을 이용한다. 구교사는 건물을 철거한 후, 제2 운동장
으로 이용한다. 교복 또한 신입생부터는 젠와의 교복으로
통일한다…… 아니, 이래선 합병이 아니라 통폐합― 아니,
우리가 젠와에게 흡수당하는 거잖아!"

신지가 그렇게 외치자, 타츠오도 인상을 찡그리며 고개를
끄덕였다.

"어떤 경위로 이렇게 된 건지는 모르겠지만, 좀 너무하
네……."

"이건 불합리하다고. 공간진 피해로 학교가 존속되기 어
려운 건 젠와도 마찬가지잖아? 그런데 아무런 설명도 없이,
멋대로―."

신지가 거기까지 말했을 때였다.

"―흐음, 꽤나 시끄러운걸."

뒤편에서, 그런 목소리가 들려왔다.

"……앗?!"

신지 일행이 뒤를 돌아보자, 그들과는 다른 교복을 입은
이들이 서 있었다.

남자는 목을 여미는 교복, 여학생은 세일러 교복을 입었으
며, 양쪽 다 짙은 회색이었다.

그들을 본 신지는 눈썹을 찌푸렸다.

"그 교복…… 설마 젠와의 학생……?"

신지가 그렇게 말하자, 선두에 서있던 키가 큰 남학생이 「훗」하며 머리카락을 쓸어올렸다.

"그래. 젠와 고교 학생회장인 아야노코지 마사노부다. 앞으로 잘 부탁한다."

그가 거만한 어조로 그렇게 말하자, 신지는 식은땀을 흘리며 눈썹을 찌푸렸다.

"……흐음, 그래? 젠와의 학생회장님이 무슨 일로 여기까지 다 행차한 거지?"

"그야 물론 합병을 위한 시찰을 온 거다. —뭐, 너희는 운이 좋은걸."

"운이 좋다고?"

"그래. 입학시험을 치르지도 않고, 영광스럽게도 젠와의 일원이 될 수 있으니 말이다."

마사노부가 그렇게 말하자, 신지를 비롯해 주위에 있는 학생들이 일제히 불쾌한 표정을 지었다.

그 모습을 본 건지, 마사노부의 뒤편에 있던 안경 쓴 남학생이 하아 하고 한숨을 내쉬었다. —왼손에 찬 완장을 보아하니, 아무래도 젠와 고교 학생회의 부회장 같았다.

"또 그런 소리를…… 반감을 살 거라고요."

"그래도 사실이잖아?"

"……하아."

부회장은 또 한숨을 내쉬었다. 아무래도 고생이 참 많은 것 같았다.

"……합병, 이라. 보아하니, 꽤나 불평등한 조건인 것 같은데 말이야."

신지가 학생들의 불만을 대변하듯 그렇게 말하자, 마사노부는 과장되게 어깨를 으쓱했다.

"호오? 뭐가 불만이지? 학력 수준 및 진학 실적, 운동부의 활동 실적, 예술 분야에서의 기여— 전부 젠와가 뛰어난데 말이다. 너희에게 있어서도 나쁜 일은 아니라고 생각한다만?"

"어이……."

마사노부가 뻔뻔하게 그런 소리를 늘어놓자, 신지는 미간을 찌푸렸다.

바로 그때—

"잠깐만요."

미오의 당당한 목소리가 주위에 울려퍼졌다.

"너는 누구지?"

"2학년 4반의 타카미야 미오예요. —여러분의 주장은 잘 알겠어요. 하지만 학교라는 곳은 학력 수준과 실적만으로 평가되는 장소가 아닐 텐데요? 저는 여러분에 비해 학교에 다닌 나날은 짧지만…… 그래도, 이 학교에 많은 추억이 있어요. 사라져버린다면…… 슬플 거예요."

미오가 호소하듯 그렇게 말하자, 주위에 있는 학생들도 동의하듯 고개를 끄덕였다.

"흠."

그러자 마사노부는 턱을 짚으며 생각에 잠기더니, 곧 입가를 일그러뜨렸다.

"그래. 네 주장에도 일리가 있군. ─좋다. 그럼 어느 학교가 살아남을 자격이 있는지, 학생들 앞에서 결판을 내도록 하지."

"……그게 무슨 소리죠?"

"각 학교의 대표를 선출해서 학력, 운동, 예술, 이렇게 세 종목으로 대결을 벌이는 거다. 더 많은 이긴 쪽이 합병 교섭의 주도권을 쥔다면 불만은 없겠지."

"""뭐……."""

마사노부가 그런 제안을 하자, 신지를 비롯한 학생들은 숨을 삼켰다.

그럴 만도 했다. 아까 마사노부가 말했던 것처럼, 젠와는 신지가 다니는 학교보다 학력 수준과 부활동 실적에서 앞선다. 선출된 대표끼리의 대결이라고는 해도, 평범하게 생각하면 신지 측에 승산이 없다. 한 걸음 양보하는 듯한 태도를 보이고 있지만, 결국은 대중 앞에서 승패와 서열을 명백하게 해서 불만이 나오지 못 하게 하려는 것이다.

"헛소리하지 마. 그딴 걸—."

"저기."

하지만 신지가 입을 열려던 순간, 미오가 살며시 손을 들었다.

"그 세 번의 승부를, 한 사람이 전부 맡아도 되나요?"

"—뭐?"

미오가 순진무구한 표정으로 그렇게 묻자, 마사노부는 한순간 눈을 치켜뜨더니— 더는 못 참겠다는 듯이 웃음을 터뜨렸다.

"하하하하하! 물론, 괜찮지. 그래서 우리를 이길 수 있다고 여긴다면 말이다!"

하지만 신지 일행은 그런 그의 반응을 보고 발끈하기는커녕—.

""""아⋯⋯.""""

미오의 말을 듣고 뭔가를 눈치챈 건지, 짤막한 탄성을 흘렸다.

"⋯⋯음? 왜 그런 리액션을 보이는 거지?"

"어, 그게⋯⋯ 아, 아무것도 아냐⋯⋯."

신지의 떨떠름한 반응을 본 마사노부는 한순간 미심쩍은 표정을 지었지만, 곧 미소를 머금었다.

"뭐, 좋다. 날짜와 장소는 나중에 알려주지. —그 어떤 조건일지라도, 우리가 전승한다는 결과에는 변함이 없겠지만 말이다! 하하핫!"

그렇게 말한 마사노부 일행은 웃으면서 돌아갔다.

""".............""""

신지 일행은 방긋방긋 웃고 있는 미오의 옆에서, 안 됐다는 듯한 눈길로 그의 뒷모습을 쳐다보고 있었다.

◇

그로부터 며칠 후, 두 학교의 대항전이 치러지게 됐으며―.

"―크어어어어어어어어어어어어어억?!"

"마, 말도 안 돼! 저 오코노기가 페이퍼 테스트 승부로 졌어?!"

"거짓말이지?! 오코노기는 전국 모의고사에서 두 자릿수 등수 안에 들어가는 수재라고……!"

"상대방의 점수는…… 만점……?!"

"저 여학생은 대체 누구야?!"

"―꺄아아아아아아아아아아아아아앗?!"

"『젠와의 준마』라는 별명을 지닌 하야세가 100미터 달리기로 졌어……?!"

"전국대회 단골이 진 거야?!"

"잠깐만, 상대는 아까 그 학생 아냐?!"

"게다가 이 기록…… 고교생 신기록 아냐……?"

"—우워어어어어어어어어어어어어?!"

"저 선율은 대체 뭐야……. 마음이 씻겨지는 것 같아……."

"바이올린 콩쿠르 입상 단골인 하타가야가 상대조차 못 되다니……?!"

"저기 봐! 하타가야가 저 학생에게 제자로 삼아달라고 빌고 있어……!"

"아앗! 난처해하는 모습이 귀여워……!!"

—다들 예상한대로, 3판 승부는, 순식간에 결판이 났다.

그렇다. 미오가 자신의 선언대로 세 종목에 전부 출전했고, 압도적인 차이를 내며 승리를 거둔 것이다.

"…………."

신지는 간이 관객석에서 그 모습을 보며, 식은땀을 삐질삐질 흘렸다.

……아니, 승리를 바라기는 했으며, 이 결과 또한 예상했다. 하지만 실제로 이 광경을 보니 미안함이랄까, 애도의 심정이 밀려왔다.

"하아……. 미오 씨는 인정사정없어 버리네요."

한숨을 내쉬며 그렇게 말한 이는 신지의 옆에 놓인 집이식 의자에 앉아있던 마나였다.

"우와, 대박……."

그런 마나의 옆자리에 앉아있던 여자 중학생이 감탄 섞인 한숨을 내쉬었다. ―양쪽으로 나눠 묶은 머리카락과 고양이 같은 두 눈동자를 지닌 그녀는 신지의 이웃사촌이자 마나의 단짝 친구인 호무라 하루코다.

그렇다. 젠와 측이 시합장으로 정한 곳은 신지가 다니는 고등학교의 체육관이었지만, 날짜가 휴일이라서 외부인도 관전하러 올 수 있었다.

마사노부로서는 젠와 고교의 위세를 널리 알리려고 그렇게 한 것일지도 모르지만…… 결과는 정반대였다.

"그건 그렇고, 자신만만하게 도전해놓고 한 사람에게 박살이 나버린 거야? 젠와는 자존심 한 번 제대로 구겼네~. 아하하."

하루코는 입에 문 막대 사탕의 막대 부분을 까딱거리면서 그렇게 말했다. 그녀가 입은 것은 마나와 같은 중학교의 교복이었지만, 옷차림을 개의치 않는 것처럼 다리를 크게 벌리고 앉아 있었다. 여자 중학생인데도 영 조신하지 못했다.

하지만…….

"―아, 이미 끝난 거야?"

"…………앗!"

뒤편에서 타츠오의 목소리가 들려오자, 하루코는 어깨를

부르르 떨면서 후다닥 다리를 모았다.

"타, 타츠오 선배……."

"아, 호무라 양도 왔구나. 어떻게 됐어?"

"아…… 정말 대단했어요. 미오 씨의 연주에 감동했다니까요."

하루코는 아까까지와는 정반대로 조신한 태도를 보이며 그렇게 대답했다. 그 모습을 본 신지와 마나는 메마른 웃음을 흘렸다.

"……왜 그래요?"

"아……."

"아무것도 아니거든요?"

신지와 마나가 적당히 답한 후, 체육관 중앙에 위치한 무대를 향해 고개를 돌렸다.

그곳에서는 마이크를 쥔 아코, 마코, 미코가 승자인 미코에게 다가가고 있었다. 아마 승자 인터뷰라도 하려는 것 같았다.

참고로 현재 미오는 체육시간에 입었던 운동복을 입고 있었다. 필기시험과 연주는 어떤 옷차림으로도 할 수 있는 만큼, 운동 대결에서 움직이기 쉬운 복장을 고른 것 같았다.

『이야, 멋진 승리였어요. 지금 심정을 한마디 해주세요.』

『—와아. 목소리가 커졌어.』

『하는 짓마다 참 귀엽네~.』

미오는 마이크에 놀라 눈을 동그랗게 떴다. 그 순수한 모습을 본 관객석의 사람들이 훈훈하다는 듯이 웃음을 흘렸다.

하지만, 물론 예외는 존재했다.

"마, 말도 안 돼…… 이럴 리가 없는데……."

조금 떨어진 곳에 앉아있던 마사노부가 아연실색하며 입을 쩍 벌렸다. 그의 곁에 있던 젠와의 학생들도 믿기지 않는다는 듯한 표정을 짓고 있었다.

……뭐, 그들의 심정도 이해가 안 되는 건 아니다. 필승을 확신하며 내보낸 각 분야의 전문가 세 사람이 허무하게 당해버렸으니 말이다.

『―그럼, 멋지게 승리를 거둔 타카미야 미오 양이었습니다~!』

『봤냐, 교장! 미오 양이 해냈다고~!』

『이렇게 되면 체험 입학에서 랭크업을 해줘야되겠군요.』

"…………뭐?!"

하지만 무대 위에 있는 아코, 마코, 미코가 그렇게 말한 순간, 마사노부는 고개를 치켜들었다.

"잠깐만…… 체험 입학이라고? 저 학생은 체험 입학생인가?!"

그리고 무대 위를 향해 고함을 질렀다.

미오는 어리둥절한 표정으로 고개를 끄덕였다.

"네. 그런데요……."

"……!"

마사노부는 그 말을 듣고 눈을 치켜뜨더니, 무대 위에 있는 미오를 손가락으로 가리켰다.

"이 승부는, 두 학교의 대표 간의 대결이다! 체험 입학생은 정규 학생이 아니지! 이건 부정행위다!"

마사노부가 목청껏 그렇게 외치자, 체육관 안이 술렁거렸다.

"으음……."

미오는 난처하다는 듯이 눈썹을 찌푸렸다.

그 모습을 본 신지는 철제 의자에서 일어나며 외쳤다.

"어이, 학생회장 형씨. 져놓고 꼴사납게 변명이나 늘어놓는 거야?"

"흥! 비난받아야 하는 건, 대표 자격이 없는 인간을 선출한 네놈들이 아닐까? 원래라면 반칙패로 처리되어도 불평할 수 없는 상황이다!"

"뭐……."

마사노부가 그렇게 외치자, 신지는 미간을 모았다. 그러자 마사노부는 입술을 일그러뜨리며 말을 이었다.

"—하지만, 우리도 그렇게 독하지는 않다. 특별히 추가 시합을 허용해주지!"

"추가 시합……?"

신지가 의아하다는 투로 그렇게 말하자, 마사노부는 신지를 손가락으로 가리켰다.

"마침 잘 됐군. 무대에 올라와라. 내가 직접 상대해주마."

"……뭐? 나?!"

신지는 자기 자신을 손가락으로 가리키며 얼이 나간 듯한 목소리로 그렇게 말했다. 그럴 만도 했다. 설마 자신이 대표로 선발될 줄은 꿈에도 몰랐다.

"그래. 너 말이다. —설마 여자 뒤에 숨는 재주밖에 없는 것이냐?"

"큭……."

아픈 곳을 찔린 신지는 인상을 찡그렸다. 그 모습을 본 마사노부는 말을 이었다.

"둘 중 하나를 골라라. 반칙패라는 불명예스러운 결과를 선택할지, 아니면 정정당당히 승부를 펼칠지를 말이다. 자아, 어떻게 할 거지?!"

마사노부가 도발하듯 그렇게 말하자…….

"……좋아. 어디 한번 해보자고!"

신지는 주먹을 말아쥐며 힘차게 외쳤다.

그리고, 그로부터 십여 분 후—.

"……미안해."

시간이 흐르면서 마음이 진정된 신지는 미안해하며 어깨를 움츠렸다.

그럴 만도 했다. 상대방의 도발에 넘어가서 다른 이들의 동의 없이 멋대로 승부를 받아들인 것이다. 이 대결에 학교의 운명이 걸려있다는 것을 알면서, 그런 생각 없는 행동을 취했다.

하지만 타츠오와 아코, 마코, 미코를 비롯한 클래스메이트들은 어깨를 으쓱하며 이렇게 말했다.

"뭐, 어쩔 수 없어. 결국 받아들일 수밖에 없었을 거라고 생각해."

"미오 양이 그렇게 힘써줬는데, 우리의 패배로 끝난다는 건 말도 안 돼!"

"맞아. 오히려 잘했어."

"이제 이기기만 하면 되겠네!"

"…………"

부담감을 느낀 신지는 힘없이 쓴웃음을 머금었다.

"하지만—."

바로 그때, 입을 연 이는 마나였다. 왼손으로 검도의 투구를, 오른손으로 죽도를 들고 있었다.

"승부 종목이 『검도』이 되어버린 건 완전 별로지만요."

마나는 그렇게 말하며 신지에게 투구를 씌운 후, 뒷면의 끈을 당겨서 묶었다.

그렇다. 추첨 결과, 승부 종목은 『검도』로 결정되고 말았다. —게다가 최악인 건, 학생회장인 아야노코지 마사노부는 지역 대회 우승 경험도 있는 젠와 고교 검도부의 에이스라는 점이다. ……솔직히 말해, 신지는 상대편이 손을 썼다는 의심마저 들었다.

"타카미야. 검도를 해본 경험은 있어?"

"……샌드백 대용으로 마나에게 얻어터진 게 다야."

"말을 되게 심하게 해버리네요."

신지에게 방어구를 입혀준 마나는 그렇게 말하면서 죽도를 건네줬다.

"─상대방이 움직이려 하는 순간에 주의를 기울이세요. 마나에게 두들겨 맞고 싶지 않아~ 하고 생각하다 보니 몸이 알아서 움직여버린 적이 있죠? 바로 그거예요. 그 외에는─ 뭐, 운에 맡겨봐요."

"……적절한 조언 해줘서 고마워."

신지는 쓴웃음을 머금으며 그렇게 말하더니, 무대를 향해 돌아섰다.

"─신."

바로 그때, 미오가 신지에게 말을 걸었다.

"미안해. 나 때문에……."

"무슨 소리를 하는 거야. 미오가 없었다면, 아까 전의 3판 승부에서 지고 말았을 거야."

신지의 말에 미오는 대꾸를 하려 했지만─ 적당한 말이 생각나지 않은 건지, 입술을 꾹 깨물었다.

하지만 그 대신이라는 듯이 두 팔을 벌리더니, 신지를 꼭 끌어안았다.

"……아! 미오—."

"힘내. 신이라면, 분명 이길 수 있을 거야."

"…………그래!"

신지는 몸에 힘이 들어가는 것을 느끼며, 무대를 향해 걸음을 내디뎠다.

무대 위에는 방어구를 착용한 마사노부가 이미 서 있었다. 그에게서 느껴지는 위압감은 아까 전까지와는 비교조차 되지 않았다.

"홋. 도망치지 않고 이 자리에 선 것만은 칭찬해주지."

"……그거 고맙네. 너의 그 뻔뻔함만큼은 나도 칭찬해주고 싶은걸."

"홋."

마사노부는 작게 웃더니, 자세를 바로 하며 예를 표했다. 신지 또한 마찬가지로 예를 표했다.

두 사람을 앞을 향해 세 걸음 내딛더니, 웅크리고 앉아서 죽도를 쥐었다.

"—시작!!"

심판이 고함을 질렀다.

그 순간—.

"—이야아아아아아아아압!"

마사노부가 괴성을 지르더니, 머리 위로 들어 올린 죽도로 갑자기 공격을 펼쳤다.

"우왓……?!"

신지는 허둥지둥 죽도를 기울여서 그 공격을 막아냈다. 묵직한 충격이, 두 팔에 전해졌다.

"용케 막았군……! 네놈, 초보자는 아니구나……!"

"어디까지나 시합은 처음이라고……! 때때로 마나의 연습에 어울려준 게 다라고—."

"마나—『히가시 중학의 굶주린 늑대』타카미야 마나 말이냐! 그랬군……!!"

"걔, 그딴 별명으로 불리는 거야?!"

여동생의 몰랐던 일면을 알게 된 신지는 무심코 그렇게 외쳤다.

하지만 충격에 휩싸일 틈은 없었다. 마사노부는 그 후에도 죽도를 자유자재로 휘두르며 적극적으로 공격을 펼쳤다.

속도와 정확성, 그리고 무게를 겸비한 공격이다. 만약 마나의 연습에 어울린 경험이 없었다면, 이미 한판을 내줬을 게 틀림없다. ……마나한테 멍이 안 든 곳이 없을 만큼 얻어맞았지만…… 이런 걸 두고 전화위복이라고 하는 것일까.

하지만, 그게 전부다. 확실히 검도 시합에 나가본 적도 없는 풋내기가 경험자 상대로 아직 버티고 있다는 것은 경탄스러운 일일지도 모른다. 하지만 신지가 마나와의 연습으로 익힌 것은 공격을 피하는 법과 막는 법이며, 공격을 연습해본 적은 단 한 번도 없다.

"—오오오오오오오오오오!!"

"큭—!!"

마사노부도 서서히 그 점을 눈치챈 것인지, 공격에 더욱 기세가 실리고 있었다. 이대로 가다가는 머지 않아 지고 말 것이다. 하지만, 대체 어떻게 해야—.

"하아아아아아아아아아아아아앗!!"

신지가 생각에 잠긴 탓에 보인 빈틈을 노리듯, 마사노부가 날카로운 일격을 날렸다.

"——."

막을 수 없다는 것을, 직감했다. 다음 순간이면, 마사노부의 일격이 신지의 안면에 정통으로 꽂힐 것이다.

하지만, 그 순간······.

【—신! 힘내—!】

"············!"

관객석에서 미오의 목소리가 들려온 듯한 느낌이 들더니—.

신지는, 자신의 몸이 뜨겁게 달아오르는 듯한 느낌을 받았다.

온몸에 힘이 샘솟더니, 의식이 또렷해졌다. 농담이 아니라, 방금까지 눈으로 쫓는 것조차 어렵던 마사노부의 움직임이 슬로 모션처럼 느릿느릿해 보였다.

"아니······?!"

낭패의 기색이 역력한 마사노부의 목소리가 신지의 고막

을 뒤흔들었다.

하지만 그는 당황할 수밖에 없었다. 왜냐하면, 해치웠다고 생각한 신지가, 그림자처럼 사라진 것이다.

아니, 그것만이 아니다. 신지는 눈에 비치지 않는 속도로 움직이면서, 그 궤적에 잔상을 몇 개나 남겼다. 그뿐만 아니라 온몸에서 아우라가 뿜어지고 있었다. ……그런 듯한 느낌이 들었다. 말하자면 슈퍼 신지였다.

"어—."

"뭐가 어떻게 된 거냐아아아아아아아아앗?!"

경악에 찬 목소리가 체육관에 울려퍼졌다.

하지만 그것도 당연했다. 아니, 이 체육관 안에서 가장 놀란 사람은 신지 본인일 것이다.

—그러나, 극한까지 맑아진 신지의 사고회로는 이 기회를 놓치지 않았다.

슬로 모션으로 변한 세상 속에서, 크게 몸을 비틀더니—그대로 마사노부의 몸통을 향해, 죽도를 수평으로 휘둘렀다.

"—이야아아아아아아아아아압!!"

"……윽?!"

—일섬(一閃).

말 그대로 한순간 번쩍인 빛 같은 일격이, 마사노부의 몸통에 작렬했다.

마사노부의 몸은 그대로 뒤편으로 튕겨나더니, 관객석에

내동댕이쳐졌다.

그 후 몇 초 동안, 체육관 안에는 침묵이 흘렀다.

"············아! 하, 한 판!"

가장 먼저 정신을 차린 이는 심판이었다. 무슨 일이 일어난 건지 모르겠다는 표정을 짓고 있었지만, 이윽고 상황을 파악한 건지, 손에 든 깃발을 치켜들었다.

그리고 다음 순간, 관객석에서 박수와 환성, 그리고 술렁거림이 터져 나왔다.

하지만 어쩔 수 없었다. 한 판을 따낸 신지 본인도 지금 자신에게 무슨 일이 일어난 것인지 완전히는 이해하지 못하니 말이다.

"바, 방금 그건—."

"—신!"

하지만 미오가 자신을 부르며 품속에 안겨들자, 신지는 하려던 말을 멈췄다.

"미, 미오?"

"대단해, 신! 축하해!"

그렇게 말한 미오는 순진무구한 미소를 머금었다.

그 목소리에서는 아까 전의 불가사의한 감각이 느껴지지 않았다. 신지는 고개를 갸웃거리면서 물었다.

"미오, 혹시 뭔가를 한…… 거야?"

"어? 뭔가라니…… 뭘 말이야?"

미오는 영문을 모르겠다는 투로 그렇게 되물었다. 그 표정은 거짓말을 하는 것처럼 보이지는 않았다.

"……아, 아무것도 아냐."

신지의 지나친 생각 아니면— 미오도 자각을 못한 것이리라. 그렇다면, 괜히 추궁할 필요는 없다. 신지는 그렇게 판단하며 고개를 좌우로 저었다.

그러자 미오의 뒤를 잇듯이 다른 학생들이 차례차례 무대 위로 올라왔다.

"해냈구나, 타카미야! 마지막에는 대체 어떻게 한 거야?!"

"그런 걸 할 수 있다면 미리 말 좀 해~!"

"사랑? 사랑의 힘이야?!"

다들 그렇게 한마디씩 하면서 신지의 등을 두드려주자, 그는 멋쩍은 듯이 쓴웃음을 흘렸다.

하지만 바로 그때, 신지는 관객석을 돌아보았다.

투구를 벗은 마사노부가 정좌를 한 채 눈물을 흘리며 소리 죽여 울고 있었다.

"…………"

……불쾌한 남자이기는 했지만, 그의 심정은 이해가 됐다. 신지는 주위에 모여든 이들을 향해 손을 들어 보이며 제지한 후, 천천히 그쪽으로 걸어갔다.

"……나이스 파이트. 너, 정말 강했어."

"……윽."

신지가 그렇게 말하자, 마사노부는 어깨를 부르르 떨면서 신지를 노려보았다.

"……흥. 깔보지 마라. 패배자에게 그런 말을 해봤자…… 해봤자…… 우에엥……."

하지만 더는 참을 수가 없었던 건지, 마사노부는 얼굴을 마구 찡그리며 눈물을 흘렸다.

"대체 뭐냐고……. 말도 안 되잖아……. 뭐가 그렇게 세……."

마사노부는 순도 100퍼센트 약한 소리를 늘어놓으며, 바닥을 내리쳤다. ……왠지, 아까와는 인상이 확 달라졌다.

"─아, 죄송해요. 좀 지나갈게요."

바로 그때, 관객석 쪽에서 안경을 쓴 젠와 고교 남학생 한 명이 걸어오더니 마사노부의 옆에서 한쪽 무릎을 꿇었다. ─일전에도 마사노부의 곁을 지키던 부회장이었다.

"하아, 정말. 그만 울어요, 회장님. 자, 손수건 받아요."

"응……."

마사노부는 부회장이 건네준 손수건으로 눈물을 닦았다. 그 모습을 본 후, 몸을 일으킨 마사노부는 신지를 향해 돌아섰다.

"축하드립니다. ─그럼 합병 조건에 관해서는 날을 다시 잡아서 협의하도록 하죠. 아, 상부의 허가는 받아놨으니 걱정 마시길."

"어? 아, 그래……."

마사노부와 다르게 부회장이 냉정 침착한 어조로 그렇게 말하자, 신지는 희미하게 미간을 찌푸렸다.

"왠지…… 너는 차분한 것 같네."

"하아. 뭐, 얼추 예정대로니까요."

"예정대로……?"

신지가 미심쩍어하며 그렇게 묻자, 부회장은 목소리를 약간 낮추며 말을 이었다.

"—이 승부는 원래 두 학교의 합병 조건을 공평하게 수정하기 위해 치러진 겁니다."

"뭐……?"

신지는 그 뜻밖의 말을 듣고 눈을 동그랗게 떴다.

"무, 무슨 소리야?"

"합병을 진행하면서, 학력 수준과 부활동 실적으로 앞서는 젠와에 통합되는 편이 나을 거란 의견이 많았다는 건 사실이죠. 하지만 일전에 시찰을 왔을 때, 타카미야 미오 양이 한 말을 계기로 마사노부 씨가 분발해서 말이죠……."

"자, 잠깐만 있어봐. 마사노부는 흡수 합병 찬성파였던 게……."

"네, 처음에는 그랬습니다. 원래 좋은 사람이지만, 정서 면에서 망가진 구석이 있거든요. 상대방 학교도 젠와의 학생이 될 수 있으니 기뻐할 거라고 진심으로 생각했던 것 같아요."

"그, 그럼 마사노부는 우리 학교를 위해 이 승부를 제안한 거야?!"

"뭐, 따지자면 말이죠. 도쿄 교육위원회 쪽에서는 젠와에서 흡수하는 쪽으로 거의 확정됐으니까요. 그들을 납득시킬 재료가 필요했어요. 여러분의 고등학교에 그만한 힘을 보여준다면, 교섭 재료가 될 테니까요."

"……그럼 왜 미오가 이겼을 때, 이의를 제기한 거야?"

"아니, 체험 입학생이라서라고 말했을 텐데요? 이 사람은 부정행위를 용납하지 못하는 타입이거든요. 그리고 그 후에 추가 시합을 제안했을 텐데요?"

"……하아."

……여러모로 성가신 사람 같았다.

신지는 한숨을 내쉬더니, 마사노부를 향해 손을 내밀었다.

"…………!"

그러자 마사노부는 어깨를 부르르 떨며 손을 쳐다봤다.

"자. —왠지, 신세를 진 것 같네. ……미안했어. 네 처지도 생각하지 않으며 말을 늘어놨어. ……저기, 고맙다고 해야 하려나……?"

"…………"

마사노부는 한동안 신지의 눈을 응시하더니, 부끄러워하며 신지의 손을 잡고 몸을 일으켰다.

"너는…… 타카미야 신지라고 했던가?"

"그래. 잘 부탁해."

"……이런 걸 우정이라고 하는 거구나, 신지……."

"아니, 잘 부탁한다는 말 좀 들었다고 우정을 논하기엔 좀 이르지 않아?"

느닷없이 이름으로 불린 신지는 땀을 삐질삐질 흘리며 쓴 웃음을 흘렸다. 참고로 마사노부는 이미 몸을 일으켰지만, 신지의 손을 좀처럼 놓지 않았다.

뭐, 제삼자가 보기에는 승부를 마친 이들이 속 시원하게 악수를 나누는 것처럼 보일 것이다.

관객석에서 터져 나온 박수 소리가, 체육관을 가득 채웠다.

◇

—대항전으로부터 며칠 후.

신지가 다니는 고등학교의 게시판에, 학교 합병에 관한 개정안이 붙었다.

양측의 학생들은 최대한 두 학교의 요소를 남기는 형태로 조율한 것 같았다.

그리고 학교의 이름은 학생과 보호자로부터 공개 모집을 하기로 했다.

"뭐…… 절충안으로서는 이 정도가 적정할 거야."

신지는 게시된 프린트를 보면서 작게 한숨을 내쉬었다. —모교가 지금과 형태가 달라진다는 사실에는 변함이 없지만, 적어도 숨결만은 남길 수 있게 됐으니 일전의 큰 소동도 부질없지는 않다는 생각이 들었다.

"대단한 일이야. 정말 수고했어, 신."

옆자리의 미오가 환한 미소를 지으며 말했다. 신지는 멋쩍은 듯이 볼을 붉히더니, 작게 쓴웃음을 흘렸다.

"내년에는, 새로운 학교―가 되나."

그리고 감회에 젖으며, 그렇게 중얼거렸다.

안타깝지 않다면 거짓말이겠지만 매사는 항상 변화하기 마련이며, 그것은 결코 나쁜 일이 아니다. 진부한 표현일지도 모르지만, 작별이 있으면 새로운 만남이 있기 마련이다.

"…………."

거기까지 생각한 신지는 미오를 향해 고개를 돌렸다.

공간진이 벌어진 날, 재해 현장 한복판에서 만났던 수수께끼의 존재.

신지가 미오라 이름을 붙여준, 정체불명의 소녀.

그리고 지금, 세일러 교복 차림으로 신지의 옆에 있는 클래스메이트.

이제까지 신지가 살아온 인생과는 전혀 연관성이 없는, 『새로운 만남』의 상징.

신지가 새로운 학교에 다니게 되더라도―.

아니, 고등학교를 졸업해도, 대학에 진학해도, 회사에 취직하더라도…….

―그녀는, 신지의 옆에 있어 줄까.

문뜩, 그런 생각마저 들었다.

"……신?"

미오는 의아하다는 듯이 고개를 갸웃거렸다.

신지는 작게 어깨를 흔들더니, 얼버무리듯 미소 지었다.

"…………! 아, 미안해. 아무것도 아냐."

"후후, 좀 이상하네."

미오는 미소를 머금더니, 뭔가가 생각난 것처럼 눈썹을 떨었다.

"그러고 보니―."

"응? 왜?"

"새로운 학교의 이름은 공개 모집을 한다고 했지? 같이 생각해 보지 않을래? 어쩌면 우리가 정한 이름이 뽑힐지도 몰라."

"아, 그래. ―이 참에 해보자."

그렇게 말한 신지는 게시판 아래에 놓인 용지 한 장을 손에 쥐었다.

"뭐가 좋을까? 역시 너무 뜬금없는 건 좀 그럴 것 같아."

"으음……. 뭐, 역시 두 학교의 이름에서 한자를 따오는 게 좋을 것 같네."

"그럼 여기가 『키노미야(来宮)』이고, 저쪽이 『젠와(禅和)』니까―."

신지와 미오는 생각에 잠긴 후, 동시에 말했다.

““—라이젠(来禅) 고교.””

■ 작가 후기

오래간만입니다. 타치바나 코우시입니다. 오래간만의 단편집 『데이트 어 라이브 앙코르 11』을 전해드립니다. 어떠셨는지요. 재미있으셨기를 빕니다.

이 책이 나올 즈음이면, 애니메이션 『데이트 어 라이브 IV』도 클라이맥스에 이르렀으려나요.

이야…… 제4기입니다, 제4기. 염원이 이뤄져서, 니아와 무쿠로도 애니메이션에 등장했습니다. 이것으로 모든 정령에게 성우가 배정됐습니다. 뭐, 엄밀히 말하자면 카자마치 야마이 같은 예외가 있지만, 이건 솔직하게 축하하도록 하죠! 아직 안 보신 분께서는 꼭 봐주십시오!

자, 그럼 정례 행사인 각화 해설을 시작할까 합니다. 스포일러가 포함되어 있으니, 아직 읽지 않으신 분은 주의해 주십시오.

○토카 그래듀에이션

검투사가 아닙니다. 졸업입니다. 이번 『앙코르』는 『데이트』

본편 종료 후의 이야기가 다수 실려 있습니다. 이것은 『토카 애프터』보다 더 훗날의 이야기입니다.

『졸업식』과 『입학시험』이라는 두 가지 아이디어가 있었는데, 하나만 쓰는 건 왠지 아쉬워서 합체시켜봤습니다. 오리가미 와 마리아의 빈틈 없는 포진과, 그에 따라 강화된 토카가 묘하게 좋습니다. 제대로 졸업식을 열어줘서 참 좋았습니다.

○야마이 트라이어드

나무 정령이 아닙니다. 3인조입니다. 아직 단편에 나오지 않았던 주요 인물이 있었습니다. 네, 바로 카자마치 야마이입니다. 22권에서 첫 등장을 한 바람에, 참전 기회가 없었죠.

하지만 그 점을 어떻게든 하는 게 단편의 역할입니다. 그래서 만반의 준비 끝에 등장하게 됐습니다. 와우~. 이번에 등장한 것은 본편과 마찬가지로 성장한 카구야와 유즈루가 합체한 퍼펙트 야마이이기에, 만약 기회가 있다면 생전의 노멀 야마이도 다뤄보고 싶네요.

○이츠카 파트너

타마 쌤&칸나즈키의 결혼식을 이용해, 정령 전원이 시도 와의 부부 생활을 망상하는 이야기입니다.

전원…… 전원?! 하며 경악했지만, 한 사람당 문고 환산 4페이지로 11명…… 아슬아슬하게 가능하겠어! 하고 판단했습니다. 이번 권은 『미래의 이야기』라고 어렴풋이 콘셉트를 잡아뒀던 만큼, 그런 의미에서도 딱 정당한 이야기였습니다. 점포 특전 SS를 열한 편 쓰는 거나 다름없어서 구상하는 게 힘들었습니다만, 오리가미, 니아, 나츠미의 이야기는 술술 써졌습니다.

o나츠미 일렉션

본편 종료 후의 고등학생 멤버들의 이야기를 쓰고 싶어! 라는 생각에, 나츠미가 학생회장 선거에 나가게 되는 이야기를 써봤습니다. 개인적으로 참 마음에 든 이야기입니다. 나츠미의 이야기를 쓸 때마다 매번 이런 말을 하는 것 같네요.

현 라이젠 고교 학생 중에는 강렬한 캐릭터가 많은 만큼, 기회가 되면 또 그들의 이야기를 써보고 싶네요. 신생 학생회 이야기라든가요. 이건 소문입니다만, 쿄노 회장을 은밀히 조종하고 있는 실세가 있다고 합니다. 왼손에 토끼 모양 퍼핏 인형을 꼈다고 하네요. 십중팔구 최종 보스 캐릭터네요…….

○정령 스트레인저

이 이야기만 약간 느낌이 다릅니다. 본편 22권 후, 평행세계의 이야기죠.

평소와 느낌이 다르지만, 이것도 개인적으로 꽤 마음에 드는 이야기입니다. 단편은 담당 편집자님이 방향성을 제안해줄 때가 많지만, 이 이야기는 제가 제안했던 걸로 기억합니다. 황폐한 세상을 버기카를 타고 여행하는 이야기를 쓰고 싶었어요……

이것도, 기회가 생긴다면 뒷내용을 쓰고 싶은 이야기입니다. 기회가 생길지는 알 수 없지만 말이죠.

○미오 오리진

미오와 신지의 단편은 전부터 쓰고 싶었는데, 드디어 기회가 찾아왔습니다. 미오가 표지인 『앙코르』. 이때 안 하면 대체 언제 하겠습니까. 그래서 30년 전의 한때를 다뤘습니다. 본편에서 다루지 못했던 미오와 신지의 일상과, 약간이지만 미래로 이어지는 이야기입니다.

디자인부 파트를 보고, 또 캐릭터에게 웨딩드레스를 입히는 거냐~ 하고 생각하셨을지도 모르겠습니다만…… 네. 미오에게 입히고 싶었어요.

자, 이번에도 다양한 분들 덕분에 이 책을 내놓을 수 있었습니다.

츠나코 씨, 쿠사노 씨, 담당 편집자님, 편집부 여러분, 영업, 출판, 유통, 판매에 관여해주신 모든 분들, 그리고 지금 이 책을 읽고 계신 당신에게, 진심으로 감사드립니다.

11권까지 내고도 미수록 단편이 남아 있기에, 어쩌면 또 책을 내게 될지도 모르겠습니다. 그때는 잘 부탁드립니다.

2022년 4월 타치바나 코우시

최초 수록

DATE A LIVE
ENCORE 11

■역자 후기

안녕하십니까. 근로청년 번역가 이승원입니다.

『데이트 어 라이브 앙코르 11』을 구매해주셔서 진심으로 감사드립니다.

2023년 새해 첫 작품으로 『데이트 어 라이브 앙코르』를 번역하니 기분이 묘합니다.

멋지게 완결이 난 작품의 엔딩 그 후의 이야기를 새해 첫 작품으로 번역해서 그런 걸까요.

하지만 참 좋아하는 캐릭터들의 이야기를 또 번역을 할 수 있어 참 즐겁습니다.

그것도 억지로 원작을 늘린 게 아니라, 단편이라는 형태로 히로인들의 행복한 일상을 보니 정말 좋군요.

독자 여러분께서도 저와 같은 심정이실 거라 믿어 의심치 않습니다!

그럼 이번 권에 관한 이야기를 조금 해볼까 합니다. 스포일러가 포함되어 있으니 아직 본문을 읽지 않으신 분은 유의해주시길!

　이번 『데이트 어 라이브 앙코르』는 엔딩 이후의 이야기를 다루고 있습니다.

　엔딩 후의 시도와 정령 소녀들의 일상은 역시 매력적이었습니다.

　돌아온 토카의 졸업식과 입학시험, 퓨전 야마이와 야마이 자매의 진검 승부, 그리고 시도와의 신혼 생활을 망상하는 정령 소녀들, 그리고 학생회장 선거에 나가게 된 나츠미! 이 모든 단편은 앙코르의 원래 매력을 유지하면서도 캐릭터들의 성장이 드러나서 정말 좋았습니다. 특히 각양각색의 신혼 생활은 매력 그 자체였다고나 할까요.^^

　그런 와중에 세기말 구세주 느낌(^^)으로 세상을 구원하기 위해 살아가는 정령 콤비의 이야기는 정말 매력적이었습니다. ……저 두 사람도 언젠가 구원받았으면 좋겠어요.

　그리고 미래를 다뤘던 다른 단편과 다르게 과거를 다룬 미오의 단편은 잔잔하면서도 어딘가 애틋했습니다. 그리고 에피소드에 나온 등장인물 중에 어디서 본 듯한 캐릭터가 많은 건 여러분의 착각이 아닐 거라고 생각합니다, AHAHA.

　그럼 이만 줄이겠습니다.

항상 재미있는 작품을 맡겨주시는 L노벨 편집부 여러분. 정말 감사합니다. 앞으로도 잘 부탁드립니다.

영화 한 편 같이 보려고 구미에서 와준 악우여. 오래간만에 만나니 참 즐거웠다. 학창 시절에 너랑 같이 보던 농구 만화의 극장판을 이렇게 같이 보게 되는 날이 올 줄은 몰랐어.^^

마지막으로 언제나 제게 버팀목이 되어주시는 어머니와 『데이트 어 라이브』를 읽어주신 모든 분에게 진심으로 감사드립니다.

아직 끝나지 않은 데어라 월드 신작의 역자 후기 코너에서 다시 뵙겠습니다!

2023년 1월 초
역자 이승원 올림

데이트 어 라이브 앙코르 11

초판 1쇄 발행 2023년 3월 10일

지은이_ Koushi Tachibana
일러스트_ Tsunako
옮긴이_ 이승원

발행인_ 신현호
편집장_ 김승신
편집진행_ 권세라 · 최혁수 · 김경민 · 최정민
편집디자인_ 양우연
관리 · 영업_ 김민원

펴낸곳_ (주)디앤씨미디어
등록 2002년 4월 25일 제20-260호
주소_ 서울시 구로구 디지털로 26길 111 JnK디지털타워 503호
전화_ 02-333-2513(대표)
팩시밀리_ 02-333-2514
이메일_ lnovellove@naver.com
ㄴ노벨 공식 카페_ http://cafe.naver.com/lnovel11

DATE A LIVE ENCORE Vol. 11
ⓒKoushi Tachibana, Tsunako 2022
First published in Japan in 2022 by KADOKAWA CORPORATION, Tokyo.
Korean translation rights arranged with KADOKAWA CORPORATION, Tokyo.

ISBN 979-11-278-6770-6 04830
ISBN 979-11-278-4271-0 (세트)

값 8,500원

©Midori Mitsuki 2022 ©Chinozo 2022
Illustration: Arusechika
KADOKAWA CORPORATION

굿바이 선언

미즈키 미도리 지음 | 아루세치카 일러스트 | Chinozo 원작 · 감수 | 김덕진 옮김

학교는 최소한으로만 가서 유급만 하지 않으면 돼.
그리고 평범하게 대학에 가고, 평범한 회사원이 되어⋯⋯.
학교에 가지 않고 집에 틀어박혀 빈둥거리며 그런 평범한 미래를 상상했다.
하지만 고등학교 마지막 봄, 전대미문의 문제아에
천진난만하고 누구보다도 꿈을 향해 나아가는 너와 만나고 말았다.
정반대였을 두 사람이 만나 끌린다.
사랑과 꿈의 현실이라는 저울 위에 흔들리는 두 사람의 선택은⋯⋯?

**Chinozo의 히트곡
『굿바이 선언』이 청춘 스토리로!!!**

데이트 어 불릿 1~8권

히가시데 유이치로 지음 | 타치바나 코우시 원안·감수 | NOCO 일러스트 | 이승원 옮김

"……저는 이름이 없어요. 빈껍데기예요. 당신은 이름이 뭐죠?"
"제 이름은 토키사키 쿠루미랍니다."
기억을 잃은 채 인계라 불리는 장소에서 눈을 뜬 소녀,
엠프티는 토키사키 쿠루미와 만난다.
그녀의 안내를 받아 도착한 학교에는 준정령이라 불리는 소녀들이 있었다.
서로를 죽이기 위해 모인 열 명의 소녀들.
그리고 비정상적인 존재이자 빈껍데기인 소녀.
"저는 쿠루미 씨의 일행이자 미끼…… 미끼인가요?!"
"아, 미끼가 싫다면 디코이라고……."
"똑같은 의미잖아요!"

이것은 토키사키 쿠루미의 알려지지 않은 이야기.
자— 저희의 새로운 전쟁을 시작하죠